丰子恺
译文集

第十五卷

丰陈宝　丰一吟
杨朝婴
杨子耘
丰睿

编

ZHEJIANG UNIVERSITY PRESS
浙江大学出版社

本卷说明

　　本卷收录丰子恺先生翻译的音乐知识类著作两种,分别是罕斯尔和考夫曼合著、尼孙松画的《世界大作曲家画像(附小传)》和春日加藤治的《管乐器及打击乐器演奏法》(丰子恺编译),以及歌剧剧本一种,即波略科娃的《阿伊勃里特医生》。其中《世界大作曲家画像(附小传)》由万叶书店于一九五一年四月出版,本卷即据此版本校订刊出;《管乐器及打击乐器演奏法》由万叶书店初版于一九五二年七月,本卷根据一九五三年二月二版校订刊出;《阿伊勃里特医生》由万叶书店于一九五三年一月出版,本卷即据此版本校订刊出。

本卷目录

世界大作曲家画像（附小传）

[美]罕斯尔　考夫曼　合著　　[美]尼孙松　画

丰子恺　译

译者序

　　这书包含七十四位大音乐家的画像和小传。从十六世纪初直到一九三三年,从巴雷斯特利那的弥撒曲直到最近的爵士音乐,世界各国所有的著名的作曲家,都被罕斯尔和考夫曼用文字,尼孙松用画图,简明生动地描写在这册子里了。这可说是一册图文并茂的精简音乐史。

　　尼孙松的肖像画是简笔的写实;有 caricature(漫画肖像)那么的明快,而没有它的怪诞;有照相那么的肖似,而没有它的噜苏。这可说是写实的漫画,或简笔的照相。所以这册画中小传所叙述的作家的生活、思想和作风,在画像的眉宇神情之间也仿佛可以看得出来。罕斯尔和考夫曼的文章同画像一样,也可说是简笔的写实。每一作家不消一千个字,便把他的生活、思想和作风提纲挈领地写出。他善于作简洁而活跃的描写,例如描写音乐家的爱人,说道:"他同一位笑声像永不解决的短二度而谈话像 presto scherzando(急速而谑谐)的英国最优美的女人结了婚。"又如他描写另一个人:"有一个美国女郎要向他学习钢琴,他知道美国女郎不肯用功,表示拒绝;后来这女郎就用同他结婚来报复他。"他不必噜苏地详叙,读者自能想见他的言外之意。只是我的译笔不良,不能全部传达原文的神情为憾。

　　关于这书的内容,我须得把原序节译一部分在下面:

　　关于这册书中七十四位作曲家的派别,我是取极宽大的办法的。因为各派之间实际上没有严格的界限;况且有几位作家是一人而兼作两三派的音乐的。所以我只能分别最显明的四大派,即古典乐派、浪漫乐派(包括标题乐派)、歌剧派和现代乐派。

一切音乐所根据的最早时期的音乐,当然是虔敬地供奉上帝的音乐,因为那时代的人生活都是这样的。这些音乐都是单纯的赞颂歌,都在教堂里演唱,都是用记忆而不用谱表的。在这上面,建筑起巴赫、罕得尔、海顿和莫差特的复音乐来。这四人和其他诸古典派作家的作曲,便是所谓"绝对音乐"(absolute music),即"为美而美"(beauty-for-its-own-sake)的音乐,其中不混入个人的情感。这些音乐只给我们悦耳的和声和清楚的旋律的感觉。这一点是和其前或其后的音乐判然不同的。

巨人贝多芬是最初把自己个人的情感混入音乐表现中的人。他有几个作品依照古典派的原则,但是其他许多作品都是从他的内生活的情感上出发的。所以他是从古典乐派到浪漫乐派的桥梁。舒曼、舒柏特、索班、布拉姆斯都是浪漫乐派作家,他们所作的音乐,是一种自白,是把他们个人的渴慕和挣扎向公众表白。标题音乐则是用精致的音符来在乐曲中讲故事,陪伴又补助浪漫乐派的发展。

早期的教会音乐,由两条路趋向世俗化,即器乐的和唱歌的。歌剧的发展便是后者的结果——这发展和器乐的相并行,慢慢地从早期的滑稽歌剧(opera bouffe)和喜歌剧(opera comique)出发,通过了意大利歌剧繁荣的尝试时期,达到格卢克的精美、新鲜和简朴,更进一步,达到华格纳的戏剧的和管弦乐的伟业和得彪西的神仙缥缈的境地。差不多每一个作曲家都作过歌剧;但我现在所称为歌剧作家的,是指专门作歌剧的人。

现代乐派作家表现二十世纪生活的颠沛和紧张,同浪漫乐派作家的表现个人的悲欢一样热烈。他们要把对于事物的印象十分适切地表现，所以有时超越了旋律、和声、对位法和曲式的规则。他们是严格的写实者，全无空想和闪避。像某作家说："你不能用美丽的声音来表现残酷的创伤。"但是这话不能阻止现代派作家用音乐去表现残酷的创伤。在写实的旗帜之下，生活的每一种情景都是现代的音乐的猎人的获物。

丰子恺

一九五〇年十二月七日

目　录

巴雷斯特利那

Giovanni Pierluigi de Palestrina

"音乐的领导者"

一五二五年——一五九四年

"上帝在天堂,世间万事和。"一五三八年的一个晴朗的春天,青年的佐凡尼·彼尔卢伊奇(Giovanni Pierluigi)从他的故乡巴雷斯特利那出门,作了整天的郊游,经过罗马的圣·马利阿·马佐累(Santa Maria Maggiore)的礼拜堂的时候,高声唱着这样的歌词。

他唱得非常清爽,非常愉快,在礼拜堂里作祷告的牧师听见了,立刻出来找到他,请他担任礼拜堂里的唱歌童子。他立刻接受了一张聘书,后来就担任了巴雷斯特利那地方的圣·阿加彼托(San Agapito)的小礼拜堂里的风琴手(因这关系,人们就称他为"巴雷斯特利那"),一直当到被召赴罗马的时候。自此以后,他的一生风平浪静,全部贡献在教会音乐的制作和唱歌队的教练上。

他的生活,全部依靠统治者罗马教皇的惠赐。因此他的第一册《弥撒曲集》,完全是题献给他的保护者朱利阿斯(Julius)教皇的。而他的大名鼎鼎的光荣的《马塞拉斯弥撒曲》,朱利阿斯教皇的承继者所命题的,是他平生最优秀的作品。

但这承继者保罗(Paul)教皇,是一个性情非常苛刻的人。他终于把巴雷斯特利那革职,不许他在寺院唱歌队里任事,原因是他娶妻子。当时的教规,不许唱歌者结婚,要他们同和尚一样。他们认为娶妻的唱歌者是亵渎教会的神圣的,在保罗教皇的势力的压迫之下,巴雷斯特利那只好退出教会,生受失业和贫困的苦楚。他的妻子是在二十一岁上同他结婚的。他被革职的时候,他们已经有了两个孩子了。

但是,过了几个月之后,另外一个教会来聘请他了。于是他又得了职业。那时候,教会音乐非常腐败,街头巷尾的淫荡的小调,混入教会音乐中,使得教会音乐粗俗化了,不堪入耳。于是教会方面召集许多正直聪明的音乐家来,共谋改造教会音乐。这团体叫做"特楞特会议"(Council of Trent),规定在二十年的长时间内订定教会音乐。经过了这团体的研究探讨之后,一致确认巴雷斯特利那的弥撒曲最为富有纯正音乐的精神,应该指定为教会音乐的模范。巴雷斯特利那这一次的成功,非常光荣。他五十岁诞辰,他的同乡和亲友发起一个盛大的庆祝游行。这长长的队伍通过罗马的大街时,巴雷斯特利那走在前头,群众跟着他,大家高声齐唱他所作的乐曲。

他的作曲方式很是正大。他用定旋律(cantus firmus)或基本主题(basic theme),又用两个或三个的非常简明的和声部,作为伴唱。这作曲方式,奠定了近世复音乐或多声部音乐的基础。倘使没有巴雷斯特利那,世间恐怕不会有巴赫(Bach),不会有贝多芬(Beethoven)。一五九四年二月二日,他在罗马逝世。他的墓碑上刻着"Princeps Musicae"(音乐的领导者)的名衔。这表明他是教会音乐的正统的始祖。

W Al Byrde

柏　　德

William Byrd

"抒情歌大家"

一五三八年——一六二三年

　　在依利萨伯女王(Queen Elizabeth)时代,没有音乐演奏会。音乐只是家庭间的一种消闲品。聪明爱美的主妇,在家庭里正餐后举行唱歌会,正同现今的女主人们玩扑克、叉麻雀一样。柏德有一节记载里说:"唱歌既然是这样可爱的东西,我希望一切人都会唱歌。"果然,凡是有教养的人,大家都看谱表,学习唱歌了。因此,凡有优良的新歌曲出世,大家就热心地学习,比现今的美国人学习爵士音乐(jazz piece)还要热心。

　　威廉·柏德,被英国人爱戴为"音乐之父"的,是依利萨伯时代的作曲家的先锋。他在音乐上的贡献,非常丰富,不但关于家庭的餐后音乐而已,对于教会音乐和器乐,也有同样丰富的贡献。他在一五三八年生于林肯州(Lincolnshire),在托马斯·泰利斯(Thomas Tallis)的教导之下学习音乐,二十岁上当了林肯大寺的风琴师。一年之后,他结了婚,以后便生了五六个孩子。他变成了本地的一位绅士,但他必须处理许多诉讼事件,以保持他的财产。后来他忽然获得了政治上的地位,王帝赐他勋章和年俸。这年俸,是音乐歌曲和音乐用纸的刊印和发卖的专利权,于一五七五年赐予他和泰利斯。但这却是一种虚空的,没有什么实惠的光荣。

他一生中的情况,后人所知道的很不详细。但我们知道,他曾经虔敬地、旺健地活到八十高龄,虽然在他逝世前的十五年中,常常因了老之将至而作出许多阴郁的曲调。有许多伟大人物是他的保护者。赖有这些伟大人物的保护,他这个天主教徒在信奉新教的女王的治下免受了轻视和虐待。他曾经祷告,他要终身做一个"神圣的天主教的真实而完全的教徒"。他的祷告果然如愿以偿。

他的作品刊印的有八卷,其中包括教会的经文歌(motet)、抒情歌(madrigal)和专为依利萨伯女王的"处女琴"(virginal,或曰小键琴,即钢琴的祖先)而作的乐曲。我们可以确定地说:他的赞美歌(psalms)、短歌(sonnets)和歌曲(songs),造成了英国音乐的黄金时代的始基;而他的抒情歌,使英国变成了一个"唱歌的鸟的巢"(nest of singing birds)。他的一个学生,把自己作的一册歌曲集题献给老师,上面题着这样的文句:"献给巧妙和甘美能使一切听众称心满意的伟大音乐家威廉·柏德。"柏德对于此语,可以说是受之无愧的。

H. Purcell.

柏　塞　尔

Henry Purcell

"英国歌曲之父"

一六五八年——一六九五年

　　亨利·柏塞尔和他的音乐,是依利萨伯王朝的精华,到今日还具有伟大的价值。在他那时代,教会音乐芜杂不堪,而柏塞尔出类拔萃。他作出喜气洋溢的歌曲,同时又作出庄敬严肃的歌曲,笑怒并美,庄谐杂陈。他的才华有如中国的李太白,"斗酒诗百篇,笔底生云烟""咳唾生明珠,吐气嘘长虹"。在暗淡的英国音乐界,柏塞尔曾经放过异彩。

　　西寺区老派街小圣安巷(Westminster, Old Pye Street, Little St. Anne's Lane)——他在一六五八年生在具有这个音节嘹亮的名称的地方。他的父亲,是西寺(Westminster Abbey)的唱歌手,在亨利六岁上早就逝世。他的叔父托马斯(Thomas)就做了这个孩子和他的乐才的保护者。

　　他在青年时代,当了一个小礼拜堂的唱歌童子,曾向一个名叫哈姆弗雷(Humfrey)的人学习音乐。这人是唱歌童子队的教师。他向这人学习的,不但学习老式的格累哥利(Gregorian)圣咏,又学习意大利人的和法兰西人律利(Lully)的音乐。同时,他又做了一个经验丰富的风琴师。后来他年纪渐长,入了变音期,又改任西寺的音乐写谱员。

当哲姆斯二世(James Ⅱ)举行隆重的加冕典礼的时候,亨利因了西寺风琴师的优秀才能,光荣地担任了司奏专为加冕礼而设立的新风琴的任务,其时他还只有二十一岁。他获得了奖金之后,情绪兴奋,便创作了两曲赞美歌(anthem),即《我的心正在历述》(My Heart Is Inditing)和《我很高兴》(I Was Glad);还有一曲经诗(ode)《文艺的女神们为什么大家默然?》(Why Are All the Muses Mute?)。但是,过了几年之后,哲姆斯王帝不高兴起来,指斥他所作的喜剧歌曲利利勃来洛(Lillibullero),使得他在英伦三岛无立足之地。

他成年后的二十年间,埋头于艰苦的创作。其作品计分四类:神圣乐(sacred music),经诗和欢迎歌(odes and welcome songs),通俗音乐(music of amateurs)和戏剧音乐(dramatic music)。他的代多和伊尼阿(Dido and Aeneas),是一六八○年为了彻尔西(Chelsea)的佐赛阿(Josiah)学校的青年贵妇人的演唱而作的;他的四部合唱《在这些欢乐愉快的树林中》(In These Delightful, Pleasant Groves)和莎士比亚歌《来到这些黄沙地中》(Come Unto These Yellow Sands),这些都是常常被演唱的作品。

他死的日子,正好是圣·塞西利阿纪念日(St. Cecilia's Day)的前夜,即一六九五年十一月二十一日。他曾经为这纪念日作过一曲最伟大的经诗,即《圣·塞西利阿经诗》。他的赞美歌《惧怕主的人有福了》(Blessed Is the Man That Fears the Lord)和《主啊,你知道我们心中的秘密》(Thou Knoweth, Lord, the Secrets of Our Hearts),是他死以前六个月为马利王后(Queen Mary)的葬仪而作的。现在就拿这些乐曲来装点他自己的葬仪。他和柏德二人分得了"英国歌曲之父"的美名。

律　利

Jean Baptiste Lully

"法兰西十七世纪的音乐司令者"

一六三三年——一六八七年

哲恩·巴普提斯塔·律利的一生,万花筒似的展出一连串光明灿烂的形相。我们最初看见他是一个猴子脸孔的意大利小孩,于一六三三年生在佛罗伦萨(Florence)一家贫苦的人家。他在那里被求伊斯(Due de Guise)所赏识,被带到巴黎的蒙蓬西挨女士(Mlle. de Montpensier)那里去,当作一件赠品。在一个短时期间,他做了这女士的宠爱物。但是不久失宠,被驱逐到厨房间里。他常常出来替主人作临时演奏,借以自慰。他的歌曲《在月光中》(Au Clair de la Lune),据说便是在主人们用正餐的时候所奏的一个很长的乐曲。他的女主人发现了他的音乐的才能,便叫他领导乐团,给他装了假发,当管弦乐团的指挥者。

他十九岁的时候,为了在一个乐曲中讽刺了他的女主人,就被停职。但他和路易十四世这"太阳王"(Le Roi Soleil)的终生的交谊,也就在这时候开始了。他从王家管弦乐团中区区一个小提琴手立刻升迁,忽然做了一个特殊音乐团的领导人。他要每个演奏者学会视唱,他的严格的教导使得这管弦乐团进步到近于十全。

路易十四世对律利非常宠幸,因为他善于跳舞,能在喜剧中当丑角,能奏小提琴和钢琴,又能作巴莱舞曲(ballet)。他结交了许多大人物,他的生活非常奢华,甚至放荡不羁。他就在这"繁荣"的时候结婚,生下了六个孩子。

一六七二年,律利已经是成名的歌剧作者了,并且在凡尔赛(Versailles)当了路易十四世宫廷的祝祭仪式的主司者。他从这时候起,每年作一曲歌剧,直到他死的一年,即一六八七年止。在灯烛辉煌的庭园里,飞瀑流泉的旁边,这骄奢的国王和他的群臣大开琼筵,听赏律利的大作《阿尔赛斯德》(Alceste)、《卡特马斯和海尔米安》(Cadmus et Hermione)和《罗兰》(Roland)。他的"皇帝的歌剧"《阿提斯》(Atys),"音乐家的歌剧"《伊西斯》(Isis)和"人民的歌剧"《发伊东》(Phaëton),是雅俗共赏的作品。他的歌曲《爱情啊!你向我要求什么?》(Amour, Que Veux-tu de Moi?)为全国所传诵。他的佳作源源地产生,为今日的作曲家所望尘莫及。他的巴莱舞曲中,不用男声而用女声。他的歌剧开始处用序曲(overture)来介绍歌剧的内容情趣。这是一种创作,这使管弦乐发生新的效果。从此以后,许多作曲家大家努力追求这种效果。

一个乱头披发的小男子,红着眼皮,流着鼻涕,伏在键琴(harpsichord)上作曲;一头雄狮对着当代的大诗人咆哮,为了他们的诗篇不适合他的灵感;一个音乐的领导者恣意发挥他自己的乐才;一个大时代的宠儿,他的功业千载不朽,——这便是律利。

Couperin

库　普　朗

François Couperin

"路易十四世的宫廷乐师"

一六六八年——一七三三年

　　一个勋章，上面雕绘着青色的天空，银色的星，金黄色的太阳和金黄色的抱琴(lyre)——是路易十四世"王帝陛下御赐"给库普朗的。这勋章上的华丽鲜艳的色彩，充分地象征了库普朗的音乐的精美的性质。

　　他是一个音乐的大家庭的最后一代。他承受了这个源远流长的音乐传统。但是他的音乐的天才，实在是远远地超过他的许多祖先的。巴黎是他的诞生地。他的家在巴黎市内或附近。从一六六八年十一月十日诞生直至一七三三年逝世，他一直住在这个家里。

　　美特尔·托美林(Maitre Thomelin)，一个当地很有名的风琴音乐家，是库普朗的亲戚兼知己朋友。这朋友热心地教他音乐，使他的音乐天才畅快地展开，后来这朋友死了，库普朗就代替他担任了宫廷风琴师，这是一个很大的光荣。因为王帝陛下亲自监视这考试竞争，从无数的竞争者中选定了这青年的弗朗沙。

　　一六九四年，库普朗结婚已经五年了。这时候他已确定了他的光荣的职衔："法兰西青年的键琴(clavecin，即钢琴的前身)教师"。他的职务是教导全体王族青年练习键琴。此外，又请他担任这个耽好声色的宫廷的一切游宴祝祭的风琴师兼作曲家。

正在这时候,有一群意大利的科累利(Corelli)派的音乐家,到巴黎来开演奏会。他们的明朗悦耳的音乐,迷惑了爱好繁华而耽于逸乐的法国听众。在他们开始演奏的最初,机警的库普朗就把自己所作的同样明朗悦耳的作品参加演奏,而不用真姓名发表,却改用一个意大利文的姓名,叫做"柏努西俄"(Pernucio)。但是不久,他就坦白地宣布了这秘密。幸有他这一番布置,意大利乐风的影响就中止,不致侵犯他的纯法兰西的乐风。

那时候法国还没有音乐出版者,库普朗自己出版了四大册键琴乐谱,都用铜版精印,这是后来乐谱装订的一个伟大的范例。他的短篇乐曲,像"阿雷曼得"(allemandes)、"库朗特"(courantes)、"沙拉班德"(sarabandes)、"岐格"(gigues)和"龙独"(rondos),形式都很完美,在他那时代同在现今一样地脍炙人口。他竭力发挥键琴音乐的表现力。他的大作《纯洁》(La Pucelle)、《回教国皇后》(La Sultane)、《斯泰恩叩克》(La Steinquerque),都是为了宫廷的特殊需要而作的,世间极少演奏。但他的七篇《三部奏鸣曲》(Sonates à Trois)和许多键琴曲,却是古典音乐中的佳作。

他一生健康愉乐,同他的作品一样,直到六十五岁逝世。他遗留下许多虽然不甚力强却能永远不朽的乐曲。这些乐曲维持他的声名,直到今天。

Rameau

拉　　摩

Jean Philippe Rameau

"国家的音乐作曲者"

一六八三年——一七六四年

他的同时代人,都称他做"凶老头子"(old grouch)。因为他是一个吝啬的、无温情的、不直爽的绅士。虽然如此,他却在四十三岁上娶得了一个十八岁的新娘——她一定温柔化了他的冷酷的性格。

他的父亲是提仲(Dijon)地方的寺院里的风琴师。拉摩一生下来(一六八三年十二月二十五日),小小的手指刚会活动的时候,他的父亲便教他坐在键琴的面前。他所受的音乐教育非常正确,使他的趣味倾向于音乐的理法的研究。他常常在他的练习簿上乱写乐曲,又常在教室里高声唱歌,这种习惯逐渐促成了他的理法研究的事业。

为了对于一个十七岁的寡妇的热情,他流浪到了意大利。这一行使得他的性格更加严谨,使得他的音乐的生活更加丰富。他在巴黎住过若干时;后来他竞争一个风琴师的职位失败了,对巴黎发生恶感,便退隐到阿封尼(Avengne)山中去。

他的退隐时期的实验的研究,产生了他的论文《和声回复自然原则》(Treatise on Harmony Reduced to Its Natural Principles)。这是新的哲理的和声学的基础。在这篇论文之后,他又续写了好几篇关于同一题目的别的论文。

虽然如此,他到了四十岁的时候,还是不被世人所闻名。他怀抱着创作歌剧的野心,然而无人赏识。后来巴黎的音乐机关介绍他认识了《希波利提和阿利契》(*Hypolite et Aricie*)的作者培雷格林(Abbé Pellegrin)。培雷格林对于拉摩的音乐十分赞佩,尽力宣扬。拉摩过去的失败,到这时候方始化为成功。

从一七四五年起,他每年作一个新的歌剧。他的佳作《那发尔的公主》(*La Princesse de Navarre*,是佛尔泰[Voltaire]作脚本的),使他博得了"国家的音乐作曲者"的荣名。他的杰作《卡斯托和波拉克斯》(*Castor et Pollux*)以前无人注目,这时候声价重振了。当一七五二年,一个意大利人的团体把柏哥雷塞(Pergolesi)的一个优美的歌剧《拉·赛伐·派特洛那》(*La Serva Padrona*)带到巴黎来演奏,全市里充满了党派意见。土帝派的人都支援拉摩和法兰西古典派;而王后派的人,包括大部分法国音乐家律利的崇拜者在内,都偏袒意大利风的音乐。

这"凶老头子"弥留的时候,还替他临终的床前的牧师的祈祷唱诵校正音节。他死后,世人尊崇他为当时法兰西乐派的领导者,新的音乐形式、变化复杂的节奏、丰富的和声、独唱的管弦乐效果的贡献者。

A. Corelli

科　累　利

Arcangelo Corelli

"第一位伟大的提琴家"

一六五三年——一七一七年

阿康哲尔·科累利的时代,正是世界著名的最良好的斯特拉提发利乌斯(Stradivarius)制造的小提琴(在现今是无价之宝)还没有人知道,须得在广告上说明它的好处的时候。科累利是使用斯特拉提发利乌斯小提琴的第一个小提琴家。他识得这种小提琴的好处,努力向朋友们推荐介绍,确认它是值得试用的乐器。

在他的时代,小提琴演奏的艺术还很幼稚,即使不能说它是还在婴孩时代,至少可说是还在儿童时代。他培养这种艺术,使它达到了青年时代。他在一六五三年诞生在意大利的一个小城市叫做孚西那诺(Fusignano)的地方。他早年就向一位叫做伐沙尼(Bassani)的老师学习小提琴,又向一位罗马教皇的唱歌员叫做西摩耐利(Simonelli)的人学习作曲。他受了这两位教师的指导之后,对于小提琴兴趣酣浓,便开始自力研究,结果发展了小提琴演奏的技术,在他生存的时代没有人可同他匹敌。

一个富裕而爱好音乐的主教,名叫卡提那尔·俄托菩尼(Cardinal Ottoboni)的,做了他的保护者。科累利便在他的恩宠的保护下住定在罗马。他受皇帝的崇敬,同时又受平民的崇敬。他的生活一帆风顺,光荣富厚。他平生未曾有过衣食之忧。但他是一个老实人,不管周围的人穿得如何绚焕灿烂,他管自穿一件朴素的黑衣服。他走进皇宫,臂下抱着一只提琴,神气倒像一个马车夫。他的朋友罕得尔(Handel)责备他过分节俭;岂知他买画的时候,做慈善事业的时候,挥霍金钱,教人叹惊。

六大册的作品集,包含十二个大合奏(concerti grossi)和六十个奏鸣曲(sonatas),是他对作曲界的贡献。他所最爱好的礼拜堂用的庄严曲调,反响在第一集的十二个奏鸣曲中。第二集中都是优美的舞曲形式——"阿雷曼得"、"科楞提"(corrente)、"岐格"及其他。有名的《拉·福利亚》(La Folia)主题及变奏曲,是他第一次专为小提琴作的独奏曲。这曲在今日的小提琴家的演奏节目单中都有地位。巴赫、库普朗和罕得尔,都是立足在这位意大利大音乐家所筑成的基础上的。

一个不幸的事件促成了他的早死。当他年纪很老了的时候,那不勒斯(Naples)的国王召他去演奏。所演奏的乐曲在小提琴上的位置(position),比他平时所演奏的更高。他演奏的时候,忽然脱了腔调,伴奏的管弦乐因而忽然停止:于是重新再演,狼狈地完成。他遭逢了这次意外的失败,非常懊恼,第二天就回罗马去,从此精神颓唐了。不久他就逝世,这正是一七一七年一月十八日。他带着种种的光荣,被埋葬在太庙(pantheon)中,他所崇拜的大画家拉斐尔(Raphael)的墓的旁边。

斯卡拉提父子

Alessandro Scarlatti and Domenico Scarlatti

"严肃的父亲,憨呆的儿子"

父:一六五九年——一七二五年

子:一六八三年——一七五七年

　　"严肃的斯卡拉提",多门尼科的父亲,不但调解了他自己的严肃和他的顽皮天才的儿子的憨呆,又在歌剧中调解了巴雷斯特利那的庄严的教会唱歌和蒙泰弗提(Monteverdi)的富于表情和个性的音乐。

　　他于一六五九年生在西西里(Sicily)的特拉巴尼(Trapani)地方。他在许多音乐学校里教授声乐。当时有不少有名的唱歌手,都是在他的教导之下成名的。他的精神很旺健,毫不费力地作出一百个歌剧和两百个弥撒曲。他有历史上的名誉,为的是他用伴奏和咏叹调(aria)的介绍,来救济了率直的宣序调(recitativo)的单调。但这也不过是历史上的陈迹,在今日已经没有人感到兴味了。

　　但他产生了一个比他的音乐作品更可贵的作品,便是一个儿子,多门尼科(一六八三年十月十二日在那不勒斯诞生)。这儿子对于键琴,同索班(Chopin)和利斯特(Liszt)对于钢琴一样精通。多门尼科受父亲的教导,起初亦步亦趋,完全承继乃父的作风,作出许多歌剧;不过这些歌剧的名目,到今日早已被人遗忘了。但是不久,照休柏特·巴利(Hubert Parry)所说,他"好比着魔一般,傲然地跳出圈子",转向了键琴研究的正路上。

当拉摩和库普朗正在制作当时流行的像金银嵌工一般精细的法兰西音乐的时候,斯卡拉提却努力把鲜红的热血注射到贫血的键琴音乐中去。他作出简短而力强的,只有一乐章的乐曲来。这些乐曲生气蓬勃,技术巧妙,旋律流畅,富有独创性,到今日还能像当年一样地牵引听众的兴味。

在键盘上两手交叉而奏颤音(thrill),这是斯卡拉提的发明。他很欢喜这种奏法。但是后来,他因为贪好美味,耽于饮酒和娱乐,身体渐渐胖起来,两手不能在键盘上自由交叉活动。于是他作出更简易的乐曲来,以便于他自己的弹奏。

他同罕得尔的会面,是一种特殊的因缘:有一次,威尼斯开假面跳舞会,罕得尔戴着假面具,在键琴上作即席演奏。一个穿绯红色的跳舞服装的人走向他来,高声唱道:"这是有名的萨克森人!"[1]因这道破,斯卡拉提便和他相识,主教卡提那尔·俄托菩尼便举办一次演奏竞赛,结果罕得尔得了风琴演奏的奖品,而斯卡拉提得了键琴演奏的锦标。

多门尼科于一七五七年逝世,遗留下来的是一个家族、一笔赌债和三百个键琴乐曲。这些乐曲比他父亲的作品价值高贵得多,虽然他的生活是"憨呆"的。

---

〔1〕 罕得尔是德国的萨克森人。——译者注

G. F. Handel.

罕 得 尔

Georg Friedrich Händel

"神曲的大作家"

一六八五年——一七五九年

　　罕得尔的神曲(oratorio)《救世主》(Messiah)中的《哈雷罗耶合唱》(Hallelujah Chorus)第一次表演的时候,全场听众兴奋之极,不知不觉地站起身来。自此以后两世纪中这合唱表演一直是这般情形。

　　他天生成是一个音乐家。音乐从他的心中流出,像尼亚加拉瀑布(Niagara Falls)一样。在他的家族中,他是可敬的音乐大天才。在他的父亲、母亲和任何一个祖先中,都找不出产生这大天才的迹象来。

　　佐治在一六八五年二月二十三日生于萨克森的哈雷(Halle, Saxony)地方。少年时代,他的父母亲反对他学习音乐,引起坚苦的斗争。他八岁的时候,曾经偷偷地把一架键琴搬运到屋顶下的阁楼里,避去了父母亲的注意而偷偷地学习。全靠这一点基础,他获得了从本地的风琴师萨科(Zachow)学习音乐的特权。这先生教他四种乐器的演奏法、对位法和作曲法。教了三年之后,这先生公然表白:这孩子已经知道得比先生更多了。

　　他的父亲强迫他学法律。他一面学音乐,一面遵命学法律,直到一六九七年他父亲故世而止,总算没有耽误他的正业。他在汉堡剧场里当键琴师。有一个演员妒忌他,想篡夺他的位置,因而同他决斗。他在这决斗中几乎丧失了生命。幸得一个僮仆的解救,没有被杀。他终于保住了他的职位,因为他对于这职位很是称心。直到后来,为了进修,才离去这职位而专赴意大利。他在意大利的三年,非常愉快,产生大量的作品。

但他的主要的工作地点,却是英国。他最初在英国住了两年。后来,一七一○年,他的作曲声名极盛大的时候,他又回到英伦,而且在那里作久住之计。他入了英国籍——一口发音不正确的英国话,一个笨拙的德国人身体。

他在五十岁以前,作了许多歌剧。他能精明打算物质的收获,又能体贴群众的趣味,因此到这时候,已经积了很大的财产和名誉。虽然只有他的徐缓章(largo)和一二个咏叹调残存在今日的演奏会节目单上。

他在伦敦当歌剧指挥者,遭逢失败。因此他改就神曲的制作。在十三年中,他作出了十九个神曲——《在埃及的以色列》(Israel in Egypt)、《海拉克尔斯》(Herakles)、《救世主和伊色列王扫罗》(Saul,包括有名的《死的进行曲》,即 Dead March),是其中最有名的几曲。他还利用他的余力,作出无数的笛(flute)、小提琴、风琴和键琴用的乐曲。他有时借用别的作曲家的主题在自己的作曲中,这也是不足怪的事。

更不足怪的,是他的健康因了过劳而恶化。他最后的数年,像巴赫一样,眼睛失明,身体疯瘫。他写《哈雷罗耶合唱》的时候曾经说:"我觉得我确曾看见天堂和伟大的上帝。"我们希望一七五九年四月十四日星期五那一天,他临终的时候,这个幻象真果出现在他的眼前。

巴　　赫

Johann Sebastian Bach

"音乐之父"

一六八五年——一七五○年

　　在德国的爱塞那赫(Eisenach)这狭小的市镇里,佐罕·塞巴斯提安·巴赫在一六八五年三月二十一日最初看见这世界的光。他的家族中有五十位以上的音乐研究者,所以这小朋友一会说话就被带到风琴、钢琴前面和唱歌队里,原是不足怪的事。所叮怪者:当他的哥哥发现他半夜里在阁楼上的月光中抄写风琴曲谱的时候,并不称赞这小孩子的勤学,却打他一记耳光,撕破他的乐谱,而把原本锁闭在书橱里。

　　但他长大起来,终于确立了他自己的事业。他娶妻,又续弦。赖了这两位贤妻的帮助,他建立了一个有二十个儿女的欢乐的家庭。他对待这二十个儿女,同他的哥哥对待他完全相反,是非常和爱的。每天晚上,他坐在一只大安乐椅里,拿着一杯麦酒、一只烟斗,也许还有一二个小孩坐在他的膝上,听赏他的儿女们和朋友们演唱他的合唱曲(chorales),或者弹奏他新作的经文歌(motet)、赋格曲(fugue),或者笛、大提琴(cello)和键琴的乐曲。有时他站起来,为他们奏一个即兴的新曲。

　　虽然这大家庭的负担不免吃力,但他总是处处泰然。他的宗教信仰心非常坚强。他最初在律内堡(Lüneburg)当唱歌童子,后来在安斯塔特

(Arnstadt)当风琴师,再后来为淮马(Weimar)的公爵当了多年的演奏会指挥,再后来当刻顿(Köthen)的宫廷音乐指挥,最后几年当来比锡(Leipsic)的风琴师。无论在什么地方任职,他总是不绝地创作音乐来奉献于他所崇敬而服务的上帝。

《圣·马太受难曲》(St. Matthew Passion)、《圣诞神曲》(Christmas Oratoris)、《B 短调弥撒》(B Minor Mass),四十八个为平均律钢琴而作的乐曲,三百个教会用的声乐大曲(cantatas),四十个风琴用的前奏曲和赋格曲,以及许多器乐的奏鸣曲,是他的最著名的作品。在这些作品中,他发明新的指法,又把向来死板板的赋格曲变成生气蓬勃,把复音乐的寂静的美变成一种活跃的新趣味,又建设优越的乐式。音乐到了巴赫手里,便和以前迥然不同了。

他的继续不断的勤勉,使他的眼睛失了明。他在一七五〇年七月二十八日逝世。逝世的前三年,他的眼睛不能看字,作曲都是口授给别人写的。但他从不为失明而怨天尤人。他死的时候,同他活的时候一样赞美上帝。他在临终的床上唱着他的赞美歌中最美的一曲而瞑目。

Joseph Haydn

海　　顿

Franz Joseph Haydn

"海顿伯伯"

一七三二年——一八〇九年

　　一打兄弟姊妹中的一人，一七三二年三月三十一日奥地利的罗劳
(Rohrau)地方一个车轮匠和一个厨司女工所生的夫朗兹·约瑟·海顿，
是一个优秀出众的孩子。他小时候学校里的严酷的教育，便是他的异常
勤奋的一生的准备。

　　他的一个堂兄，名叫夫朗克(Frankh)的，把六岁的海顿带出外面去
练习声乐。但这个堂兄没有好好地供给他衣食，使得这个孩子饥寒交
迫。当他被送到维也纳的唱歌学校里去的时候，工作的充满和胃袋的虚
空作成了强烈的对比！但他还是挣节金钱，去买了两本旧货的和声学
书。学校里没有人注意他的教养。有一次，他用剪刀剪下了坐在他前面
的一个学生的一绺辫发，就被学校开除。他只得带了那两本宝贝的和声
学书，逃到他的朋友斯班格勒(Spangler)家的屋顶里去避难。

　　他替一个演员叫做柯尔兹(Kurz)的作了一个乐曲，因此得到了一个
职业，替一个唱歌者叫做波尔波拉(Porpora)的擦皮鞋又当佣工。他过
去曾经长期间的饥寒交迫，直到这时候，得到了一个富裕的保护者，方才
解决了他的面包问题。

他有三十年的长期间依靠他的最投机的保护者挨斯忒哈齐(Esterhazys)。这期间的生活是很理想的。夏天他在他们乡间的广大的避暑山庄里居住;冬天回到维也纳来,不断地举行宴会和祝祭。他为这些盛会作曲,指挥演奏,编出许多可爱的音乐节目单来。六个美丽的交响曲,八十五个弦乐四重奏中的六个,一个神曲《十字架上的七个字》(The Seven Words from the Cross),便是在这些安定愉乐期间作成的。

一七九一年,英国人对他表示热烈的赞誉和欢迎。他曾经说:"使我在德国出名的是英国人。"《创世纪》(The Creation)和《四季》(The Seasons)两个神曲,便是他奉献给他的英国朋友的。他的《惊惶交响曲》(Surprise Symphony),便是对于英国人的贪睡的脾气的幽默的讥讽。

他共有一千零四十七种作品,其中不乏美丽动听的佳作。许多较短的乐曲,都是音乐化的笑声,愉快的旋律和幽默的情趣层出不穷。他在管弦乐中添加弦乐的静默的微音和单簧管(clarinet)的清脆的歌声。他替管弦乐的各种乐器作曲,使得各种乐器都能表现出其特有的音色。他改进奏鸣曲形式(sonata-form),添加一个第二主题,以补救仅用一个主题的单调。贝多芬和莫差特(Mozart)的老师,音乐界的"海顿伯伯",他的确可以夸口:"我的说话是全世界人所懂得的。"

Luigi Boccherini

菩开利尼

Luigi Boccherini

绰号"海顿的太太"

一七四三年——一八〇五年

　　一个永恒的音乐的源泉,口子上装着一个开关,可以自由启闭——这是人们对于菩开利尼的描写。绰号"海顿的太太"是为了他的室乐和这位同时代的大家的非常相像的原故。但是,他也有使他自己成名的特色,便是把弦乐四重奏中的大提琴(是他所最爱的乐器)提高到重要的地位。大提琴这乐器在海顿的管弦乐中一向被看轻,只当作第一小提琴的伴奏用的。

　　他在保护者的权力之下作曲,他的作曲保证立刻上演,因此他的作品的产量非常丰富。他于一七四三年二月十九日诞生在意大利的卢卡(Lucca)地方。他的父亲是一个最大提琴(contrabass)的演奏者,是他的第一个教师。这教师很聪明,一发现了他的天才之后,立刻设法送他到罗马,去跟凡努契(Abbé Vanucci)学习小提琴、大提琴和作曲。菩开利尼在罗马同一个小提琴家叫做曼夫累德(Manfredi)的做朋友,两人渐渐变成了艺术的同志,就一同出去作旅行演奏。后来这两人来到了马得里(Madrid)的查理四世(Charles IV)的宫廷中。

　　他们受到西班牙人的十分热烈的欢迎,就在那里留住了。菩开利尼获得丰厚的年俸,外加荣膺了王室的上宾。他无法报答这种恩遇,只有潜心作曲,三重奏、四重奏、五重奏、小提琴曲、大提琴曲,有时也作交响曲或歌剧。这些乐曲都被安详地作出,热烈地倾听。

但是,统治者的恩宠原是靠不住的。有一次,查理四世听到他所作的一曲三重奏,摇了摇头,说这曲太陈腐了。菩开利尼立刻遵命修改,但在曲中重复了某一部分。查理四世再听的时候,大为震怒,加他敷衍的罪名,就此把他革职。

他找到了另一保护者,便是法兰西领事菩那巴特(Lucien Bonaparte)。为了这位保护者的音乐欣赏,菩开利尼的音乐源泉的闸又大开了。但是不久,菩那巴特被本国召回,菩开利尼又失去了靠山。他的晚年,贫病交迫,为了糊口之计,他替富裕的音乐爱好者整理六弦琴(guitar),又作乐曲来零卖。一八〇五年五月二十八日他的死亡,使他解脱了饥寒之苦。

他遗下不少作品——一百二十五个弦乐五重奏,九十一个弦乐四重奏,五十四个弦乐三重奏,二十个交响曲,还有许多大提琴和小提琴用的乐曲。他的乐曲的流丽、新颖,到今日还不失其价值。难怪当时的夫人小姐们,要踮着她们的尖细的脚趾,而热心地尝那有名的菩开利尼舞曲(boccherini menuet)的美味。这些舞曲的香甜的美味,直到现在还没消散呢。

da L. Cherubini

开卢俾尼

Luigi Maria Cherubini

"在法兰西作德意志音乐的意大利人"

一七六〇年——一八四二年

　　长长的姓名,长长而光荣的教授事业和作曲事业,长长而大部分已被遗忘了的作品目录——这便是开卢俾尼的一生。但是,他的作品或许被人遗忘,他的人却永远被人纪念。因为他有重大的影响及于音乐界,因为他把德意志的戏剧的性质注射到法兰西歌剧里去,而且使得继起的作家都照他做;因为他最初利用英国管(English horn)和大提琴独奏在管弦乐中;又因为他有重要的论文,廓清整理了对位法的规则。

　　他在一七六〇年九月十四日生于佛罗伦萨。一个勤勉好学的学生,他在青年时代尽量吸收了种种的音乐教育。他的父亲,一个剧场里的键琴手,同其他的作曲教师一样,命令他操练严格的课业。他的理论是课业越是严格,成就一定越完全。他在家里找出一个破旧的小提琴来,自己专心学习。他的学习居然成功,十岁的时候,有一次他偷偷地钻进戏院的管弦乐团里,替一个请假的小提琴手作代庖,听众全然不曾知道。从某种方面看来,他实在是偶然地做了十九世纪最优越的音乐家的。

　　在他的初期,即从一七六〇年到一七九一年,他的主要作品是意大利风的教堂音乐和轻歌剧(light opera)。在第二期,即从一七九一年到一八一三年,他集中精力于他的最伟大的歌剧的制作,这些歌剧便是《美地》(*Medée*)、《发尼斯卡》(*Faniska*)、《阿本塞哲兹》(*Abencerrages*)、《罗多伊斯卡》(*Lodoiska*)和《挑水者》(*Les Deux Journées*)。最后两曲尤为力强,贝多芬听了这两曲,称赞他是当代最伟大的作曲家。

从一八二一年到一八四一年,他做了巴黎音乐院的最高权威的院长。人们对他不觉得可爱而觉得可怕,连他的夫人和三个孩子也如此。当时还年轻的利斯特和卢平斯泰恩(Rubinstein)向音乐院申请入学,竟被他断然地拒绝了。培利俄兹(Berlioz)正在音乐院当学生,院长屡次指斥他的乐想的怪诞,使得他的学生生活很是不幸。他的教育立场是绝对权威的学院主义。当拿破仑以君主的权威来干涉音乐院的事件的时候,他用那凸出的眉毛底下一双炯炯发光的眼睛来盯住他,同盯住一个小学生一样。

这个"在法兰西作德意志音乐的意大利人"的作品,充满了色彩和旋律美,可说是古典音乐的模范。一八四二年五月十五日死神来提取他的时候,同时提去了他的世纪中最伟大的教育和组织的权力。

莫　差　特

Wolfgang Amadeus Mozart

"超群的人和超群的音乐家"

一七五六年——一七九一年

　　一个小孩子,戴着白色的假发,穿着缎子的短裤,两只小脚刚刚踏得到琴上的踏板(pedals),一双小手却能在键盘上弹出美妙惊人的音乐;离开了一七五六年一月二十七日坠地的奥地利的萨尔斯堡(Salzburg)故乡,用他的音乐演奏去获得各地的听众的心;马利·安团(Marie Antoinette)皇后竟想留他住在宫中的育婴室里。这小孩子便是莫差特。他幼年时代的音乐演奏在人们心中所惹起的爱,到了这孩子变成大人、音乐家、作曲家的时候,更加增大了。

　　他似乎是带着满身的旋律而降生到世界上来的。他的父亲的严格的音乐教练,加上了他自己的天才,竟变成了一个无尽藏的音乐的源泉。他的内心中的创造力异常丰富,到处会乘机迸发。而外界的风声、水声、鸟声、人声,只是他的创作热情的一种微弱的启示而已。他所作的乐曲(三十六年中共作六曲)中的每一曲,都是在从笔尖移交到纸上以前先在心中全部完成的。

　　这样一位天才的生活,照理应该是成功而繁荣的,然而不然。他在早年的胜利之后,就替萨尔斯堡的大主教服务。这大主教是一个吝啬的人。他的无厌的苛求,竟可以吸干一个灵感的源泉,假使不是像莫差特的灵感的源泉那样深广的话。种种无报酬的额外要求,使得莫差特厌烦之至。他的音乐普遍流行,只使得出版商人发财,而不使作曲者沾一点润。

一七八一年,他住定在维也纳了,就同君士坦士·封·韦柏(他的第一个恋人的妹妹)结婚。冬天没有钱买煤的时候,她就同他跳舞,借以取暖。吃饭的时候,她替他把肉切碎,免得他自己切时伤害他那宝贵的手指。他有时浪费一点,她总原谅他。她欢喜他的一切朋友,其中之一便是海顿。当他们两人互相赏识各人的音乐的时候,她表示无限的欢欣。他的愉快的歌剧《飞加罗的结婚》(*The Marriage of Figaro*)、《科齐·方·塔提》(*Cosi Fan Tutti*)、《魔笛》(*The Magic Flute*)和《同·胡安》(*Don Juan*),正是在这些困苦的年代写作的。这些和其他的二十五个钢琴协奏曲(concerto),七个小提琴曲,四十九个交响曲,无数的教会音乐、器乐曲、管弦乐曲和室乐,都是绝顶优美的杰作。

一个匿名的人请求他作一曲安魂弥撒曲(requiem mass),使得他精神十分颓丧。因为他不知怎么一来,相信这安魂弥撒曲是为他自己作的。这曲作成的那一天,他忽然神志郁抑,当夜竟逝世了。这是一七九一年十二月五日的事。一个贫民式的坟墓,便是这古典乐派的最大天才的安息所。

van Beethoven

贝 多 芬

Ludwig Van Beethoven

"音乐的巨人"

一七七〇年——一八二七年

　　这"巨人"却是"小人"种族中生出来的。他的父亲是一个酒醉糊涂的军乐队员,他的母亲是一个女厨司。他在一七七〇年十二月十七日生于德国的蓬府(Bonn)。他在这地方度过一个贫困而不愉快的少年时期。弹钢琴弹错了一点,他的父亲就打他,但他八岁上就变成一个出名的小钢琴家。

　　他六岁上在维也纳遇到莫差特。莫差特看到他的才能,给他几句称赞勉励的话。这使他望见了一线希望的光明。但是在蓬府几个月的劳苦的教练,几乎毁灭了它。直到失望的时候,他才决心离开蓬府,来到维也纳,向海顿学习音乐。费尽心血,他的生活方得维持。

　　以后的几年,他在维也纳非常得意,他和他的作曲和他的钢琴演奏,到处受人欢迎。他在各界都有了朋友。贵族的妇女们,竟有跪着请求他弹奏钢琴的。他高兴的时候就为她们弹奏一曲,不高兴的时候就拒绝她们。他对他的朋友兼保护者利克诺夫斯基(Lichnowsky)王子当面叫"驴子",王子只对他一笑,依旧同他做朋友。在他眼睛里没有贵族,贵族在他面前都消沉了。

　　但是这幸福而繁荣的时期并不长久继续。到了一八〇〇年,他发现自己的耳朵渐渐聋起来,不胜忧惧! 他就离开维也纳,回到乡间。但他仍旧继续作曲。在这时期的作曲中,我们看到了他的强烈的个性的畅快的表现。从一八〇〇年到一八一六年,是他的创作的"中期"。这中期表明了从古曲乐派进入后来的浪漫乐派的过渡。

　　不幸他的心情跟了他的听觉而衰颓起来。他变成了一个容易动怒的、多疑的、善骂的人。但他的"后期"的作品,即从一八一六年直到一八二七年三月二十六日他逝世这一段时间的作品,却是全部中最伟大的作品。他指挥他的《第九交响曲》(Ninth Symphony)的时候,听众的喝彩和拍手,他自己已听不见。他只能在心耳中听到他所作的旋律。所以他后期的作品,都是更加理智的,但是并不失却中期那样的表现力。

　　九大交响曲,其中最可爱的《第五》,一个歌剧《飞对略》(Fidelio),无数的室乐、器乐、管弦乐的作品,包括有名的《月光曲》(Moonlight Sonata),证明了他的伟大。这是使人伤心的话:这位天才中的天才,竟死在贫病交迫中。有一天他从住在乡村中的一个兄弟的家里走出来,为了省钱,雇一辆没有篷的马车,坐着回家;在这马车中受了风寒,回家就患肺炎而死。假如能多出几个钱雇一辆轿车,也许可以救了他的命。

舒　柏　特

Franz Peter Schubert

"在天堂门口唱歌的云雀"

一七九七年——一八二八年

　　舒柏特的三十一年的生活,是永远中的一个"音乐的瞬间"。但是这个瞬间非常音乐的,所以永远不忘的旋律从此永远生存,而确定了他的"第一位真正浪漫乐派作家"的名誉。

　　一个懦弱的戴眼镜的小男子,说起话来怕羞得格格不吐,个性谦虚退让,然而具有一种吸引朋友的磁性——这便是舒柏特。他的母亲是一个女厨司,父亲是一个小学教师。这两人生了十四个孩子,舒柏特便是其中之一。他在一七九七年生在维也纳附近的乡村里。他的父母既没有时间,又没有金钱来培养这早熟的音乐的天才。

　　他去投考维也纳的孔维克特学校。那校长萨利挨利(Salieri)看见这个粗野而衣衫褴褛的孩子,想要不录取他;但他的清朗的高音嗓子使他考取了。他就在那里受教育。学校里每天只供给他吃两餐饭。他在这半饱的生活中,参加管弦乐演奏和唱歌团,又学习普通的学科。他没有钱买五线纸,他的一个朋友叫做斯邦(Spaun)的供给他。就在这时候,这个衣食不给的十五岁孩子作出了两个弦乐五重奏、一个三重奏、一个管弦乐用的序曲和许多美丽的乐曲,虽然萨利挨利教他和声学和对位法的时候很看他不起。

后来他在他父亲的学校里当了几年小学教师。这期间他心中的音乐不断地涌出来,他替小学生改练习本,并不给他们改正,却在这些本子上写了许多的乐曲稿子。因此,他后来不得不辞职。辞职之后,他笼闭在一个冷静而肮脏的小房间里,穿着一件宽大的长衫,一天到晚坐在桌子面前作曲,只有晚上出门,约朋友们上咖啡店去作愉快的集会。后来,青年的封·索柏尔(Von Schober)供给他一间住宅。后来,他替诗人美尔荷斐(Mayrhofer)的诗谱乐曲,这诗人也供给他住处。再后来,挨斯忒哈齐伯爵也供养他。

这时候他所作的乐曲,没有带给他一钱的报酬。其中有许多乐曲被人遗忘,后来被舒曼(Schumann)在一个灰尘堆积的书架上发现,拿去给门得尔松(Mendelssohn)看,方才发表于世。歌剧《罗萨蒙德》(*Rosamunde*),九个交响乐,许多室乐和大批的可爱的歌曲(songs),其中包括《云雀》(Hark, Hark, the Lark)和《谁是西尔维阿?》(Who Is Sylvia?),是他传世的作品。无上的甘美,温暖的抒情,强烈的个性的情绪的表现——一切这些浪漫乐派的特点,他的作品中都完备。

贝多芬称赞舒柏特,舒柏特崇拜贝多芬,二人几乎做了朋友。舒柏特拿着火炬,涕泪满面地送贝多芬的葬。二三个月以后,舒柏特患伤寒而死,就被埋葬在这位伟大的朋友的墓旁——在维也纳。

Johann Strauss

斯特劳斯父子

Johann Strauss

"父子都是圆舞曲之王"

父：一八〇四年——一八四九年

子：一八二五年——一八九九年

　　斯特劳斯父子的创造圆舞曲(waltz)，好比机械科学家的创造飞机。没有圆舞曲的世界，是使人难于想象的。但在约翰·斯特劳斯(长子)带了十九世纪来到这世界之前，确是这样的。斯特劳斯父子二人，都是圆舞曲的最初的作者。他们的作品，可使人的精神跟了跳舞的动作而进入狂喜出神的境地。二人以后，世界上就有各种各样的圆舞曲的产生，而这种乐曲就变成音乐上最重要的一种曲式。

　　老斯特劳斯，华格纳(Wagner)称他为"民间精神的鬼才"。他就像古代的游闲音乐者，结伴成群，从酒店到酒店，从城市到城市，弹着琴，跳着舞，到处游历。后来，他的游踪遍满了欧洲。他的成功就和维多利亚的加冕礼同时确立。

　　他觉得他的儿子约翰(Johann)、约瑟(Joseph)和爱德华(Edouard)可能超过他老人家的名望，他就派遣他们去当银行职员或者其他与音乐无关的职业。但是他们承受他的"欢乐的天才"已经太多了，都不肯改行。于是斯特劳斯对斯特劳斯的，父对子的，争夺"圆舞曲王"(Waltz King)

的战斗,在音乐的世界里闹了好几年。起初,他的大儿子在维也纳街上到处招贴,说:他将要开一个管弦乐演奏会,演奏他父亲的作品和他自己的作品,请大家来听,那时世人便可决定谁是更伟大的。终于经朋友们劝解,父子之间的斗争方才告终,这是老斯特劳斯逝世前一二年的事。当时世间对这父子的斗争的意见,虽然纷纷不定,但是"时间"的裁判自然十分正确。后人说起斯特劳斯这姓氏,心中立刻想起的是《青色的多瑙河》(The Blue Danube)、《维也纳世系》(Wienerblut)、《艺术家的生活》(Kuenstlerleben)、《蝙蝠》(Die Fledermaus)、《威尼斯的一夜》(Eine Nacht in Venediz)等名曲,而这些名曲正是小斯特劳斯即约翰所作的。

　　四百个圆舞曲,无数的轻歌剧,参与欧洲一切城市里的演奏和在维也纳指挥他自己作的管弦乐,凡此种种,使得他的生活十分富裕。一八八二年的美国独立节(Independence Day),他指挥一个庞大的合唱。这合唱团有一千个人,一百个助理指挥,在波士顿的国际和平纪念会里举行的。但他为了这事,花去不少金钱。又被邀请赴美洲各城市游览。他觉得在美洲的游历已经厌足,便回到应酬较少的欧洲来,静静地度送他的晚年。直到七十余的高龄,他始终是一个愉快活泼的乐天者。

Felix Mendelssohn Bartholdy

门得尔松

Felix Mendelssohn-Bartholdy

"天之骄子"

一八○九年——一八四七年

　　门得尔松的序曲《仲夏夜之梦》(Midsummer Night's Dream Overture)的谐谑曲(scherzo)中的仙乐,是他的作品中最可爱的音乐。料想一八○九年二月三日他在汉堡(Hamburg)诞生的时候,这班可爱的仙子是护送他到摇篮里来的。不但是仙子而已,还有聪明慈爱的父母亲、保姆和家庭教师,协力监护这天之骄子的教育。他幼时在这富裕高贵的家庭里享尽了一切物质的满足和精神的和平与幸福。

　　他是一个美貌可爱的儿童,每个星期日的上午,他的家里一定有许多兄弟姊妹和朋友齐集在音乐室里,他拿了指挥棒,指挥他们演奏他所作的管弦乐曲。全汉堡地方的人都赞慕他家里的音乐会。他十六岁的时候,已经是出名的钢琴家、风琴家、小提琴家、指挥者和作曲者,而开始作第一次演奏旅行了。他在到处博得荣名;当时的名流,像哥德(Geothe)、利斯特、索班、舒曼、罗西尼(Rossini)、迈尔培尔(Meyerbeer)等,都争先和他交朋友。他就变成了他的时代的音乐的先锋。

　　他十九岁的时候,有一次指挥巴赫的《圣·马太受难曲》,忽然注意到了巴赫音乐的丰富。这已经被人遗忘了半个世纪了。他要重新唤起世人对于巴赫音乐的注意,便组织一个"巴赫研究会",出版巴赫作品全集,在他的曲目上规定一种"巴赫编号"。他即使不再做其他的工作,就这一件事业已可使他不朽了。但他还有许多关于他自己的事业:他在来比锡创办德国第一个音乐院。他在欧洲各大城市教授或指挥演奏。序曲《仲夏夜之梦》是十七岁时作的。他的流丽的小提琴协奏曲,使得许多提琴手因了这曲中的明澄的节奏而获得名誉。序曲《芬格的山洞》(Fingal's Cave Overture)、《苏格兰交响曲》、《意大利交响曲》(Scottish and Italian Symphonies)和许多室乐,证明他是一个沉浸在古典传统中的浪漫音乐家,一个表现派的保守者。这些音乐都是出于真情的,常常引起人们对于一个精神粹美的有教养的人格的回忆。

他的美满的婚姻,他的种种音乐上的成功,天才同他一样丰富的他的姐姐方尼(Fanny)的友爱,使他的幸福的酒杯装得满满的了。但是,当他三十八岁的时候,方尼的死使他失却了这乐园。他受了很大的打击,身心都衰颓了,因为他一向是习惯于幸福的生活的。几个月之后(一八四七年十一月四日),他也就离开这人世了。

Robert Schumann
Klara Schumann

舒　曼

Klara and Robert Schumann

"音乐的勃郎宁手枪"

克拉拉：一八一九年——一八九六年

罗柏特：一八一〇年——一八五六年

　　罗柏特·舒曼的不平凡的一生,于一八一〇年六月十日在萨克森开始。他在来比锡大学毕业之后,人们推想他总是做法律家的。但他写给他母亲的信上说:"我过去二十一年的生活,是诗与散文,或者音乐与法律的斗争。"音乐终于战胜了法律,于是这个趣味倾向和孝子责任的斗争的局面就告结束,他立刻改习了音乐。

　　他的钢琴教师维克伯伯(Papa Wieck)有一个女儿,名叫克拉拉(Klara),她九岁上就能演奏钢琴,是来比锡有名的女神童。她崇拜罗柏特(舒曼的名字),请他吃美味的点心,热心地弹奏他的作曲。她的印象深入了罗柏特的心中。当他第二次看见她的时候,她已是十八岁的姑娘。他就作出热情的钢琴曲来,向她求婚,不管维克伯伯的坚决反对。经过种种阻难之后,罗柏特终于获得他的情侣。这第二次斗争又是他的胜利。

　　他娶了这位同气连志的夫人之后,生活十分幸福,艺术飞快地进步,产生了大量的作品。百余个优越的歌曲,附有声部各别的伴奏;三个大交响曲,许多弦乐四重奏和那有名的钢琴五重奏,便是他结婚后生活美满的五年中产生的。《克赖斯勒利阿那》(Kreisleriana)、《谢肉祭》(Carnaval)、《得维得斯本得勒跳舞》(Davidsbündlertänze)、《儿童情景》(Kinderscenen)、蝴蝶(Papillons)和许多其他的钢琴曲,从他的心中和克拉拉的手指上源源地流出来,都是舒曼风的音乐,明朗而富有效果,幽默的情趣和可爱的旋律诗趣地结合在一起。

他用他的论文挑起第三次斗争,即真实纯正的音乐对于低级趣味的庸俗音乐的斗争。一切浪漫派作曲者,包括索班、门得尔松和布拉姆斯在内,都应该感谢他在《新音乐杂志》(Die Neue Zeitschrift für Musik)的许多篇批评论文的努力的护卫。但是他的第四次斗争,不拘克拉拉如何小心注意,结果是失败的。他在大学的时候,常有精神病发作。他的写作、教授、指挥和作曲的工作越弄越繁,这毛病的发作就越来越勤,他的头脑中充满了混乱的妄想。最后,他想逃避这精神的苦痛,竟从莱茵河的桥上跳进了水里。一只过路的渔船把他救起。他就被送进疯人院。一八五六年七月二十九日,就在这院中死在克拉拉的臂膀里。他死后,她在他身后的荣名的护卫之下又活了四十年。

Franz Liszt

利　斯　特

Franz Liszt

"新音乐的和平战士"

一八一一年——一八八六年

　　青年时代是一个长头发、长手指的走江湖的钢琴家;老年时代是一个白头发的僧长;但在每一个时期,都具有吸引人心的魔力——这便是夫朗兹·利斯特。

　　他在一八一一年十月二十二日生在匈牙利的赖定(Raiding)地方。幼时早已表露他的天才,因此便有几个有力的人物愿意担任他的音乐教育经费。他跟有名的音乐教师彻尼(Czerny)和萨利挨利学习。此外又跟他所崇敬的父亲学习。十一岁的时候,他在维也纳公开演奏,博得听众的热烈的赞誉。贝多芬也盛称他的天才。

　　在法国,他被称为"世界第九奇迹"。他在法国听到了神秘的小提琴天才巴加尼尼(Paganini)的演奏,心中兴奋之极,便决心要在钢琴演奏上同他对抗,结果他达到了这愿望。在法国,他又遇见索班、培利俄兹和达哥尔特夫人(Mme. La Comtesse d'Agoult)。后者便是他的爱人和他的三个孩子的母亲。

　　从一八三三年到一八四八年,他在全世界各地享受了一连串的艺术的成功,他的人格的优秀加上了他的天才,使他到处受人欢迎。他在各处收到的钱财很多。他慷慨地使用钱财,凡有慈善事业,他一定解囊资助。蓬府替贝多芬立一雕像,因为经济缺乏而工作中止,利斯特负了最后责任,使这雕像完工。

一八四八年,他从演奏的舞台告退,而专心于教授、指挥、著作和作曲。他有三百多个私淑弟子,其中有好几位是近代有名的钢琴家。他在淮马指挥歌剧的时候,乘机提供了许多新的制作。他的音乐格言是"生动第一"。根据这格言,他提供几种佳作,是华格纳的《罗恩格林》(*Lohengrin*)、《飞行的荷兰人》(*Flying Dutchman*)和《坦华瑟》(*Tannhäser*),培利俄兹的《本弗努托·彻利尼》(*Benvenuto Cellini*),韦柏的《攸利安泰》(*Euryanthe*),舒曼的《曼夫累德》(*Manfred*)和其他。

一八六一年,罗马和天主教欢迎他。他就穿上了僧长的黑色长衣,他的音乐也穿上了宗教的服装。他不再作那生气蓬勃的《匈牙利狂想曲》(Hungarian Rhapsody)和钢琴曲改作的管弦乐曲,却从和平的笔尖上写出了一种安魂曲和一个神曲。但他仍旧继续教授和指挥,在淮马和布达佩斯(Budapest)。他住在罗马的时候,好比是教皇的巴雷斯特利那(见本书第11—12页)。

他逝世这一天,正好是拜拉特(Bayreuth)地方举行华格纳纪念会的一天,即一八八六年七月十三日。这时候他正在他的女儿科齐马(Cosima)家做客。超群的音乐家,指挥者和作曲者,教师,新音乐的使徒,浪漫主义的战士,作者和编者,富人和穷人的朋友,这些都是他的名誉。

Ant~ Rubinstein.

卢平斯泰恩

Anton Gregor Rubinstein

"俄罗斯的游行歌人"

一八二九年——一八九四年

　　安同是铅笔制造者犹太人卢平斯泰恩的儿子。当他一岁的时候,俄皇对犹太人下一个严酷的命令:凡犹太人必须放弃他们自己的宗教而信仰俄皇的宗教,方才可以免死。于是,小安同只好受他们的洗礼。但是犹太人的热烈的情绪顽强地保留在他的心中和他的音乐中,不管那冷冰冰的"圣水"浇到他的头上来。

　　卢平斯泰恩家的马车载了安同来到莫斯科的时候,安同正是一个五岁的很漂亮的孩子。他从母亲受了些钢琴教科,便从当时莫斯科最有名的钢琴教师维洛因(Villoing)学习。他表现了卓异的天才,因此他的贤慧的母亲不肯送他入学校,而决定在家里请家庭教师专任教诲。他十岁的时候就以神童著名。这证明了他的母亲的有眼光,又预定了他后来的旅行演奏所收得的无上的光荣。

　　但是,他的父亲死后,他曾有一时的不幸。他十六岁的时候,全靠自己的能力到柏林去留学。他的母亲和哥哥住在俄罗斯,他独自在柏林学习和声学。两年之后,他确定自己的未来端在他的故乡;但要达到这目的非常困难。他是孩子时代离开俄罗斯的,他没有护照,他只得替一个不可靠的官吏奏钢琴,算是他的琴师,方得通行。他的行李里满装着音乐作曲稿子。检查的时候,被诬为宣传虚无主义的东西,一概没收充公。两年来的心血,一旦抛弃。这些稿子后来被当作废纸,称斤两卖给人包东西。

一到了俄罗斯,他便在到处找朋友。二十三岁的时候,已被认为是一个卓越的艺术家。他向世界各国作演奏旅行。在旅行的中间,常常回到他所爱的圣·彼得堡来看他的夫人和子女的欢乐的家庭。圣·彼得堡音乐院于一八六二年创办,这便是他所发起而促成的。这是他的一个立足地。他当了院长,专心地在那里教授,又拿出许多金钱来充作这音乐院的基金。

一八七二年他旅行美洲的时候,在那里开了二百十五次演奏会。演奏他自己的钢琴曲《卡门诺伊·俄斯特罗》(Kamennoi Ostrow)和许多歌曲,例如《F 调旋律》(Melody in F)的时候,受到了美洲人的热烈的喝彩,虽然他的同国人批评他的作品太多德国音乐的色彩。他在一八九四年十一月二十日在俄罗斯逝世,享年六十五岁。

Hector Berlioz

培利俄兹

Hector Berlioz

"在本国没有荣誉的先觉者"

一八〇三年——一八六九年

　　在多数人看来,从外科解剖室跳到音乐院,是一个困难的步骤。但在热情而有决断的青年黑克托·培利俄兹,只是平常的事。

　　他是法国里昂的科特-圣-安德累(Côte-St.-André)地方一个外科医生的儿子,生于一八〇三年十二月十一日。他在这小市镇里的布尔乔亚的家庭里安乐地生长,同时也受到不少的阻碍。他不肯驯良地承继父亲的职业,而决心研究音乐,曾经对父母的严厉的反对表演了戏剧性的斗争。在科特-圣-安德累地方,资产阶级的子弟是不肯做音乐家的。

　　他在音乐院的时候,受了种种的苦楚。那院长开卢俾尼反对这青年革命者和他的独创的意见,不肯发给他罗马奖,直至三年之久。在这期间,他只好在巴黎的剧场当一个合唱团员,勉强糊口。

　　后来他终于获得了罗马奖,他结束他的学生生活的时候,开一次演奏会,演奏他的声乐大曲(cantata)和《幻想交响曲》(Symphonie Fantastique),受到利斯特的赞誉。一八三四年他从罗马回来,从巴黎指挥他的《哈罗尔德交响曲》(Harold Symphony)的时候,帕格尼尼(小提琴大天才)跳上演奏台来,热烈地吻他的手,请托他替他作一曲中提琴协奏曲(viola concerto),送他两千法郎。

这时是他的光明时代,但他还有许多黑暗时代。他同一个英国籍的演员斯密斯松(Henrietta Smithson)结婚。他对这女子的求婚的经过,同他的别的事体一样,也是戏剧性的。但这结婚的结果是悲剧的,他们终于离婚。几年之后,他的第二次结婚也是失败的。

他的三个伟大的交响乐诗《罗美俄与朱利挨特》(Romeo et Juliette)、《本弗努托·彻利尼》和《浮士德》(Le Damnation de Faust),被他的巴黎听众所藐视而唾弃,他于是不得不离开巴黎,旅行到俄国、英国、德国和奥地利。除了巴黎以外,他的作品到处受人热烈欢迎。结果,他终于受法国音乐院的聘任,而且给与荣名。因为他不能弹钢琴,音乐院不请他担任和声学教授,而请他管理图书馆。他原是一个管弦乐大家,他的音乐同他的生活一样,是不平凡的。他的音乐观非常广大,是独创的。

他的歌剧《特罗亚人》(Le Troyens)在巴黎上演,被人喝倒彩;他的儿子路易(Louis)死了;他自己的精神病发作起来;他避居到法兰西南部,一八六九年三月间死在那里。

Chopin

索　班

Frédéric François Chopin

"优越的钢琴诗人"

一八〇九年——一八四九年

"先生们,大家脱帽,天才者来了!"舒曼这样说,这天才者便是索班。

索班的性格:精细而苛求,嫌恶一切不十全的东西;不断的苦闷,因为十全的东西太少了。他在这不十全的世间忍受他的一生。这原是一切天才者所必须忍受的。而从他所忍受的苦闷中,产生了从来未有最美丽的钢琴音乐。

他在一八〇九年三月一日生在华沙附近的西拉索瓦-武拉(Zelasowa-Wola)市中。他的父亲是法国人,母亲是波兰人。他在一个充满阳光、花鸟和好朋友的舒服的环境中长大起来。有三个和爱的姐姐陪他玩耍泥龙竹马。

他的第一个作曲先生说:"不要干涉他。他走着特殊的路径,因为他有特殊的天才。他不依照规则,而自己创造规则。"实际,他没有发明新的形式,他只是在旧的形式的限制内作曲——圆舞曲、前奏曲(prelude)、夜曲(nocturne)、波罗内斯舞曲(polonaise)、谐谑曲和奏鸣曲。他为钢琴作曲,表现了从来未有的优美、浪漫、诗趣和力。

他虽然是一个热情的爱国者,但他大部的时间住居在巴黎。二十一岁的时候,他已经是巴黎著名的音乐家了。他写信给他家里的人,谦虚地说:"我在最上层社会中交游。但我不知道我怎么会走进这社会的。"得拉克拉(Delacroix,法国名画家)、利斯特、海内(Heine,德国大诗人)、舒曼、门得尔松,都是他的朋友。他常常在晚上招待他们到他的精美的演奏室里,在融融的火炉旁边,柔和的灯光下面,他弹奏钢琴,给三四个知音的朋友欣赏。朋友们能受他这种招待,引为特殊的荣幸。

他的许多朋友,是经过了他的巾帼英雄佐治·桑德(George Sand)的介绍而认识的。她有她的广大的翼膀来护卫这个敏感的病弱的人;当他的肺病屡次发作的时候,她竭尽心力去调治他,使他恢复健康。他立誓要死在她的臂膀上。但是后来起了一阵口角,他们的美丽的情谊被打断了。他不但没有死在她的臂膀上,当他最后一次生病而她来探访的时候,他竟拒绝会面。

像巴得累夫斯基(Paderewski)一样,他对故乡的爱比一切都深。他把这种爱倾注在他的作曲中,例如《波兰舞曲》、《F 调克拉科维克》(Krakowiak in F)和《波兰风幻想曲》(Fantaisie on Polish Airs)便是。一八四九年十月十七日他逝世之后,亲友们拿波兰的泥土轻轻地撒在他的棺木上。他被埋葬在他所崇拜的大音乐家的墓旁。

Cesar Franck

夫　朗　克

César Franck

"热情的爹爹"

一八二二年——八九〇年

　　圣·克罗提尔特(St. Clothilde)寺院的幽暗的风琴楼,只有一架陡而狭的扶梯通达尘嚣的世间。彻萨尔·夫朗克常在这楼中的风琴面前坐它几小时。当一个珍奇的即兴曲从他的指尖上弹出的时候,坐在他周围的听众似乎看见他的头上有一个后光,又似乎觉得巴赫的灵魂回到地上来了。

　　但这风琴楼是难得进去的。他是一个谦恭而隐遁的神圣的教师;他的心力集中在艺术,而不集中在名誉上。因此这个忠厚的人,十九世纪法国最伟大的天才,被人们称为"在音乐院教课的,裤脚管太短的那个小男子",因此他们不要他当音乐院的系主任,他只在那里当了几年和声学教授。他的大作神曲《赎罪》(Redemption)演奏的时候,遭受时人的反对。他只得隐闭在潜修的生活中,他的心中全无一点隐怒。

　　彻萨尔于一八二二年十二月十日生在比利时的列日(Liege)地方。起初在当地的音乐院求学,后来到巴黎音乐院肄业,一八四八年,他同他的唱歌团的一个青年的女演员结婚。结婚仪式的队伍须得通过兵马拥挤的街道而达到教堂里,因为那正是法兰西革命的时候。他大胆地通过了。他的凶暴的父母希望靠儿子的才能而享受繁荣的生活,被他大胆地拒绝了。

他以后的生活非常艰苦。他当圣·克罗提尔特寺院的风琴师和音乐院教师,每天要教十小时功课。但他每天必须保留一二小时来从事作曲。神曲《路得》(Ruth),几个三重奏和几个钢琴曲,是他的早期作品。他的中期作品,是许多灿烂的弥撒曲和风琴曲,《赎罪》便是其中登峰造极的一曲。许多管弦乐曲,包括伟大的《D短调交响曲》在内,两个歌剧,小提琴奏鸣曲,弦乐四重奏和那神秘的《祝福》(Beatitudes),这些作品含有他的瞑想的晚年的一切哲理而结束了他的重要作品的目录。

他患肋膜炎,有一次走路不小心,被一辆车子撞了一下,病就加剧起来,到了一八九〇年十一月八日便逝世。他的弟子特安提(d'Indy)、索松(Chauison)、沙布利挨(Chabrier)、福尔(Fauré)对他都有敬爱的贡献。他的四重奏开演的时候,他曾经坦然地说:"看哪,世间的人对我的音乐开始理解了!"这句话终于实现了。

Saint-Saëns

圣-松

Camille Saint-Saëns

"完全的法国人"

一八三五年——九二一年

圣-松自己记述：他记得两岁的时候,听到茶炉子里沸水的渐强音(crescendo)、开门关门的咿呀声和敲钟的声音,感到很大的音乐的愉快。他的母亲是艺术家,他的姑祖母是音乐家。这姑祖母把他教成了一个音乐的神童。他六岁上就开第一次钢琴独奏会,从此一直开到八十岁。他幼时,他母亲叫他弹奏贝多芬的奏鸣曲,被人批评,质问她："你现在就叫他弹贝多芬,他二十岁的时候叫他弹什么呢?"她断然地答道："弹他自己的作品。"

她的预言果然实践了。这聪明的孩子于一八三五年十月九日诞生在巴黎。长大后,不但是一个优越的钢琴家,又是一个异常多才而震动乐坛的大作曲家。他在音乐院毕业时,没有得到罗马奖,因为培利俄兹批评他："他知识很丰富,但是缺乏经验。"但到后来,培利俄兹就称他为"我们这时代的最大作曲家之一"。

不拘这小小的失败,他的教养是十分完全的。他说明他自己的高贵的意见："理解及欣赏美丽的和声的连续,只有教养极丰富的人方才可能。"交响曲和交响诗、室乐曲、歌曲、竞奏曲、神曲、歌剧,都表出了这作曲者的丰富综合的才能。他的作品兼有古典主义和浪漫主义的精神,而他又是标题音乐(program music)的作者。他的交响诗《俄姆法同的拉伊特》(Le Reuet d'Omphaeton)、《法同》(Phaeton)、《死的舞蹈》(Dance Macabre)和《赫叩利的青年》(La Jeuenesse d'Hercule),作成之后,不久就到处流传。他是能够抓住华格纳精神的第一个法国人,他的歌剧《萨姆松和得利拉》(Samson et Delelah)曾得到华格纳的赞誉。在这歌剧中,他应用了华格纳主义的原则、力强的主题和丰富的管弦乐。

　　他的时代的批评家,一致地批评他的缺乏创造性和过分大胆的革新。但到了今日,人们已渐渐觉得他是旧式的,而评他"比暗淡的门得尔松更加暗淡"。在个性的美,口才的丰富,足迹的广泛,知识的渊博,对于他的时代的音乐思想的透彻和事业进行的顺利诸点上,他的确类似门得尔松。但他是一个完全的法国人,当一九二一年十二月十六日他逝世的时候,他遗留下一笔巨大的音乐的遗产,完全是法国风的,同他这人一样。

Bedř. Smetana

斯美塔那

Frederick Smetana

"使菩希密阿增光的人"

一八二四年——一八八四年

　　他的生活,虽然因了妻子和女儿的死亡,以及晚年听觉和健康的损伤而陷入不幸,但是这个菩希密阿的作曲家,能使音乐富有生气和音节,而充分表出民族的性格。所以他被称为现代菩希密阿乐派的柱石,和格利格(Grieg)对挪威一样。

　　他在一八二四年三月二日生在利托密斯尔(Litomysl)。他实行自学,从小直到二十岁。他五岁的时候就当第一小提琴手和人们合奏海顿的四重奏,时人称他为神童。他入学校之后,便自己创作四重奏。但他的演奏团员都是很穷的,没有钱买音乐谱。于是他们议决,凑拢几毛钱来,让斯美塔那买张入场券去听音乐演奏会,牢记了贝多芬等名家的乐曲,连忙回来,背诵出来,记录在纸上,供大家演奏。这时候他在日记中写道:"我希望在作曲上做个门得尔松,在技术上做个利斯特。"

　　但是他的父亲另有别的野心——希望他做个法律家。经过种种的折冲之后,他终于到布拉格(Prague)去学习音乐了,但是生活穷困得很。他的爱人开忒利那·科拉(Katerina Kolar)替他介绍一位免费的钢琴教师。又得到了一个职业,替一个伯爵当家庭音乐师。后来自己创办一个私立音乐学校。大名鼎鼎的利斯特做了他的朋友。其他许多有名的音乐家也都和他交往。

　　他在哥登堡(Gothenburg)住了一时之后,于一八五八年回到布拉格,来专心研究一直无人注目的菩希密阿的音乐。他组织一个定期的音乐演奏会,专门演奏菩希密阿音乐。又创办国立实验剧场和菩希密阿艺术家协会。他自己的创作,这时候源源不绝地作出,他创作五个爱国的歌剧,最有名的《交换新娘》(*Bartered Bride*)和《接吻》(*The Kiss*)即在其内。他创作六首交响诗,都是民族性的表现。还有一个史诗的弦乐四重奏《从我的生活》(*Aus Meinem Leben*)、一个三重奏和许多明朗的钢琴曲。他的充分表出菩希密阿的特征的波尔卡舞曲(polka),同索班的充分表出波兰特征的马祖卡舞曲(mazurka)同一作风。

　　这时候,他的耳朵渐渐听不清楚,到了一八八一年而近于全聋。一八八四年三月间,他六十岁荣庆的时候,他自己去听庆祝的演奏,已经听不出声音了。不久就进了疗养院。同年五月十二日,这阳气的音乐家就在阴暗中死去。他同德佛乍克(Dvořák)二人,使菩希密阿这名字在音乐的国土内增光。

Antonín Dvořák

德佛乍克

Antonin Dvořák

"他从民歌中作出交响乐来"

一八四一年——一九〇四年

安同宁·德佛乍克是一个菩希密阿的乡下人,具有爱好色彩和节奏的乡下人的习性。他承继斯美塔那之后,是第二个菩希密阿民族音乐的创造者。

他是牟尔豪孙(Mülhausen)附近的荒村里一个旅馆老板的儿子。这个黄面孔黑眼睛的孩子的少年时期,在周围的乡村音乐中度送,非常愉快。

十五岁上他当了一年的旅馆厨司之后,便确信做香肠不是他的本职。他不管父亲的力强的反对,再三地说服了他,就到布拉格去进了音乐学校。他的经济很困难,买不起书、乐谱和五线纸,只好到咖啡店里去当演奏员,赚得微薄的工资。有时偶然参加斯美塔那所办的歌剧团,获得一些报酬。终于辛辛苦苦地在该校毕业,获得了二等奖。这是一八六〇年的事。以后的十二年间,他伏在破陋的租屋里,借了些线谱来,潜心研究诸大音乐家的作品,竟像虔修的苦行头陀一样。

他的第一个作品,是歌剧《国王与煤矿工人》(*King and Collier*)。这是德意志作风的歌剧,演出时无人要听,遭逢失败。他就卷土重来,作一个活泼的土风歌曲。这歌曲发表出来,就像野火蔓延一般,风行在本国的各处。他的《斯拉夫舞曲》(Slavonic Dances)作于一八七八年。作成之后,当夜就名震遐迩。忽然得了利斯特的助力,这些舞曲又风行在德国。德佛乍克晚上睡在床里的时候还是一个无名小子,第二天起来忽然变了驰名德国和英国的菩希密阿大作曲家!

美洲人对他的音乐特别爱好。因为,一八九二年到一八九五年之间,他当纽约音乐院的院长,对于本地的黑人的音乐非常爱好。他的一个学生把黑人的旋律唱给他听,他就采取这些旋律的特点,作一个《新世界交响曲》(New World Symphony)。这乐曲使得世间的人知道美洲也有民间音乐。

美洲人能赏识他,他住在美洲很是愉快。但思乡病逼他离开美洲,回到布拉格去度送他的晚年。他在故乡作曲,当音乐院长,于一九〇四年五月一日逝世。

菩希密阿风的朴野的节奏,沉郁的韵律,堂皇的管弦乐演奏,自然而诚实的表情,是他的音乐的特色。五个交响曲,许多交响诗、室乐曲、小提琴幽默曲(humoresk)和许多歌曲,因了这些特色而都带着浪漫的热情,普遍地得到广大人民的欣赏。

Stephen C. Foster

福　斯　忒

Stephen Foster

"美洲民间歌曲的制造者"

一八二六年——一八六四年

　　这是一位替全体人民作歌曲的人。他创造了表现与他不同的一种民族的精神的音乐。他是一个热烈地反对废除黑奴制的家族的后裔；但他是无知的黑人的代言者。他的作曲被每个人所歌唱；但他没有因此致富——这些矛盾的话，便是斯提文·福斯忒。

　　他生于一八二六年的美国独立纪念节(七月四日)。诞生的时候，他的邻家的人正在庆祝独立五十周年纪念。这正是亚当和哲斐松(Adam and Jefferson)为国效劳而结束他们的生活的日子。好像是运命制定他到这国家来服务的。

　　"斯提文还有完全创造的才能呢。"有一天他的母亲写信给其他八个儿子中的一个，曾经这样说。但她很是茫然，不知道这种创造才能可在何处表现出来。当他十三岁的时候，他作了一曲笛用的四重奏圆舞曲。她那时也许怀疑，音乐是不是他所擅长的。但在那时代，阿利根尼(Allegheny)以西的民间所能听到的音乐，只是歌人(minstrels)的音乐和音乐厅里所奏的音乐。那时候的音乐不被人当作正式的艺术，而只当作没有更好的事情可做的人们的一种消闲物。

他在大西洋岸上选定了斯浑(Swanee)河口为住家。因为这水的声音适合他的节奏。他要使这河流同以歌曲出名的莱茵河和多瑙河齐名。他创作了许多名歌:《肯塔基的老家》(Old Kentucky Home)、《唉,苏桑那!》(Oh, Susannah)、《老黑约》(Old Black Joe)、《马萨在冰冷的地下》(Massah's in the Cold, Cold Ground)、《啊,孩子们,带了我去!》(Oh, Boys, Carry Me Along!)和其他一百多个歌曲。他所歌唱的,都是这殖民地的生活。几年之后,他来到纽约。三十八岁的时候,在贫贱中死去。

他的一生,是没有效果的,不愉快的,有些人说,是放荡的。但他有着一大堆表现人间普通的烦恼和寂寞的歌曲,所以他的名望,远胜过他的当过二次阿利根尼市长的父亲和建造宾夕法尼亚(Pennsylvania)铁路的哥哥。他童年时所住居的彼兹堡(Pittsburgh)地方的"小白屋"(little white cottage),现在被保存为纪念物。彼兹堡大学又建造一个音乐亭(music pavilion)来纪念他。还有三架钢琴,是曾经帮助他作曲的,也被供养在这音乐亭中。永远保存这些纪念物,表示美国人对这位民间歌曲创造者的感谢。

A de Borodny

菩 罗 丁

Alexander Porfyrievich Borodin

"俄罗斯精神的音乐的摄影师"

一八三四年——一八八七年

　　世间极少有人能够用同样的热心来做两件事。菩罗丁是能够的。他热心研究医药，他的医药技术和理论都很出名；同时他又是一个出名的音乐家。他十六岁之前，已经能奏钢琴、小提琴、大提琴和别的乐器；他又会作曲。

　　他是一个道地的俄国人，于一八三四年十一月十二日生在圣·彼得堡，是一个王子的私生子。他除了几次演奏旅行之外，一生都住在本国。他二十八岁时，他得了圣·彼得堡的医学院的讲师的职位，因此生活有了保障，外加有余多的工夫来研究音乐。

　　五只比翼鸟飞集在一起，自称为"五人团"——叩伊（César Cui）、谟索格斯基（Moussorgsky）、利姆斯基-科萨科夫（Rimsky-Korsakov）、巴拉基累夫（Balakirev）和菩罗丁。他们同心协力，要把俄罗斯音乐从利斯特和他的同派人的德国乐风的恶影响中救出。菩罗丁在巴拉基累夫的怂恿之下，作出了两个庞大的交响曲、一个歌剧、一个交响曲草稿、几个室乐曲和许多美丽的歌曲。他和一个女钢琴家波罗多波发（Mlle. Porotopova）的理想的结婚，又增加了他许多作曲的灵感。

　　从一八六九年到一八七二年之间,他的工作非常忙碌,暗中损害了他的健康。他除医学院的职务之外,又做其他科学的工作,并且组织了一个女子医药学校。其间他又不断地作曲。歌剧《姆拉达》(*Mlada*)便是这时期的作品。

　　这科学和音乐的联合,使他的作品都有了稳健和明晰的基础和他的神经质的同国人的任情迸发、不可遏止的作风迥然不同。他替俄罗斯精神立起一面音乐的镜子。这镜子非常清晰,俄罗斯精神的本质的美点和渴慕、奋斗的精神,都反映在里面。

　　他死在一八八七年二月二十八日。这正是他同叩伊两人胜利地结束了赴德国的钢琴演奏旅行回来的时候。当他回到圣·彼得堡来的途中,他写信给在莫斯科的他的夫人说:"明天我们在这里有一个音乐的集会。这集会是很盛大的,但我决不能揭穿它的秘密。"当这集会欢乐正浓,他正在和朋友们谈笑的时候,忽然跌倒了——揭穿一个意外的秘密,神秘的死。

谟索格斯基

Modeste Moussorgsky

"俄罗斯写实派作家"

一八三五年——八八一年

　　他一生中最初的十年,密切地亲近他的故乡卡累佛(Karevo)的泥土,他是一八三五年三月二十八日诞生在这地方的。他长大后屡次回到故乡来,同他所极稔熟的农人们晤会。然而他的生活,又有许多情状同普希金(Pushkin)的小说中的英雄相类似。

　　当他出了学校之后,我们看见他是一个穿着普雷布洛安斯基(Prebroaiensky)联队的笔挺的制服的美貌青年。他的修长的手指,能在钢琴上即兴地演奏,使得羡慕他的女士们惊诧赞叹——他是一个爱美者(amateur)中的爱美者。

　　后来,我们看见他在达哥密斯基(Dargomisky)的家中,真正的音乐生活开始了,他的交友是巴拉基累夫、叩伊、利姆斯基-科萨科夫和菩罗丁——所谓音乐的俄罗斯的有力的团体。有一个著作家称他为"这些唱歌鸟中的一只杜鹃",因为他的自成一派的歌曲,很天真,很有力,全是独创的,和普通的作曲完全不同。他的野心,是要使音乐和现实生活密切关联。这野心使他怀疑艰苦的音乐训练是否必需。他从来不肯作艰苦的音乐训练,为的是恐怕它伤害他的创造性。

　　一八五七年,他辞去了陆军的职务,而把他自己贡献于音乐。这中间,有时他的生活困难,和贫穷作斗争。他和利姆斯基-科萨科夫同住了好几年。利姆斯基-科萨科夫替他的管弦乐曲加以修改和编订,两人交情颇深。后来利姆斯基-科萨科夫结婚了,他好比失了恋,天天纵酒,吃麻醉剂,拿来镇压他的精神上的苦痛。翩翩然的艺术家,忽然变成神经病者,穿着龌龊的长衣,潦倒不堪了。后来另有一个朋友供给他一切需要,并且使他有数小时的作曲的时间。

　　他的最伟大的歌剧《菩利斯·哥达诺夫》(*Boris Godounoff*)是一八六八年作成的。叩伊在报纸上批评他这作品的不良。谟索格斯基受了这打击,把他的朋友们称为"没良心的背叛者"。因此他们就变了仇敌,直到一八八一年三月二十八日这失意的作曲者逝世的时候。他死的日子,正是他的四十六岁诞辰。他是圣·尼科拉斯(St. Nicholas)的陆军医院里的一个免费病人。他死的时候,那班朋友并不在他身边,只是后来大家来送葬而已。

　　他的儿童音乐集《在保育院》(*In the Nursery*),是利斯特所爱好的;他的沉郁的《没有太阳光》(No Sunlight)和《死的歌舞》(Songs and Dance of Death),是阴暗的俄罗斯精神的充分的表现;他的超写实主义的歌剧《菩利斯·哥达诺夫》,庞大而天然,充满着热狂的情绪;《科凡希那》(Khovantshina)有一个民族风的活泼的前奏歌;管弦乐的组曲《在画廊中》(In a Picture Gallery),表示了歌曲作家的谟索格斯基的直爽、写实的天才,独创的表现,深厚的民族性和他的用音乐描写生活的才能。

利姆斯基-科萨科夫

Nikolai Rimsky-Korsakov

"一个敢作快乐的音乐的俄罗斯人"

一八四四年——一九〇八年

从海军跳到音乐界,是一种心理上的超山跨海的工夫,尤其是在二十七岁的年龄的人。但是利姆斯基-科萨科夫好比他的音乐中所常描写的传说里的英雄一样,放弃了大海而投身于他所爱好的音乐界,竟因此获得了名望、财产和爱人。

他于一八四四年三月十八日生在彼得格勒(Petrograd)一家贵族的人家。他同他那地方的男童们一样,小时候玩弄钢琴和大提琴,当作一种游戏。他在学校毕业之后,乖乖地穿了一件海军制服而为海军服务。但他公余之暇和叩伊、谟索格斯基、菩罗丁和巴拉基累夫做朋友,对于他们的创造俄罗斯民族音乐的意见,深深地受了感动,竟不顾一切,抛弃了他的海军。

全靠这几年的切磋,他获得了充分的音乐教养。一八七一年他就当了彼得格勒大学的作曲教授,指挥种种演奏会,又当航海乐团——他的海军生活的反响——的团长。拿起笔来,洋洋洒洒地作出许多乐曲。他同演奏会的女钢琴家浦尔哥尔德(Nadejda Pourgold)结婚,两人的才能和热情联合而成为民族的音乐。

　　他的民间故事歌剧《普斯科夫的女郎》(*The Maid of Pskov*)、《雪姑》(*The Snow Maiden*)、《姆拉达》(*Mlada*)、《沙特科》(*Sadko*)、《沙皇的新娘》(*The Tsar's Bride*)、《不朽的卡契伊》(*Kastchei the Immortal*)、《金鸡》(*Le Coq d'Or*)等,是从俄罗斯传说的无尽藏的仓库中取材的。他的标题音乐(管弦乐组曲)《安泰》(Antar)、《东方俄罗斯人》(Russian Easter)、《舍赫累萨得》(Scheherezade),是欢乐的花手帕、铃鼓(tambourine)、彩蛋和《天方夜谭》的梦的万花筒。他替谟索格斯基的《菩利斯·哥达诺夫》和其他未完成作品所谱的管弦乐,是对这位具有同他一样的真率的天才的朋友的不甚适当的贡献,因为这些管弦乐都很美丽而温和。他向世间表现的,只是俄罗斯的光明的方面;俄罗斯的阴暗的方面,则被柴科夫斯基(Tschaikowsky)和谟索格斯基历尽无余地表出了。

　　虽然如此,他的晚年却被奸谋所侵袭而陷于悲哀;他的音乐院的职位一时也被剥夺。他的最后一曲歌剧《金鸡》充满了勇气和幽默,同他在幸福时期所作的一样,他在一九〇八年六月二十一日因喘息病和扁桃腺炎而致死之前,幸而能够亲耳听到这歌剧的开演,虽然不免蒙受无聊的讽刺。

g. Tschaikovsky

柴科夫斯基

Peter Ilitch Tschaikowsky

"沉郁的交响乐使徒"

一八四〇年——一八九三年

　　癫痫、极度敏感和热烈情绪的联合——却并无音乐在内——是这个作曲家从父母受得的遗产。他在一八四〇年生于彼得格勒。人家看来，他不像一个法律家；但他乖乖地在二十一岁上毕业于法政学校，而接受了审判官的职位。他在公余偶然玩玩音乐而已。

　　但是有一天，他同他的堂兄弟一同弹钢琴，这堂兄弟从一调转到他调的和弦的转调(chord-modulations)，强烈地牵惹了他的注意。从此他热心于音乐，终于只得求父母允许他放弃法官而研究和声学。他在音乐院卢平斯泰恩的教导之下研究了五年。他的过度的热忱，使他为同一主题作出两百个变奏式。结果莫斯科大学就请他担任和声学教授。

　　他早期的作品都是歌剧，都不好，但他自认为好。《奥普利契尼克》(Oprichnik)，是二十四岁时作的，是他的最初的成功，开始使他在俄罗斯出名。同时也带给他个悲剧：一个青年女子密利乌科发(Antonia Milyukova)突然爱上了他，勇敢地向他提出结婚。他豪爽地答应了，立刻结婚，但只过了两三星期，他就逃往瑞士，立誓永不回来了。

　　一年之后，他变成了一个更哀愁而更聪明的人，回到莫斯科来。幸而有一个富孀帮助他,使他免于贫困。这富孀名叫美克夫人(Frau von Mech),她送他一笔年金,使他可以安心作曲。他写给这个永远不曾见过面的"至友"的信,遗留下来,变成音乐家传记者的重要的文献。

六个优秀的交响曲,交响诗《夫朗彻斯卡和利密尼》(Francesca da Rimini)和《曼夫累德》(Manfred),许多歌剧,包括《彼夸·达姆》(*Pique Dame*)和《攸贞·俄尼金》(*Eugen Onégin*),室乐和著名的钢琴和小提琴协奏曲,便是这俄罗斯天才加上德意志训练的作者的产物。他的作品在表现技术上即使不能说是完全民族性的,但在精神却是完全的。尤其是他的《第六交响曲》,即《悲怆交响曲》(Pathetic Symphony),正是一个绵长而庞大的管弦乐的啜泣。

这交响曲成了不祥之兆,它完成后不久,柴科夫斯基就因为饮了没有煮熟的水而染了霍乱,这是莫斯科时疫猖獗的时候,他过去曾有好几度意图自杀;现在,一八九三年十一月六日,"自然"允许了他的要求。俄罗斯浪漫乐派的一个最雄辩的作家就此下场。

Edvard Grieg

格 利 格

Edvard Hagerup Grieg

"北方的索班"

一八四三年——一九〇七年

　　爱德华·格利格的一双眼睛，好像明净的镜子，不但照出他自己的灵魂，又照出他这时代的人民全体的灵魂。当他这双眼睛投射在他所作的音乐上的时候，它们的民族的光辉便留滞在那里而变成了音乐的一部分，给这音乐一种明丽的魅力，是个人的同时又是一般的。

　　他于一八四三年六月十五日生在柏尔根（Bergen）。他在幸福的儿童时代，听惯了当地的传说的神仙、鬼怪的故事。他的德文先生叫他作一篇德文的作文，他作了一个乐曲主题和变奏缴上去，被他开除了。这先生是他的生活中的鬼怪。小提琴家部尔（Ole Bull）同他很要好，是他的生活中的神仙。幸而这小提琴家获得了成功，爱德华曾经从母亲那里受得音乐教养的基础，便被送到来比锡音乐院去学习。后来又转到克利斯提阿尼阿（Christiania）去学习，在那里受了加代（Niels Gade）的鼓励，才发挥他的早年的力量。

　　他同他的朋友诺德拉克（Richard Nordrak）在克利斯提阿尼阿创办攸忒皮协会（Euterpe Society）。这协会的会员们严肃地宣誓，要尽他们的力量来促进民族音乐的发展。哈该卢普（Nina Hagerup）是爱德华的表妹,也是这协会的一员。她爱上了他,立誓要同他结婚,演唱他的歌曲。二人一同到德国、英国、法国、荷兰和丹麦去作演奏旅行。远涉重洋到美洲去旅行,对他这羸弱的身体是一件吃力的事。他过于劳顿,回来之后,患结核病而逝世。但他的名声却广播于全世界。

《彼尔·京德组曲》(Peer Gynt Suite),是描写斯干的纳维亚半岛的传说人物利普·凡·文克尔(Rip van Winkle)的。这传说人物年轻时走入荒山和妖魔鬼怪及山中大王在一起生活,他的夫人和母亲以为他已死了,过数百年他方才回来——故事的大概如此。这组曲是一个富于旋律美和色彩的标题音乐。他作这曲的时候正在柏尔根市外的老家里养病。这时候他却作出了许多歌曲,这些歌曲都用舞曲为主题,而发展成优美的旋律和节奏。他还有关于英雄人物的交响曲作品。他的音乐同他的人一样羸弱,但同他的人一样优美、诚实,而有特性。

他在一九○七年九月五日死在他的故乡特罗道根(Troldhaugen)村中的老屋中,这老屋现在被他的国人供奉为纪念物,当作挪威音乐的庙堂。

Arthur Sullivan

萨　利　凡

Sir Arthur Sullivan

"英国歌曲之王"

一八四二年——一九〇〇年

　　萨利凡当王家礼拜堂的唱歌童子时所穿的红色和金色的制服,赶不上他的音乐事业的辉煌。一八四二年五月十三日,他生在伦敦。他的父母具有高尚的教养。这个将为英国偶像人物的金发鬈曲的顽皮孩子,最初在他父亲的军乐队中练习吹奏乐器,后来到王家礼拜堂唱赞美歌。他后来所作许多赞美歌中最著名的《前进,基督的兵队》(Onward, Christian Soldiers)和《接近我的上帝》(Nearer My God, to Thee),便是这幼时的教养所赐与的。

　　他获得了"门得尔松奖学金",到来比锡去研究了一年。他在那里发现了舒曼和舒柏特的音乐的美,回到英国,把他们的音乐和他自己作的声乐大曲《暴风雨》(Cantata Tempest)一同演出,两方都立刻在英国获得名望。另有严正的声乐大曲《开尼奥斯》(Kenilworth)、《爱尔兰交响曲》(Irish Symphony)和《纪念序曲》(In Memoriam Overture),也很著名;但他同他诙谐的朋友歧尔柏特(W. S. Gilbert)合作的轻歌剧,使他获得名誉和财产。

　　伦敦一切时髦作品,都在阴暗的地下剧场中开演。后来建筑了萨发剧场(Savoy Theatre),更适合于这些作品的演奏。萨利凡二十五岁的时候,同歧尔柏特二人犹如双簧一般,又合作了《陪审团的审判》(Trial by Jury)、《忍耐》(Patience)、《班桑斯的海盗》(The Pirates of Pazance)、《爱俄兰塞》(Iolanthe)、《贡多拉船夫》(The Gondoliers)、《自耕农》(Yeomen of the Guard)和其他种种作品。其中《天皇》(Mikado)一曲最为普遍有名。这曲是他流着眼泪向歧尔柏特立誓"我不能再作曲了,我的灵感已经消尽了"之后作的。然而这曲中的词句的巧妙、音乐的丰富和两人合作的适切和其他的小歌剧(operetta)一样,是从来所未有的。在萨发剧场第一夜开演的时候,楼座里的热心的听众由一个临时领导者领头,齐声唱他的小歌剧中的歌,萨利凡就坐在这一群人中间,虽然维多利亚女王替他在王家的包厢里留着一个座位的。

女王几次三番催促他作一曲正歌剧(serious opera),这便杀了这头生出许多音乐的金蛋来的神鹅。他同歧尔柏特发生意见,结果两人的才能就此拆开。更可惜的,此后数年中,不再作出有价值的作品来,两人的合作从此不能再恢复了。

萨利凡于一九〇〇年十一月二十二日患毒疮而死。王家礼拜堂的唱歌队唱着挽歌送他到西寺去安葬。他死的时候,同他活着的时候一样光荣,也是红色的和金色的。

布拉姆斯

Johannes Brahms

"音乐的哲学家"

一八三三年——一八九七年

　　有一张描写布拉姆斯的名画:他坐在钢琴面前,一枝粗大的雪茄烟夹在他的嘴唇中间,一个大肚皮夹在他同键盘的中间,他的衣袋凸起,从他的圣诞老人式的胡须直到他的宽弛的裤子,全身流露着一种安闲、温和而满足的神情。他的后半生的态度正是如此。

　　他住在汉堡的最初的二十年,全是严肃的研究时代。他的父亲是剧场管弦乐团里的一个最大提琴演奏者。他的能力只能维持一家的最低的生活。布拉姆斯曾作种种零星职业,来帮助父亲管家。他曾经擦皮鞋,在父亲的旅行乐团中或音乐厅中演奏,兜售自己的作曲。但无论做什么职业的时候,他的规定的学习和音乐的研究从不停止,不绝地进步。

　　后来机会找到他了:匈牙利的小提琴家累曼尼(Remenyi)请他当伴奏者,带了这个二十岁的青年去旅行演奏。因了累曼尼,他不但学得了后来组织在他的《匈牙利舞曲》(Hungarian Dances)中的游民曲调(gypsy melodies),又认识了约阿希姆(Joachim)和利斯特,他晚年的益友。

　　但是,舒曼是对他影响更大的朋友,他的豪侠热烈的精神,给布拉姆斯很大的鼓励。当布拉姆斯来到来比锡的时候,舒曼极口称赞他,说是

"从来未见的大天才"。他发表在报纸上的论文,使得来比锡的听众大家注目这青年布拉姆斯的音乐;使得布拉姆斯感奋而努力。他和他的聪明美丽的夫人克拉拉,常常欢迎布拉姆斯到他们的家里。舒曼病中和死后,布拉姆斯竭尽忠诚地为克拉拉服务,便是报答当时这种友情的。

在利培-得特摩尔德(Lippe-Detmold)宫廷中教授和作曲的几年,是理想的生活。其后又在汉堡住了几年。这时候布拉姆斯已是一位成熟的天才了。他的后半生住在音乐文艺的中心地维也纳。他从一八六二年直到一八九七年四月三日逝世,一直在维也纳占据着一个重要地位。他一生不结婚,他说:"结婚同作一个歌剧一样困难。大约这两件事,都要有初次的成功,方才能够鼓励进行。但我没有这勇气来发动这些事。"

他的音乐与巴赫、贝多芬的不同。他在他们的古典风中添加了现代器乐法的柔顺和丰丽,但不损害旋律本质的朴素。四个明丽的交响曲,许多管弦乐曲,包括《学院纪念会序曲》(Academic Festival Overture)和《悲剧的序曲》(Tragic Overture)、室乐曲、器乐曲、二百三十个调和美满的歌曲,包括《五月之夜》(Die Mainacht)、《寂寞的田野》(Flldeinsamkeit)、《摇篮歌》(Das Wiegenlied)和《啊,我倘知道归家的路》(O Wüsst ich doch den Weg Zurück),是他的贡献。这些乐曲和它们的作者,都令人热爱。

斯特劳斯

Richard Strauss

"浪漫的写实主义者"

一八六四年—[1]

　　老斯特劳斯,一个有名的英国管吹奏者,给他的儿子利查德一套十分完全的职业的工具。从来没有一个父亲比他更爱护儿子的。这儿子在一八六四年六月十一日生在慕尼黑(Munich)。他父亲没有教他识字母以前,先教他识音符。他四岁上就弹钢琴;他作曲同讲话一样自然。他对音乐自有一种成见,立异于当时的音乐家,尤其是华格纳。他二十岁上学成了管弦乐技法而离开慕尼黑大学的时候,立志永远服膺于莫差特和贝多芬的古典主义。

　　但他有一个朋友,叫做利忒(Alexander Ritter)的,引导他离开古典主义,经过了标题音乐的华丽的道路而走向写实主义。有一次他听了《特利斯坦和伊苏尔特》(Tristan und Isolde),感到无上的欢欣,就在旅行意大利回来的时候动手作他的第一个交响诗《在意大利》(Aus Italian)。随后又作出八个——《马克培斯》(Macbeth)、《同·胡安》(Don Juan)、

---

〔1〕 该书写作时斯特劳斯还在世,故无卒年。斯特劳斯逝世于一九四九年。——编者注

《死与净化》(Death and Transfiguration)、《瓦楞斯彼该尔》(Till Eulenspiegel)、《萨拉苏什特拉如此说》(Thus Spake Zarathustra)、《英雄》(The Hero)、《同·开荷泰》(Don Quixote)和《家庭交响曲》(Domestic Symphony),这些乐曲都表现得非常雄辩,使得那标题的说明竟难于下笔。斯特劳斯曾经说:"音乐是能够非常明确地描写的一种艺术,我们不久一定可以用音乐描写一只汤瓢,使人听起来完全明确地了解,不致误听为食桌上其他的用器。"他自己的作曲的惊人的特性,例如交响曲中的打碎盆子的声音和婴孩啼哭的声音,《同·开荷泰》中的羊叫声和风车声等,可以证实他这极端的论调。

后来他作歌剧了。《玫瑰骑士》(Der Rosenkavalier)、《沙洛美》(Salome)、《爱雷克特拉》(Elektra)和《埃及人海伦》(The Egyptian Helen),是他的第三时期或写实主义时期的作品。这些作品,可以依情趣顺次排列,从《玫瑰骑士》的活泼的浪漫直到《沙洛美》的呜咽的不协和。这种作风,最初被人批评为过于通俗;后来音乐上的写实主义逐渐流行而广被欣赏,就变成成功的,更无人加以抨击了。美丽的歌曲和合唱曲,室乐曲和两个交响曲,结束了他的作品的目录。

这赭发碧眼而纯洁无疵的巨人,曾经弹钢琴,指挥乐团,积集了全世界的光荣和尊贵。但他最欢喜在自己的家里同他的太太酌一杯啤酒,玩一会扑克。他是在拜拉特听了这女子演唱华格纳歌剧《坦华瑟》中的依利萨伯的歌而同她结婚的。他一直作曲,被人尊崇为标题音乐的泰斗和现代乐派的始祖。

Claudi Monteverdi.

蒙泰弗提

Claudio Jean Antonio Monteverdi

"第一个歌剧大作家"

一五六七年——一六四三年

　　蒙泰弗提在一五六七年五月生于意大利的克利摩那（Cremona）。他幼时在故乡向他的先生因该尼利（Ingegnieri）学习音乐的时候，就有本领提出对位法上的严格的规则来质问他的先生。他十六岁的时候，已经作出许多抒情歌（madrigal），而刊印了一本曲集。四十岁以前，继续刊印了三册。他的作曲，取法于原始的模范，利用和声的进行，不协和音和重复音。这种乐式，预示了后年在歌剧界的惊人的创举。

　　在孟都亚（Mantua），工萨加的公爵文孙左（Vincenzo，Duke of Gonzaga）的广大的客厅里，蒙泰弗提同塔索（Tosso）、加利略（Galileo）和别的自由思想者协力研究，展开他自己的意图，他跟了他的忙碌的保护者文孙左公爵而进入社交，有时去打仗，有时从事于文艺，增长了不少的见闻。

　　他四十岁的时候，遵文孙左的命令，作他的第一歌剧《俄非俄》（Orfeo）。一年之后又作《阿利安那》（Arianna），内有有名的哀歌（lamentation）。这些作品都告成功，他就鼓着勇气再作其他的作品。有两曲是特别有名的，即《乌利西的还家》（Ritorno d'Ulisse）和《波波阿的加冕礼》

(*L'ncoronazione di Poppea*)。后者被称为"十七世纪最大的歌剧"。在这些作品中和他的教会音乐中,蒙泰弗提都注重情绪的表现和早期作品中的"虔敬的法悦"正好作成对照。

他虽然不创作抒情剧,但他把培利(Peri)的《攸利提西》(*Euridice*)加了异样的变化。他创用宣序调(recitative,或译为朗诵调),用管弦乐伴奏的独唱来表演。他在管弦乐中增加合唱。他创造一种天然的复音乐,很嘈杂,但是很新奇,足以使他获得"现代管弦乐法的源泉"的号称。据说,他为了要表现复震音(tremolo)的效果,他的小提琴团员都拒绝这种奇怪奏法——把同一音符急速地反复十六次。他们只接了他所提出的 pizzicato 法,即用指拨弦的方法,但是同样地困难。他的一切新奇的尝试,其目的都是要增强情绪的表现。

他不断地造出新颖的演奏法来,直到一六四三年十一月二十九日命终。他享年七十六岁。逝世的时候,他正在创造一种新的唱歌形式,即声乐大曲。华格纳以前一切近代歌剧作者,都是在这个十六世纪的急先锋的领导之下的。

柏哥雷塞

Giovanni Battista Pergolesi

"意大利的被掠夺的宠儿"

一七一〇年——一七三六年

　　一个小小的明星,他的闪光一瞬间就熄灭——这便是柏哥雷塞。他同诗人济慈(Keats)一样,在三十岁以前患肺病而死。他所遗下来的作品,希望演奏的比已经演奏的更多。然而作品的数量并不在少,计有十二个歌剧,三个神剧,许多弥撒曲、声乐大曲和别的教会音乐,三十个三重奏和有名的《圣母悼歌》(Stabat Mater)。

　　他的生涯染着浪漫的色彩。他在一七一〇年一月十日生于意大利的耶齐(Jesi)地方的寻常百姓家中。他在那不勒斯的音乐院里长养他的音乐的羽翼。他在小提琴上奏出他自己所作的半音阶乐曲,被人们注意了他的天才。此后就做了音乐院长的宠爱的被保护者。

　　他的面貌很像大画家拉斐尔,非常漂亮。他的第一个歌剧《阿基塔尼亚的圣·威廉》(San Guglielmo d'Aquitania)获得成功之后,多少女郎向他求婚。有许多机会可以使他流入放浪的生涯,他都克服了。这时候他就著名。

　　但是,他的最后的歌剧《奥林比亚得》(L'Olimpiade)初演的时候,从前对他的初作高声喝彩的那些好恶无常的意大利听众,报答他许多嘘声。他垂头丧气地坐着的时候,一个有地位的女士,名叫马利阿·斯彼内利(Maria Spinelli)的,起来阻止了嘘声,并且喝了几声彩。为了这事件,二人间发生了相互的爱情。这爱情一天一天地热烈起来。直到后来,马利阿的三个哥哥出来阻挠,教他选择一条路:或者和她同阶级的人结婚,或者看他的爱人被杀。她却另外选择了一条路,退居到一个修道院里,这一年内她就死了。

柏哥雷塞这时候正患肺病,也就退居到波祖俄利(Pozzuoli)。他在那里作成了他的最后又最伟大的作品《圣母悼歌》,这是奉献给他的已死的爱人的。这作品是热情的又戏剧的,不是宗教的而是歌剧的,但又有一种显著的感情的魅力。培利尼(Bellini)称这音乐为"苦痛的神圣诗篇"(divina poema del dolore)。这曲完成后不久,一七三六年三月十六日,这作者就逝世。

他的最佳的歌剧《女主人》(*La Serva Padrona*),是意大利最早的歌剧之一,在作者逝世很久以后,方才被巴黎的听众所认识,于一七五二年引起了那有名的"反拉摩"(anti-Rameau)论战。拉摩在歌剧界的至尊的地位就被人议论。这论战中的洋洋洒洒的议论,正是对于当时流行的铺张夸大的歌剧作风的良好的针砭。柏哥雷塞是他的时代的首领;他的影响是他的无数承继者的音乐的面粉团的酵母。

格 卢 克

Christoph Willibald Gluck

"法兰西歌剧的德意志领袖"

一七一四年——一七八七年

四十岁以前所作的二十几个歌剧,都是不好的,不能被称为歌剧的领袖。格卢克初出社会的时候是这样的。罕得尔批评他说:"他所知道的对位法,还不及我的厨子的多。"但是过了不久,他忽然以歌剧作者大告成功,而消灭了以前的种种恶评。

他是巴末利亚(Bavaria)一个猎场看守的儿子,一七一四年七月间生在纽累姆堡(Nuremberg)附近。他幼时受得了难得的教育,作为他后来的宫廷生活的预备。最初在一个耶稣教会学校里学得了哲学、历史和科学,又受了些音乐的训练。后来跟着许多有地位的保护者去旅行。他在维也纳指挥歌剧的十年间,曾经替年幼的马利公主(Princess Marie Antoinette)教音乐课。公主非常爱好这粗鲁的德国人,当她做了王后以后,第一件事情就是召格卢克到凡尔赛的宫廷里来替她服务,这是一七七四年的事。

这时候他已经作出了《牧羊的国王》(*The Shepherd King*)、《奥尔否斯和攸利提斯》(*Orpheus and Eurydice*)、《阿尔塞斯特》(*Alceste*)和《巴里斯和黑楞》(*Paris and Hellen*)等歌剧。这些作品的特色是极度的朴

素,与华丽的意大利作风完全不同。这些作品一出,竟使得卢梭
(Rousseau)也不欢迎意大利歌剧到巴黎来上演。

一七七六年,一个对敌的作曲者,意大利人彼契尼(Piccini),同他竞
争,要决定谁是更优秀的音乐家。这时候有许多朋友支援他,Le Coin du
Roi(意大利)同 Le Coin de la Reine(法兰西)就辩论起来。结果,格卢克
的《在道利斯的伊非基尼阿》(*Iphigenia in Tauris*)被赞为优秀,一场争
论方始告终。这使他的名誉比前更广播了。于是他的改革,例如用序曲
来介绍歌剧,附加声乐的操练以增大音乐效果,添用铙钹(cymbal)和小
鼓(kettle-drum)使管弦乐内容丰富,变成声乐的重要的伴奏,就广被大
众所承认。《伊非基尼阿》是一七七四年作的。三年后又作《阿尔密特》
(*Armide*)。这就完成了他的七大歌剧。这七大歌剧的格调都是朴素而
伟大的,他的声名就寄托在这些上。

"倘使希腊人有歌剧,他们一定有格卢克",评家曾经这样说。不幸
而有格卢克的,不是希腊,而是法兰西。法兰西宫廷的过度的奢侈生活
使他流连忘返,连他的贤淑的夫人马利安·培金(Marianne Pergin)也劝
阻不得,他的身体就患病,一七八七年十一月十五日病死。

Carl Maria von Weber

韦　柏

Carl Maria von Weber

"华格纳的先驱"

一七八六年——一八二六年

　　韦柏的才能好比一个花蕊,野心的父亲用人工硬要他开花,便开出一个奇迹来。他从他的青年的母亲受得了肺病的传染,又从他的姑母君士坦士(Constance)的丈夫莫差特(见50-51页)受得了神童的奇才的影响,所以他的童年生活,力不从心,非常苦痛。他在一七八六年十二月十八日生在德国的攸丁(Eutin)地方。他的父亲把家庭编成一个游行音乐演奏者的团体,小小的卡尔便是其中的一员。卡尔的小手才能握住小提琴的时候,他父亲强迫他弹奏小提琴和钢琴。他不给他受普通教育,而专教他学音乐;因为他一心希望他同他的姑丈莫差特一样做个神童,他便可靠儿子受用。他十二岁的时候,他的母亲死了。过去他全靠母亲的保护而少受些父亲的虐待;如今母亲一死,父亲教小卡尔就像戏法师弄猴子一般。

　　十八岁时,卡尔已经熟悉了舞台生活的一切,包括它的放荡生活在内。有一时期,他当浮泰姆堡(Württemberg)的王子的秘书,过了一回骄奢淫佚的生活,结果同他的宝贝父亲一同被放逐出去。后来回来了,担任布拉格歌剧场的导演,又担任德累斯顿(Dresden)歌剧场的导演;他的放荡生活依旧不改。非但如此,又与一声名狼藉的人布律内提(Theresa Brunetti)鬼混在一起,险些儿牺牲了他的指挥者、作曲者的地位和人格。正在这时候,一个善良的天使,即女唱歌员布朗特(Caroline Brandt),从恶环境中救出了他,同他结了婚,帮助他安住在正常生活中,而创作他的伟大的歌剧,德意志浪漫乐派的杰作,使他永远不朽。

欢乐的歌剧《跳舞会招待》(*Invitation to the Dance*),神仙的歌剧《自由射手》(*Der Freischütz*)、《攸利安泰》(*Euryanthe*)和《俄培隆》(*Oberon*)上演的时候,听众一听到这些稔熟的旋律的愉快的节奏,个个点头顿足,自得其乐。这些歌剧都有超自然的故事,都用导旋律(leitmotifs)来把从来死板板的歌剧化成有血肉和生命的东西,都用华格纳的乐剧的设计,都把管弦乐用作音乐剧的主重的要素,都注重舞台面的装饰,都利用长笛(flute)、大管(bassoon)、双簧管(oboe)和单簧管(clarinet)来实现音乐的色彩效果。这些特点,使得韦柏的作品同华格纳的乐剧攀了近亲。

他旅行到英国,学会了英国话,在一二个月内出品歌剧《俄培隆》。过分的劳苦使他的寿命减短,就在四十岁上死在英国。临终的时候喃喃地说"I want to go home"。

G. Rossini

罗　西　尼

Gioacchino Antonio Rossini

"不顾自己的作曲家"

一七九二年——一八六八年

　　他有比他所能担任的更多的职务,他有比他所需用的更多的钱,他有比他所需要的更多的成功——这便是罗西尼的奇特的运命。他的母亲是一个美貌的歌剧唱歌员,他的父亲是培萨罗(Pesaro)市里一个小号手(trumpeter),他在一七九二年二月二十九日诞生,这一年正是莫差特逝世之年,是闰年。他三十七岁时,完成他的第三十个歌剧《威廉·泰尔》(William Tell)。从此停止作曲,直到最后的一年,再写他的有名的《圣母悼歌》。他自己说,这歌剧算是添加一种调味品。主教对这歌剧大加赞赏,他获得了作曲家的更大的名望。

　　他有天赋的好嗓子,十岁上在教堂里当唱歌童子。十二岁时在歌剧场里唱歌,或者弹钢琴,那时候钢琴是作管弦乐的伴奏的。十四岁时他作第一个歌剧。十八岁时他的歌剧在那不勒斯上演。二十岁时另一歌剧在密兰(Milan)上演——其成功居一切歌剧作者的顶点。

　　他同他的女导演科尔布朗(Isabella Colbran)结了婚。结婚后数年,他到欧洲各地旅行,专为人家嘱托而作曲。工作非常匆忙,往往他笔上写出来的原稿,就拿到指挥者的谱台上去应用。他所到的地方,惹起一场热闹。他出席的时候,群众高声喝彩,连拿破仑的来到也不能镇静这片呼声。拿破仑会见他时,曾对他说道:"在皇帝和皇帝之间用不到礼貌。"他在伦敦,同佐治四世(George Ⅳ)两人作二部合唱之后,便成了一个音乐上的专制君主,支配一切,同他在意大利时支配他的崇拜者多尼最提(Donizetti)和培利尼一样。

他把滑稽歌剧(opera bouffe)改作喜剧,例如《塞维尔的理发师》(*The Barber of Seville*)、《联队的女郎》(*The Daughter of the Regiment*)便是。对于正歌剧(opera seria),他给予新的力量,例如《坦克累德》(*Tancred*)、《塞密拉密斯》(*Semiramis*)等皆是。他曾经改革意大利歌剧,使适合于大众。例如加金属管乐器和热情的祈祷者,又如宣序调的加用器乐的伴奏(这是蒙泰弗提创用的),又如加用渐强奏法,使乐句反复高升。

巴提(Adelina Patti)、尼尔孙(Nilsson)和阿尔菩尼(Alboni)唱着歌送他的葬,他把财产捐献,作为"罗西尼基金",用以供养巴黎一班年老的音乐家——他体得了天地好生之心。

多尼最提

Gaetano Donizetti

"歌剧制造者"

一七九七年——一八四八年生

　　好比马车和汽车比较一样,多尼最提的老式的歌剧在今日的音乐爱好者看来,觉得历史的趣味远胜于音乐的趣味了。他写作非常敏捷,他用一双锐利的眼睛注意群众的意见,但是他的流利的生产物竟失却了永久的名誉。

　　他的父亲是一个织工,自从一七九七年十一月二十五日他在意大利的柏加摩(Bergamo)诞生之后,他的父亲就制定他学法律。但他一懂得了父亲替他选定的职业,就郁郁不乐,他不要做法官。他苦心地说服了他的父亲,放他到波伦亚(Bologna)市附近去从马泰乌(Padre Matteo)学习和声学。他利用教会音乐作为上舞台的准备阶段,不管他的父母的反对。

　　他到军队里服务,他的军队生活因了他的歌剧源源不绝的产生而繁荣化了。直到一八二二年,他所作的《格拉那达的索拉伊得》(*Zoraide da Granada*)获得了广大群众的赞誉,他们扛了他在罗马街上胜利游行,走到国会议事堂的石阶上的时候,把月桂冠加在他的头上。此后他就光荣地辞退了军队的职务。

　　他同他的朋友培利尼,都是比他们更伟大的罗西尼的学生兼知己。他在一八三二年以前所作的三十个歌剧,全无特色。但是以后作的七个,即《联队的女郎》、《同·巴斯卡尔》(Don Pasquale)、《拉姆麦摩尔的琉喜阿》(Lucia di Lammermoor)、《爱的挨来西》(L'Elisir d'Amore)、《琉克利萨·菩尔查》(Lucrezia Borgia)、《宠爱》(La Favorita)和《林达》(Linda),都有优美而生动的旋律、明朗的(稍稍不协和的)独唱和一种戏剧的效力,这些都是特色。

　　他作曲很敏捷,能在一星期中作成小歌剧《夜之钟》(Il Campanello di Notto),因此救济了一个濒危的歌剧团,使不致破产。《宠爱》中的第四幕,他在四小时内作成。这时候正与一个朋友同吃晚餐,这朋友吃好之后离开他,出去参加集会,到半夜里回来的时候,看见他依旧坐在原地方,对着一杯咖啡,热心地唱他刚才作成的咏叹调。

　　旅行演奏,各种音乐会的指挥和经常替人家作曲,使他身心疲劳。最后的一年,他患了神经麻痹症,身体一部分失却知觉。他的谢绝见客的纸条上写着吓人的句子:"可怜的多尼最提已经死了。"一八四八年四月八日,他这句预言果然应验了。

弗　提

Giuseppe Verdi

"意大利歌剧之王"

一八一三年——一九〇一年

　　朱塞普·弗提的谨慎小心的一生中,只发过一次怒:乡村的牧师教他弹小键琴(spinet),有一次他在这琴上弹不出他所需要的和弦,一拳头把琴打破了。这时候他还是一个很小的孩子,在巴马的柏累托地方,他是一八一三年十月十三日生在这地方的。打破键琴的时候,他正是乡村教会中的一个新进教者。二三年之后,他就到寺院里去奏长笛和单簧管,十一岁时,他当了风琴师。从这些职业,他每月收入不到五块钱。但他勤谨小心地供职,虽然从家里到供职的地方每天来回要走六哩[1]路。但到后来,他的同乡们看出他的天才,醵资送他到密兰去从萨勒提(Saletti)学习音乐。

　　他的歌剧《俄柏托》(Oberto)是一八三八年他结婚后最幸福的期间所作的。这歌剧被拉·斯卡拉(La Scala)的剧场经理人密累利(Mirelli)大加称赏,他热诚地委托他再作三个,第一个是喜剧。但是不幸得很,时疫把他的夫人和两个孩子都夺去,喜剧变成了悲剧——这剧上演时失败

---

〔1〕　哩即英里,一英里约合一千六百零九米。——编者注

了。经过了困顿的几年之后,密累利的友情的要求渐渐劝诱他再作新曲。

《那部科》(*Nabucco*)是一八四二年所作的,非常著名,因为他同它的唱歌领导者(prima donna)斯特累普尼(Giuseppina Strepponi)结了婚。《罗姆巴提》(*I Lombardi*)和《阿提拉》(*Attila*),内有勇壮的歌曲《你将占领乾坤,让意大利属于我的》,使他变成了一个民族英雄,在政治上的地位和在音乐上的一样重要。

《厄那尼》(*Ernani*)、《利哥雷托》(*Rigoletto*)、《诱惑者》(*La Traviata*)、《歌人》(*Il Trovatore*)、《假装舞》(*Un Ballo in Maschera*)、《运命之力》(*La Forza del Destino*)中的许多曲调,尤为广大群众所传诵,街头巷尾到处可以听见。在他二十年间的作品中,这些音乐最为脍炙人口。《阿伊达》(*Aida*)一剧是埃及的刻提弗(Khedive)请他作的。这剧中用庄严的音乐导出真的象群和华丽的舞台面,使歌剧史别开生面。

这意大利歌剧界的老祖宗,像绍兴酒一样,年纪越老,作品越是和顺。在他后来的作品——为曼索尼(Manzoni)作的庄严的《安魂弥撒》(*Requiem Mass*)和歌剧《阿伊达》、《俄忒罗》(*Otello*)和《缶尔斯塔夫》(*Falstaff*)中,旋律都因了管弦乐的效果而非常丰丽流畅,堪与华格纳媲美。意大利歌剧后期的作者都模仿他。

一九〇一年一月二十七日他在故乡的老家里无疾而终。他同罗西尼一样,把财产贡献给他的成功较小的音乐同志们。

Gounod

古　　诺

Charles Gounod

"法兰西歌剧家的偶像"

一八一八年——八九三年

　　有人问巴黎歌剧场(Paris Opera)的理事长,法国最普遍流行的歌剧是什么? 他毫不犹豫地答道:"古诺的《浮士德》。"然而这哥德的史诗的音乐剧,一八五九年在巴黎的抒情剧场(Théâtre Lyrique)演了四个月之后就停演;喜歌剧场(Opéra Comique)竟拒绝这剧上演;而且没有一个出版家敢冒险刊印这剧的总谱。十年之后,这剧在外国上演了三百次,才光荣地回到本国的巴黎歌剧场来。

　　查理·古诺于一八一八年六月十七日生在巴黎,幼年就显露头角。他的母亲是一个艺术家,一心想把儿子养成实用的人才。但他却走上了作曲者的路径,入音乐院,得罗马奖,到罗马去留学了一年。他在罗马所听到的巴雷斯特利那的音乐,展开了他固有的虔敬精神,回国之后,他诚心地归命于宗教信仰,得了"古诺僧长"(Abbé Gounod)的名号。

　　全靠他的朋友方尼·门得尔松(Fanny Mendelssohn)和维阿多(Pauline Viardot)的感化,他终于背弃了教会而把他的乐才转向歌剧制作。他的第一个作品《萨福》(Sapho)是那时代的歌剧的先驱。等到他的《浮士德》和《罗美俄与朱利埃特》(Roméo et Juliette)出世,方始废除了罗西尼式的"声乐的体操"而另辟一种新格式，新颖、简明、柔顺而富于表现力。他的美丽的旋律和盛大的管弦乐法，被现代法国歌剧作者信奉为模范。就是一般不认为最大作品的《萨巴的女王》(*La Reine de Saba*)、《非利蒙与包西斯》(*Philemon and Baucis*)和《不顾自己的医生》(*Le Médecin Malgré Lui*)，亦被法国人所重视。

他同罕得尔一样，在伦敦住了多年。他在种种其他工作之外，又重行试作他早年所爱好的《圣·塞西尔弥撒》(*Mass of St. Cécilia*)，结果成功了两大曲，即《赎罪》(The Redemption)和《生命中的死》(Death in Life)。这些乐曲热烈、舒畅、温厚、愉快而真挚，使得英国的妇女们爱慕之极，聚集在他的周围，同她们的法国的姊妹们一样。

七十五岁的时候，他神经麻痹症发作，变成跛子和盲子。他作一首安魂曲，亲自听完了它演奏之后，拿了乐谱回进房间里的时候，忽然跌倒在地，昏迷而死。这是一八九三年十月十三日。他的一大群崇拜者誓愿做他的学生，送他到圣·克劳特(Saint Cloud)去埋葬。

俾　最

Georges Alexandre Bizet

"他证明了质比量更不朽"

一八三八年——一八七五年

　　佐治·俾最的三十七年的生涯，开出一朵花——大歌剧《卡门》（Carmen）。他还作许多别的作品，但是只有这一曲永生，而且被称为最完美的歌剧。

　　他遵循作曲家修养的正规的路径。他在一八三八年十月二十五日生在巴黎附近的部计发（Bougival），是一个唱歌者的儿子。他十岁上进巴黎音乐院，九年之后，毕业的时候，因了他的声乐大曲《克罗利斯和克罗提尔达》（Clovis et Clotilde）获得罗马奖。同年，他的小歌剧《神秘医生》（Le Docteur Miracle）因了俄芬巴赫（Offenbach）的推荐而在一个竞赛中获得奖章。这小歌剧现在早已被人遗忘了。

　　在罗马住居三年之后，他回到巴黎来教授、弹钢琴、作曲，又享受幸福的结婚生活。他的夫人是音乐院的教师阿雷维（Halévy）的女儿。但是他的歌剧被人轻视，因为其中的管弦乐法有一点类似华格纳的。这也许是真的，也许是空想的；只因在那时候，华格纳在巴黎是被一切剧场所拒绝而责斥的。

　　《卡门》的被人认识，也曾经过种种困难，虽然这歌剧的优点很多。

这剧的脚本是从美利美(Prosper Mérimée)所作的普遍流行的小说中取来的,写得非常巧妙,把这魅人的卖纸烟女郎和她的两个爱人的故事的戏剧的情趣,充分强调地描写出来。这剧的音乐,色彩非常丰富;管弦乐非常壮丽,用长笛和竖琴来增加新的气象。剧中有许多旋律,为广大听众所爱好。

当这剧初演的时候,特安提赞美它的幕间演奏的音乐,俾最慨然地说道:"你是第一个赞美的人,但是我想,你又恐是最后一个赞美的人。"他离开了演奏会,不听唱那个西班牙斗牛歌,却流下泪来,他确信以后将再有失败。

三个月之后,《卡门》在维也纳开演,又在巴黎反复开演,他然后相信,这是一个成功的作品。但这成功来得太迟。他本来有心脏病;又因早年的失败伤害了他的心境,促成了他的早死。他在一八七五年六月三十一日死在部计发。他终于没有知道他所创造的歌剧使得多少女主角因此大享盛名,也没有知道多少作曲者信奉《卡门》为歌剧的模范,也没有知道全世界各地多少听众如何热烈地赞美这个歌剧。

J. Massenet

马　斯　内

Jules Massenet

"为女主角而作歌剧的人"

一八四二年——一九一二年

　　马斯内在音乐院担任功课,从早晨七点钟起一直没有空闲。有人问他在什么时候作曲的,他回答道:"当你睡了之后!"这位作曲家的性格,勤勉、专心而恪守规律。他把他的一生奉献给音乐;在法、俄之战的时候他又当了兵,献身给国家。

　　一八四二年五月十二日他生在蒙道特(Montaud)。幸而他的家庭在他十一岁的时候迁居到了巴黎,因此他能进音乐院。他在音乐院的时候非常高兴。两年之后他的父母带他迁回老家去之后,他屡次逃到巴黎来,后来终于说服了父母,让他留在巴黎。他在巴黎一直住到二十一岁,获到了罗马奖。他到奥地利、匈牙利、菩希密阿和德国作音乐旅行,在这期间获得了不少作曲的灵感,这笔收获倒比罗马奖贵重得多。

　　他以前开始作歌剧的时候,早已注意到神曲和演奏会乐曲。一八七二年他写了一曲神剧(oratorio-drama)《马利·马格特朗》(*Marie Magdeleine*),获得了柴科夫斯基、圣-松和古诺的称赞。十八岁的时候,他在音乐院教授对位法的时候,作出了一打以上的歌剧。这些歌剧的名字,同剧的女主角的名字密切地结合,因为都是为她们而作的。例如:

《爱斯克拉蒙特》(*Esclarmonde*)是为桑得松(Sybil Sanderson)作的;《马松》(*Mason*)是为退隐中劝请出来的海尔布隆(Marie Heilbronn)作的;《同·开荷泰》(*Don Quixote*)、《巴卡斯》(*Bacchus*)和《罗马》(*Roma*)是为阿俾尔(Lucy Arbell)作的;《威尔德》(*Werther*)是为累那尔(Marie Rénard)作的;《开罗平》(*Chérubin*)是为卡发利挨(Lina Cavalieri)作的;《那发雷斯》(*La Navarraise*)和《萨福》(*Sapho*)是为卡尔弗(Emma Calvé)作的。加尔顿(Mary Garden)把这些角色统统带到美国去演出。

《圣母院的歌人》(*Le Jongleur de Notre Dame*)一剧,内有五个男声部的,也由加尔顿主演而获得了成功。《纪念品》(*Souvenirs*)一剧中,凡有美丽的嗓子的女角,没有一个不获得称誉。——"他送给女人们的贵重品,是他的笔尖上落下来的墨水,而不是从巴黎和平路(Rue de la Paix)上买来的珍珠。"

在挨格雷维尔(Egreville)的他的家里,他种着玫瑰花和葡萄藤,穿着宽大的衫子而作曲。他的贤淑的夫人圣-马利(Sainte-Marie)是他以前的学生,在旁边陪伴他。一九一二年八月十三日,这个幸福的、谦和的、成功的七十岁老人安然地逝世。

Victor Herbert

赫　柏　特

Victor Herbert

"他作曲很多——都是良好的"

一八五九年——一九二四年

　　生在爱尔兰,教育在德国,承继给美国人,气质是菩希密阿人——这便是维克托·赫柏特。他是大提琴演奏者,又是乐团领导者,又是轻歌剧作者,又是百老汇街(Broadway,纽约戏院最多的街)上的一个伶人。

　　他是爱尔兰爱国者兼艺术家萨牟挨尔·拉弗(Samuel Lover)的孙子。他幼年就失去父亲,依靠这祖父的抚养。后来,他的母亲同一个德国医生结了婚,他就被带到斯图加特(Stuttgart)去进高等学校。他在学校管弦乐团里专心学习短笛(piccolo),他的音乐天才就被发现了。

　　后来,他对于大提琴这乐器也学得了很精的技术,就进了爱德华·斯特劳斯(见 59 页)的管弦乐团,参加了这圆舞曲之王的家庭。他在利斯特、圣-松、得利布(Delibes)和布拉姆斯的指挥之下演奏。当他在斯图加特歌剧院中演奏又研究作曲的时候,遇到了维也纳的女主角福挨斯忒(Therese Foerster),她是美国一个剧院的副理事达姆罗什(Walter Damrosch)所特约的人。这美貌的福挨斯忒没有她的未婚夫赫柏特同行,不肯到美国去。于是达姆罗什一并邀了赫柏特同去。

　　他在美国的最初的八年,他是各种管弦乐团的团员和四重奏团的团员,又当彼兹堡交响乐团(Pittsburgh Symphony)的指挥者。但当他接受了第二十二联队的歧尔摩乐团(Gilmore's Band)的指挥棒之后,他毅然地舍弃了正歌剧的工作。这一变对他是有利的,因为在美国的音乐节目单中,他的轻歌剧当比他其他的作品生命长远得多。即使他为市立歌剧院作的正歌剧《那托马》(Natoma),也不及他的轻歌剧的动人。

倘使"欢乐的十九世纪"确是欢乐的,那么必须归大功于赫柏特的小歌剧(operettas)。"他作曲很多——都是良好的。"每一个作品,必定是一般人的爱物:《尼罗河的巫师》(The Wizard of the Nile)、《玩具世界的婴孩们》(Babes in Toyland)、《马提斯德女士》(Mlle. Madiste)、《红磨坊》(The Red Mill)、《轻狂的公爵夫人》(The Madcap Duchess)、《唯一的女郎》(The Only Girl)、《顽皮的马利挨塔》(The Naughty Marietta),以及其他一切。

正在生活兴味酣浓——作曲、指挥、校听、征逐酒食——的时候,他忽然寿终,这是一九二四年五月二十六日的事。他在人间留下花样繁多的种种回想:这作曲家站在书桌前,神气很像英国的银行书记;穿大礼服戴高帽子的疏狂游子,缠绕着纽约的酒家;他穿了金碧辉煌的制服,领导他的乐团通过第五街(Fifth Avenue),或者在马丁(Bradley Martin)的有名的跳舞会里演奏舞曲——这些画图将同他的小歌剧同垂不朽。

浦　契　尼

Giacomo Puccini

"猎人作曲家"

一八五八年——一九二四年

　　一个肩胛平直、眼睛棕色、须发浓重的山乡人,穿着黄色的靴、工人的衣裤,乘着大车从斯培西阿海湾(Gulf of Spezia)附近的托尔·提尔·拉哥(Torre del Lago)的他的家里出发,手臂里挟着刚才创作成的歌剧总谱——这便是浦契尼,作曲家、猎人,又是菩希密阿大资本家。

　　他生于一八五八年十二月二十三日,是一个音乐家族的第三代孙子,住在琉卡(Lucca)的古城里。他的童年生活很平凡,直到十九岁的时候,马加利塔王后供给他到密兰的音乐院(Reale Conservatorio di Musica)去学习一年。他在那里遇见马斯卡尼(Mascagni)、培契阿(Peccia)和特林提利(Tirindelli)。这些人同他做了知己朋友,一同度着"菩希密阿生活"(Bohemian life,放浪的生活)。后来他把这种生活活现地描写在他的《无定交响曲》(Capriccio Sinfonico)和歌剧《菩希密阿人》(*La Bohème*)中。这交响曲赢得了一千里拉(lira,意大利货币)的奖金,这四个人分得了这笔款子,去还他们的酒债。每逢写脚本的或出版者召请浦契尼去接洽事件的时候,这四个人必然同去,好比一个人一样。他们都在拉·斯卡拉(La Scala)管弦乐团里供职。卡姆巴那利

(Campanari)和托斯卡尼尼(Toscanini)也是这乐团里的大提琴演奏者。

为了找一个可以感动全世界人的脚本,他读了上千卷的书。一八九三年上演立刻博得好评的《曼农·雷斯考》(*Manon Lescaut*),是用普累伏(Abbé Prévost)的小说作脚本的。《托斯卡》(*Tosca*)是用萨杜(Sardou)的作品作脚本的。萨杜和多得(Daudet)、左拉(Zola)、维多林(Victorien),都是他在巴黎时的朋友。《蝴蝶夫人》(*Madame Butterfly*)是根据路得·隆格(John Luther Long)的小说而作的。一九〇四年初演的时候,被倒彩和嘘声所喝退。经过了一番修改之后,就被听众所赞许。这剧在纽约由许多有名的演员演出,方才使他获得了真实的普遍的名声。一九一〇年《金色的西方女郎》(*The Girl of the Golden West*)在市立剧院上演的时候,浦契尼亲自到纽约去监视。虽然由许多有名的人担任指挥及演员,却使崇拜他的群众大为失望。

一曲较轻的歌剧《影》(*La Rondine*),三个短的一幕歌剧,于一九一八年在市立剧院上演。最后作的《丢朗多特》(*Turandot*),预定在一九二五年在拉·斯卡拉、纽约、芝加哥上演,但它的作者忽然在一九二四年十一月二十九日逝世。这时候《蝴蝶夫人》正在罗马开演,《菩希密阿人》正在纽约开演。

马斯卡尼

Pietro Mascagni

"突然成功的作曲家"

一八六三年—〔1〕

　　有一天晴朗的早晨起来,忽然发现自己已经是名人了。这是青年马斯卡尼的奇特的经验,因为他的作品《乡村骑士》(*Cavalleria Rusticana*)忽然得到了奖章。而从此以后,他竟不曾再作有名的音乐作品。

　　父母对音乐的反对,往往是驱使他们成功的原动力,马斯卡尼也是这样的一个例子。他的严酷的父亲指定他学法律,但他自己确信有受音乐教育的资格。幸而他的叔父理解他,把他送到密兰去进音乐院。他在密兰,当了一个有名的四重奏团的一员,浦契尼也是其中的一员。二三年之后,他忽然不见了。没有一个知道他到哪里去和做什么。五年之后,他方才同了一位夫人和一部半完成的歌剧总谱而重新出现。他自己表明,这几年里他跟了一个旅行歌剧团在乡间各处游行,当他们的指挥者,而从经验上学得了管弦乐法;又说,音乐院教室里的教育使他感到厌烦了。

　　他听到一个独幕歌剧的竞赛在罗马举行,参加的作者可以免费,马

----

　　〔1〕　马斯卡尼逝世于一九四五年。——编者注

斯卡尼便匆忙地准备起来,得了脚本作者的帮助,居然赶上了时间,但已是最后登记的一人了。这是一八九〇年三月的事,这剧便是《乡村骑士》。到了五月里,这剧在罗马的君士坦济剧场上演,立刻成功。听众和评家称赞他为弗提的承继者,国王赐他意大利骑士的勋章和永久的爵位。他回到他的家乡雷格洪(Leghorn,他是一八六三年生在这地方的),带着无上的光荣,全城的居民出来欢迎他,并且挂灯结彩,好像做纪念日一般。华格纳对于这曲小剧的爽朗新鲜的趣味,也表示赞美。这剧中的歌曲非常动人,被听众带回家去,流行在街头巷尾;每次演奏都获得成功,从此奠定了独幕歌剧的范型。

　　自此以后,可记述的很少:《伊利斯》(Iris)是三幕歌剧,以日本故事为主题,十六年间只被演两次。《马希拉》(La Maschère)在七个地方同时上演,有五个地方被倒彩喝下台来。最后,《比诺塔》(La Pinotta),于一九三二年在密兰初演,由他自己指挥。这剧是五十三年前所作,当时他曾经把总谱送给他的房东太太当作租金的。这总谱是房东太太的侄儿在一只旧皮箱里找出来的。这事引起他一种刺激,比音乐更为感伤的。

华　格　纳

(Wilhelm) Richard Wagner

"日耳曼抒情歌人"

一八一三年——一八八三年

　　"禁止谈论宗教或华格纳。"一八六〇年德国的咖啡店的墙上都贴着这样的标语。这样,免得客人们谈论这当时最大的革命事件的时候掀翻桌子,打破杯盘。

　　华格纳于一八一三年五月二十二日生在来比锡。他从小对舞台生活极有兴味,因为他的继父该厄(Geyer)是一个演员。他听了贝多芬的《挨格蒙特》(Egmont)之后,试作一个序曲和一个交响曲,二十一岁的时候就决心操音乐生涯。贫苦、政治的压迫,旁人的嘲笑,决不能阻碍他的创造歌剧的信念。他决心要创造一种有戏剧性的故事,而管弦乐和声乐势均力敌的歌剧。

　　他的第一曲歌剧《神仙》(Die Feen)作成后被搁置,没有上演。第二个歌剧《恋爱禁止》(Das Liebesverbot)初演的时候,唱歌者打起架来,舞台经理就此逃走,不付报酬。从此以后不再上演。华格纳却因了这个不吉利机会而与女演员普拉纳(Wilhelmine Planer)相识,就同她结婚。在俄罗斯当了一年指挥者,积了些钱,他就到巴黎去,希望在那里交好运。

　　然而适得其反,他的新作歌剧《利恩齐》(Rienzi),作成了好久,没有人要。《飞行的荷兰人》（*The Flying Dutchman*）在七个星期中作成，想要拿来制胜他的一个竞争者，结果又是失败。《坦华瑟》（*Tannhäuser*）和《罗恩格林》（*Lohengrin*）也遭逢同样的运命。于是他只得退下来，抄写乐谱，作小歌曲，或做别的细事，借此赚几个法郎。一八四八年他为了过激的言论而被放逐到瑞士，这放逐却是伪装的幸福。因为在这放逐的几年，他不但作出了洋洋洒洒的论文，又作出了《特利斯坦和伊苏尔特》（*Tristan und Isolde*）。《日耳曼抒情歌人》（*Die Meistersinger Von Nürnberg*）和《指环》（*Ring Cycle*）的草稿也在这期间作成。

然而他的新的不幸又发生在法国了。《坦华瑟》舞台上被倒彩喝下来。《特利斯坦》也不能开演，因为找不到适当的女高音。他的夫人不甘心坎坷，同他离婚。但过了几年之后，利斯特的女儿，即封·彪罗（von Bülow）的夫人科齐马·封·彪罗（Cosima von Bülow），同封·彪罗离婚，而变成了华格纳夫人。一八七一年第二次放逐到瑞士，却胜利地进入了拜拉特——他的艺术终于被世间所认识了！在拜拉特特建一个特殊的舞台，专为演奏他的歌剧之用。《巴西法尔》（*Parsifal*），他的最后作品，是在一八八三年他逝世前一些时作成的。

他创作浪漫的故事和以此为内容的脚本；他在管弦乐中创用低音单簧管和英国管，分部弦乐与新颖的和声法；他发明"导旋律"而创造乐剧（music drama），凡此种种创举，使歌剧史开辟一新纪元。后来的作者袭取他的体裁主义，但是没有他的灵感，因此他变成了一个孤峰，少有人去瞻仰他。

布卢克纳

Anton Bruckner

"自力养成的音乐家"

一八二四年——一八九六年

　　安东·布卢克纳于一八二四年生在维也纳附近的安斯非尔特(Ansfelder)。虽然和这个音乐活动的中心地很接近,但他必须自己创造音乐教育的机会。他居然变成了一个风琴家,又变成了一个高贵的音乐的作曲者。

　　他的父亲是一个贫苦的乡村学校教师,勉强维持生活。安东从塞赫忒(Sechter)和基兹勒(Kitzler)学习音乐,偶然得到了风琴师的职位,起初在圣·弗罗朗学校(Institute of St. Florian),后来在林兹大寺(Cathedral of Linz)。再后来,他得到了维也纳的宫廷风琴师和音乐院教授的职位。

　　他的相貌不扬,一个寿头寿脑的乡下人,穿着不称身而龌龊的衣服,戴着摇摇欲坠的黄帽子,缀着旧式的黑领带,踏着一双头号的大靴子,蹒跚地在街路上走——教人无论如何看不出他的伟大。他在世的时候,竟少有人认识他。到了他将死的时候,因了他的四位朋友——尼基赫(Nikich)、马勒(Mahler)、休哥·佛尔夫(Hugo Wolf)和勒未(Loewe)——之力,方始受人认识。他的同乡人热烈地崇敬他,后来别处的人也都赞仰他。

　　比他小九岁的布拉姆斯的成名和他对比他大十一岁的华格纳的羡慕，与他的迟迟成名颇有关系。再则他的乐曲过分地冗长，中间往往无限制地延宕，因此指挥者顾到听众的厌烦，而不欢喜演奏它们。有一个批评家说他作的是"陈腐之言"，他的交响曲是"外面镀金而里面装铅的"。

　　他的作品的确需要删节。他所作的有九个交响曲，三个大弥撒，一个赞美歌(te deum)和许多经文歌(motet)。虽然都不免冗长，但听熟了也会教人爱听。他的作品中都含有一种深刻的虔敬的精神。有人问他："你是真果相信上帝的吗?"他率直地回答道："倘不相信，我怎么会作那《F短调弥撒》的信条呢!"他的作品中全无刺激或动乱，而只有神秘、恐怖、诚恳的感奋——也没有幽默。

　　他最后一次生病的时候正在写他的《第九交响曲》，已是七十高龄的老翁了。他祷告上帝，允许他作完了这曲而死去。但是上帝不肯允许他，一八九六年十月十一日他死的时候，只作成两个乐章。

布　卢　赫

Max Bruch

"绅士教授"

一八三八年——一九二〇年

　　一个胡子满面的德国人,讲一口笨重的英国话,样子很愚钝,脾气很自大,缺乏魅力、优美和幽默之感——这样的马克斯·布卢赫,是欢喜彬彬有礼的人物的英国传记者所不欢喜的。但是他的 G 短调小提琴协奏曲是最上乘的作曲,他的合唱曲是最精美的,这位尼得赖恩(Niederrhein)作曲者的风行世界的旋律,使他在作曲者中获得稳固的地位,虽然传记者们看不起他。

　　他在一八三八年一月六日生于德国的科隆(Köln),童年时代从他的母亲——一位有名的唱歌家——获得很多的教益。他对于艺术有普遍的兴味,而对音乐更多。他向希勒(Ferdinand Hiller)学和声学,十四岁时在法兰克福(Frankfurt)获得了"莫差特奖学金",就决定了他的一生事业。

　　他在九岁到十四岁的期间作了七十个乐曲。科隆爱乐团(Kölner Philharmonie)演奏他的《第一交响曲》。

　　他的音乐家的生活是萍飘絮泊的。他到来比锡当指挥者,认识了摩舍雷斯(Moschales)、豪普特曼(Hauptmann)和大卫(David);他到巴黎,罗西尼和培利俄兹赞美他的《弗利兹约夫合唱》(Frithjofscenen Chorus)；他又到科布楞兹(Coblenz)，在那里指挥管弦乐的时候，他发心创作那奉献于约阿希姆的小提琴协奏曲。十二年之后，他被英国召请去指挥乐团。伟大的小提琴家萨拉萨泰(Sarasate)演奏他的作品，热烈地称赞他，他就被聘任为利物浦管弦乐团(Liverpool Philharmonic Orchestra)的指挥者。

他乘机演奏他自己的《俄提西斯》(Odysseus)和他的关于席勒(Schiller)的《钟之歌》(Das Lied von der Glocke)的作曲，成绩都很好，虽然布拉姆斯对他有含糊的批评。

后来，"英国人需要英国音乐"这呼声起来反对他。还有，他的唱歌者们反对他的过分严格的教练。因此，一八八三年他就离开英国，旅行到美国。后来他回到德国，普鲁士和巴未利阿都聘请他。他得了剑桥音乐博士的名衔，当了柏林艺术院的会员。《苏格兰幻想曲》(Scottish Fantasy)，小提琴及管弦乐用的《浪漫曲》(Romance)和《阿希勒斯》(Achilleus)，是他的最后的作品。一九二〇年九月十七日，他死在蓬府。

Gustav Mahler

马　勒

Gustav Mahler

"属于过去的现代乐人"

一八六〇年——一九一一年

　　加斯塔夫·马勒矫矫不群,与他的同时代的作曲家们相隔很远。他不肯用他的才能来描写他所住的现世的纷争扰攘,却企图把过去的古典理想灌进他的音乐中去。他这工作经过很长的时日,所以有一个批评家懒懒地说道:"马勒作这样长的交响曲,何年何月作得成功呢!"

　　一八六〇年七月七日生在菩希密阿,他的父母是犹太人。他同普通人一样,早年入维也纳大学,又在维也纳音乐院跟布卢克纳学习了两年。他被称为布卢克纳的交响曲的承继人,好比特安提是夫朗克的继承人一样。但他秉有一种他所独得的谨严和理智主义;这对于当时的音乐界,有一种文雅化的力量。

　　他是从古以来的大指挥家之一。但是他的性情敏感而易怒,他的生活被寂寞所包围,他既不理解他的同时代人,又不为他的同时代人所理解。他把维也纳歌剧场办得十分完全之后,不得不离开它,因为起了纷争和奸谋。柏林歌剧场来聘请他。这歌剧场从前曾经拒绝他进去,只因一个反犹太人的董事"不欢喜他的鼻头的形状"。现在却来请他,他也拒绝,打了一个傲慢而滑稽的电报去:"不能应聘,因为我的鼻头还是那个形状。"一九〇七年,纽约市立歌剧场聘任他,不久又起纷争,使他离职。他改就斐尔管弦乐团(Philharmonic Orchestra,即爱乐团)服务了两年。他在美国举行最后几次演奏会时,由他的第一小提琴手担任指挥,他自己却躲在旅馆里不出来,因为有一种不可靠的批评他的消息传到他耳中。不久之后,他回到德国,忽然生病,于一九一一年五月十八日逝世。

　　一个巨大的交响曲《地球之歌》(Das Lied von der Erde),十个较小的交响曲,是他的遗著。第八个,叫做《千人交响曲》(Symphony of One Thousand),因为这曲的管弦乐非常庞大,添加两个混声合唱、一个男声合唱和八个女高音独唱,是一个特别注重声乐效果的不平凡的作品。清爽的节奏和旋律,加以复杂的和声构造,使他的作品显示特色。他的作品全是音乐学生的音乐,不是普通欣赏者的音乐。他的音乐不是多数人所注意的,却是少数有耳朵的人所尊敬的。

佛　尔　夫

Hugo Wolf

"现代歌曲天才"

一八六〇年——一九〇三年

　　假使世界上有"被占有"的人,这人便是休哥·佛尔夫。自从一八六〇年三月十三日他在维也纳诞生之后,他一直是一种他自己所不能控制的内在的力的奴隶。这种力驱使他创作了那种惊人的美的歌曲,然后摧毁他。

　　他从一个学校转到那个学校,为了成绩不佳,被学校开除,他变成了一个很穷苦的青年人,为了衣食而强迫地工作。

　　他虽是很穷苦的人,但他当教师的时候,脾气很大。他常把可怜的小学生从钢琴凳子上推开,而自己坐上去弹培利俄兹的乐曲。他找到了一个职业,到萨尔斯堡去做助理指挥,可以解救他的贫困了。他去就职的时候,带着两包东西——大的一包是华格纳的石膏像,小的一包是袜子和衬衫等零碎东西。

　　他倘使爱上了一首诗,这便是他的宝贝。他大声地朗诵这首诗,使得听到的人不胜惊讶。其后,他的身心就全部沉浸在这首诗里。他把自己关进房间里,一连关几个月,每天只是饮食和睡觉,直到有一天灵感忽然出来。他这样地创作了两年,从一八八〇年到一八九〇年,产生了五十三个麦利开(Mörike)诗的歌曲,五十一个哥德诗的歌曲,四十四个西班牙歌曲,十七个爱亨多夫(Eichendorff)歌曲,十二个开勒(Keller)的和十三个意大利歌曲。这一次以后,他失望地写道:"我已经放弃了一切作曲的意念。为我这可怜的灵魂祈祷吧!"次年他只作二三个歌曲。此后五年间,音乐之神与他完全绝交。但是到了一八九五年,他完成了他的歌曲《科累基多》(Corregidor)的钢琴谱,又作了二十二个意大利歌曲。《在青色的望楼上》(Auf dem grünen Balkon)、《去吧,爱人》(Geh, Geliebter)、《为了和平》(Zur Ruh)、《火的骑士》(Der Feuerreiter),是他的五百首歌曲中最著名的几首。这些歌曲的音乐和诗的文句和精神非常吻合;钢琴伴奏非常美丽;音乐的意念非常广大、深沉而变化错综。有这些优点,所以流传不朽。

他渐渐地出名了。一个专门演奏他的作品的组织,叫做"Wolfverein"。他得到了一间有家具设备的房子和一笔年金,因此免于贫困。正好高枕而卧的时候,忽然疯病发作。病中又奇迹地作出一个新歌剧《马纽尔·未内加》(Manuel Venegas),但是没有完成。他在疯人院里颠倒迷乱地住了五年,一九〇三年二月二十二日死神救出了他。

Claude Debussy

得　彪　西

Claude Achille Debussy

"第一个印象派音乐家"

一八六二年——一九一八年

三十年间和对敌的批评者战斗,得彪西和他的音乐主张终于获得了最后胜利。他的音乐主张是要用音乐来传达事物的印象,而不是描写事物本身。但他的音乐中并没有这种战斗的迹象,却都是最纯粹的光明的旋律。这些旋律根据在一个没有半音的特殊的音阶上和绚焕灿烂、掩映闪烁的特殊的和声的蛛网上。

这种音乐的作者是一个非常人。他不是从母亲怀中一直跳到钢琴上的那种音乐家。反之,他在一八六二年九月二十二日诞生之后,就照常规到泽曼-昂-雷(Germain-en-Laye)去进学校,打算将来到海军部服务。他有一个研究音乐的姑母,她引导他进巴黎音乐院。但他在音乐院,对于技术的操练很不耐烦,他的成见又很特殊,因此不能在那里学成一个出色的钢琴家或作曲者。

然而,一八八四年毕业的时候,他的声乐大曲《游荡儿》(L'Enfant Prodigue)使他获得了罗马奖,他突然离开巴黎到罗马去。但他闷闷不乐,不能在罗马的高贵的生活中为了争取一笔年金而作曲。为了逃避夜会,他佯言他的夜用大礼服已经卖脱,而没有钱另买新的。

　　他在罗马熬过一年,回到巴黎;他的管弦乐组曲《春》(Printemps)被一群批评者大加攻击。他的朋友弗兰(Verlaine)和菩德雷(Baudelaire),印象派画家摩内(Monet)、彼萨罗(Pissarro)和西斯利(Sisley)大家替他辩护。五十个左右的歌曲,七十五个钢琴曲,曲名都非常动人,例如《水中的反映》(Reflets dans l'Eau)、《水中的大寺》(La Cathedrale Engloutie)、《雨中的花园》(Jardins sous la pluise)等;还有奏鸣曲和四重奏,管弦乐曲《海》(La Mer)和《牧神的午后》(L'Aprés-Midi d'un Faune)等,都显示他的独创的作风。他的最大的作品,神仙歌剧《培利阿斯和美利桑特》(*Pelléas et Mélisande*)费了十年工夫方才作成。这是最初的一个印象派歌剧。

　　他的性情敏感而躁急,所以一生中常常闷闷不乐。讨厌的人和孩子的啼哭声使他头痛。他的夫人泰克塞(Lily Texier)时刻不离地在他身边安慰他,人们给这对夫妻一个绰号,叫做"圣·罗克同他的狗"(St. Roch and his dog)。当他晚上创作那些不朽的作品的时候,她常常陪他坐到天亮。她把论文读给他听,又代他校改发表在杂志上的光辉的论文。他在一九一八年患毒癌而死,她一直忠诚地服侍他到死。

特安提

Vincent d'Indy

"伟大的夫朗克的学生"

一八五一年——一九三一年

　　文孙特·特安提的肩膀很阔,穿得上伟大的夫朗克的大衣。他是夫朗克的得意门生。他能够在先生死后承继先生的事业。他自己的天才也很丰富,因此他在音乐界获得了名望。

　　他虽然是一八五一年三月二十七日生在繁华的巴黎的,但他的青年时代大部分住在阿得什区(Ardèche)的家乡。那地方的松树的香气和阿尔卑斯山的风占据了他的身心的一部分。他的母亲生下他之后不久就死去。他的祖父监护他的教养——非常注重他的音乐教育。

　　他十四岁的时候已经是一个能干的钢琴家了。他就转向和声学研究,教授他和声学的是拉维涅克(Lavignac)、提美(Diemer)和马蒙泰尔(Marmontel)。他有一个爱好音乐的叔父,送他一册培利俄兹所作的关于管弦乐法的论文,这册书就变成了他的圣经。培利俄兹的见解,加上了他对"巴赫、贝多芬、华格纳良好的对位法和上帝"的信念,就成了他的创作的南针。

　　一八七○年,普法之战使他停止了一年的研究。他解除了战袍之后,就拿了自己所作的一曲弦乐四重奏,恭敬地去请教夫朗克。这位先生称赞他的天才,又指示他的弱点。特安提从此拜在他的门下,做忠诚的学生。

他的早年的作品中,歌剧《比科尔密尼》(*Piccolomini*)和神剧《安托尼和克利俄培特拉》(*Antony and Cleopatra*)是值得注意的。但他的最初的成功作品,是《钟之歌》(Le Chant de la Cloche, 1886)。这是华格纳派的作品,用导旋律和繁重的和声。他的《窝楞斯泰恩三部曲》(Wallenstein Trilogy)在一八八八年上演,是一个力强而生动的作品。但是他的变奏曲《伊斯达》(Istar)、歌剧《斐发尔》(*Fervaal*)和交响诗《山中的夏日》(Jours d'Eté à la Montagne),是法国交响曲中的最良好的作品。

他在巴黎创办音乐研究所(Société National de la Musique, Scola Cantorum),他的手指按住了世界音乐的脉搏。他在杂志上发表许多光辉的论文。他还有时间替夫朗克和贝多芬作传。

一九三一年,他患心脏病而死。巴黎音乐界全体哀悼这个因尊严、诚恳、勤勉和聪明而成名的大音乐家的逝世。

丢　卡

Paul Abraham Dukas

"现代乐人中的法兰西古典主义者"

一八六五年生—[1]

　　一个有趣的传说:魔术师的一个徒弟,想要在他的师父出门去了的时候演习魔术。他命令一只水桶到河里去取水。水果然一桶一桶地从河里取来。但他忘记了制止取水的咒语,狼狈之中把水桶打破,变成了两个对剖的水桶。但是这两个忽然都变了两只完全的水桶,两只水桶不绝地取水,屋里几乎洪水泛滥起来,幸而师父回来了,方才制止泛滥。

　　保罗·丢卡把这个有趣的故事译成管弦乐,而博得音乐会里一切男女老幼的赞誉。这乐曲名《魔术师的徒弟》(L'Apprenti Sorcier),常常登载在交响曲演奏会的节目单上。人们说起幽默便想到丢卡,实在是一件奇怪的事。因为他是一个很严肃、博学,而耽于冥想的人,他的一个朋友描写他是"一个笑脸的孤独者"(un solitaire d'espece souriante).

　　他在一八六五年十月一日生在巴黎。他在音乐院毕业之后,获得了第二名罗马奖,由此著名于时。他从罗马回来,并不展开新的事业,却埋头于研究,对于文学的、哲学的、音乐的,他同样深刻地研究学习。当他

---

　　[1]　丢卡逝世于一九三五年。——编者注

再来从事社会活动的时候,当教授,当作曲者,当著作者,他都占据了优越的地位。

他的研究的结果,是杂志上的许多深思远虑的论文和他所崇仰的诸大家的作曲的译作,关于拉摩、开卢俾尼、圣-松和华格纳的尤多。这些作品中最佳者,是《拉摩的主题上的变奏曲》(Variation on a Theme of Rameau)。

他的独创的作品中最特出的,是《阿利安和青马》(*Ariane et Barbe-blue*)、三个管弦乐序曲、一个巴莱舞曲《彼利》(La Péri)和含有谐谑曲《魔术师的徒弟》和奉献于圣-松的钢琴奏鸣曲的《C短调奏鸣曲》。最初一曲《阿利安》是描写一个多妻主义者和他的五个妻子的,一九〇七年在巴黎的喜歌剧院上演,后来又在纽约的市立歌剧院上演,评家称赞它同得彪西的《培利阿斯和美利桑特》相媲美。

他的作风是古典主义和浪漫主义的交混。他是华格纳的崇拜者,他不喜欢讲派别。他常常对他的学生们讲华格纳的教条。"不要属于任何一派,尤其不要属于我的一派。"(Ne soyez d'aucune école, surtout pas de la mienne.)

拉　未　尔

Maurice Ravel

"现代法兰西派的领袖"

一八七五年生—[1]

　　一只聪明的鸟,仰起头,张开了明亮的眼睛,俯瞰音乐的园地,要想在他所最欢喜的地方筑一个音乐的巢——这便是拉未尔。他是莫差特的自然的旋律的爱好者,但这爱好并不阻碍他爱好得彪西的印象派、开布利挨(Chabrier)的浪漫派、萨提(Satie)的幽默和福尔(Fauré)的严谨。但他的创造现代古典派的天才,使他模仿任何作风都能曲尽其妙。他有一次说:"在艺术上是没有侥幸的。"这便是他的艺术,他的生活的真理。

　　一八七五年三月七日他诞生在下彼累内(Basse-Pyrénées)的西部尔(Ciboure)地方。他在巴黎受教育;进巴黎音乐院,一九○一年获得第二名罗马奖。同年,他作出钢琴曲《水戏》(Jeux d'Eau),作风非常新颖,立刻得到了听众的赞赏。在一九一四年以前他作出美丽的《F调弦乐四重奏》,为三部合唱和管弦乐作的《舍希拉最德》(Schéhérazade)、《镜》(Les Miroirs)、《崇高而感伤的圆舞曲》(Valses Nobles et Sentimentales)和很有名的钢琴曲《为一个夭殇的孩子作的短歌》(Pavane pour une Infante

----

　　[1]　拉未尔逝世于一九三七年。——编者注

Défunte)、《夜的喘息》(Gaspard de la Nuit)。

　　第一次世界大战的时候,他参与陆军,他的职务是开货车。一年之后,这个美貌的青年就变成了一个挂着鬈发的强壮结实的男子。他的文弱的身体实在是不适于从军的。一九一五年,他完成了从军的任务,仍旧回到音乐来。

　　此后两年间,他埋头于钢琴协奏曲的制作中。他每天工作十至十二小时。发表出来的时候,获得光荣的赞誉。《三重奏》(Trio),管弦乐组曲《达夫尼和克洛厄》(Daphnis et Chloé)、《我的母鹅》(Ma Mére l'Oye)、《库普朗的坟墓》(Le Tombeau de Couperin)、《西班牙狂想曲》(Rapsodie Espagnole),巴莱舞曲《孩子和魔术》(l'Enfant et les Sortilèges)和托斯卡尼尼(Toscanini)曾经介绍到美国去的激烈的《波雷罗》(Bolero),这等名曲提高了他的音乐的声誉。清爽、合理、整齐、均衡,是这人和他的艺术的特色。

　　他隐居在凡尔赛附近的蒙福尔-拉摩利(Montfort-L'Amaury),一位夫人、许多名画和六只暹逻猫同他作伴。这位教养丰富而洁身自好的音乐家和这世界相隔绝,除非难得几次出门旅行。他曾经到维也纳和伦敦,又远游美国,遍历北美各洲。但他最欢喜用他自己的格调,在他自己的葡萄藤和无花果树底下作曲。

Edward Elgar

挨 尔 加

Sir Edward Elgar

"英国的桂冠音乐家"

一八五七年——九三四年

挨尔加在一八五七年六月二日生在英国的武斯忒（Worcester）附近。他的父亲是圣·佐治的罗马天主教堂（Roman Catholic Church of St. George's）的风琴师，又是一个音乐货栈的主人。因此这孩子从小就会弄各种乐器。当他承继他的父亲当风琴师的时候，他的管弦乐配合法特别丰富。

他秉有一种虔敬的宗教信仰，他的天才充分地发挥在教会音乐上。但在世俗音乐界他也很著名，人皆知道他是一位冠冕堂皇的作者，最适于作爱德华七世加冕礼的音乐和大学毕业典礼时的音乐。

他的《哲隆提乌斯的梦》（Dream of Gerontius）有十二部合唱，是根据卡提那尔·纽曼（Cardinal Newman）的诗篇而作的。英国有名的批评者挨内斯特·纽曼（Ernest Newman）赞美这乐曲，说："这是一切音乐中最特出的一曲。在人类的灵魂和生死问题纠缠不清的期间，这乐曲是不朽的。"他的《变 A 调交响曲》和《谜语变奏曲》（Enigma Variations）把人类的灵魂的挣扎化作非常美丽的音。他的作曲，跳出传统的范围，而自己创造一种更适宜表现他自己的意见和精神的语言。

　　一九〇四年他受了爵士的封赠,在卡文特花园(Covent Garden)开了三天的"挨尔加纪念会"。一九二六年皇家乐会(Royal Philharmonic Society)送他荣誉勋章;一九三〇年,又请他在皇后厅演奏他自己的作品。他在故乡身受了无数荣宠。他同一位"笑声像永不解决的短二度的"而谈话像"presto scherzando"(急速而谐谑)的英国最优美的女人结了婚。因此他有了一切使他闻达于天下的要素。

　　当他在柏明罕大学(Birmingham University)当教授的时候,以"绝对音乐的战士"闻名于时。他的宣言:标题音乐只是一种文学而不是音乐;只有不说明内容故事情节的绝对音乐才是真的音乐。又说:"音乐的教育应该是创造听者,不仅是演奏者。"他的音乐在蓄音片及收音机中广播给大众听赏。他听见他自己的作曲,从欧洲大陆各地和大西洋彼岸,通过了以太(ether)传达到他自己的耳朵里。

阿尔培尼兹

Isaac Albeniz

"从西班牙来的野人"

一八六〇年——一九〇九年

少年时代是一个痴骏的流浪儿,中年时代是一个钢琴凳子上坐不下的大胖子,阿尔培尼兹的一生中富于各种有趣的对照。

一八六〇年五月二十九日他生在西班牙的卡姆普罗同(Camprodon),是兄弟五人中最顽皮的一个,也是最有才能的一个。四岁的时候他出现在巴塞罗那(Barcelona),被认为奇怪的童子。他就去投考巴黎音乐院。监考先生看了他的演奏正在惊诧的时候,他从衣袋里摸出一个硬橡皮球来,抛向屋子里的着衣镜上,把镜子打破了。他没有被录取。

他最欢喜从家里逃走出去,在西班牙各地游荡。有时在咖啡店里替人奏乐,有时同一班匪徒一起饮食。十一岁的时候,他不知怎样钻进一只船里,渡海来到了南美洲。又不知怎样在船里弄到了旅费,又从旅客们中弄到了一束介绍信。

他的父亲偶然在哈凡那(Havana)咖啡店里听到了他的演奏,就允许他正式研究,劝诱他回家去。从此以后,他不绝地研究音乐。他的教师多得可列一览表——雅达松(Jadassohn)、赖内克(Reinecke)、丢邦(Du Pont)、该发特(Gevaert)、利斯特和其他许多人。

他拿他的作品《巴发那》(Pavana)的版权去换了一张斗牛会的入场券。他有了钱便乱用,因此必须东奔西走地找事情。他在伦敦的韦尔斯王子剧场(Prince of Wales Theatre)当指挥者的时候,为了急于需钱,常在剧场里预演的时候临时作曲,由一个誊写者从他手里接受一张一张的原稿。

但在九十年代的早期,巴黎的得彪西、福尔、索松和特安提招请他,他就同了他的夫人和三个孩子住定在巴黎。他的好朋友阿波斯(Arbos)同住在一起。他在那里生活很舒服,就研究钢琴,创作他的最重要的作品。

《爱卓利阿》(Iberia)是他的最著名的钢琴组曲。作这曲的时候,他和他的夫人和女儿都正在尼斯(Nice)地方生病。这乐曲中充满着激烈的节奏、流动的旋律和强烈的西班牙色彩。不久又作《卡塔洛尼阿》(Catalonia),也是同样作风的乐曲。可惜得很,当他正在发挥他的艺术而产生重要的作品的时候,死神在一九〇九年六月十六日召请了他,享年四十九岁,我们可以说:他的死结束了西班牙音乐的文艺复兴的第一期。

格拉那多

Enrique Granados y Campina

"西班牙歌曲和舞蹈的通译者"

一八六七年——一九一六年

他的书斋的壁上挂着未拉斯开斯(Velasquez)和哥雅(Goya)的名画;房间的两角放着相对的两架钢琴;椅子上坐着几位要好的朋友。在这样的背景中,格拉那多和他的爱妻和六个孩子中的有几个在那里走来走去,殷勤地招待。

他是卡塔洛尼阿人,一八六七年七月二十九日生。他的身体很健康,他的早年的研究很不规则,他不能在巴黎音乐院完成他的修养,但从培利俄(Beriot)私人研究。这结果,他的作品的创作性,比形式的完整受更多的赞美。他的主意,感觉的表现是音乐的第一目的。他作曲的时候常常抱定这个主意。

他的天赋是柔弱的,热情的,敏感的,直觉的。因此他被人描写,是"艺术家中最优秀的一个梦想家"。他的作品中所写的,不是西班牙的跳舞响板(castanet)和斗牛,而是悲剧、原始的农村。在《托那提拉斯》(Tonadillas)、《西班牙舞》(Spanish Dance)和歌剧《哥雅斯卡》(Goyescas)中,他的作风非常成功。因此卡萨尔斯(Casals)对他说:"格拉那多,你所用的形式,是前人都用过的;但你在这种形式中发展了一种东西,这东西是从来不曾听见过的。"

他有许多作品：歌剧《卡门的马利阿》(*Maria del Carmen*)、《阿尔卡利阿的蜜》(*Mie d'Alcaria*)、《但丁》(*Dante*)，钢琴组曲《挨利桑得》(Elisande)、《爱好者的歌》(Canciones Amatorias)、《诗的圆舞曲》(Valses Poetiques)和若干室乐。当他奏他自己的钢琴曲的时候，他能使每一个批评家信服他的伟大，他演奏得非常动人。

歌剧《哥雅斯卡》，是第一个西班牙歌剧，是他的最后一个作品，又是他所最得意的。这曲是受了哥雅的名画的暗示而作的，内容是一个关于恋爱、嫉妒和复仇的故事。这曲作者亲自带了这曲到美国去看它上演，结果获得胜利，使他非常满足。他忍受了二十年的辛勤的研究工作，从来不为金钱而粗制滥造，商贾气质的美国人对他的人格和音乐十分钦佩。

他从美国回去的时候，乘了英国的船萨塞克斯号(Sussex)。这船在途中触了德国的潜水艇的鱼雷，格拉那多逃上了救生船；看见他的夫人在波浪中挣扎，跳到水里去救她，结果两人一同溺死。后来浮出紧紧地拥抱着的两个尸体来，这是一九一六年三月二十四日的事。

得·法拉

Manuel de Falla y Matéu

"维多利亚后期的西班牙人"

一八七六年—[1]

在西班牙的格拉那多(Granados)地方,顶上盖有白雪的尼发达山(Sierra Nevada)的脚上,教堂的钟声和溪涧的水声中,住着曼纽挨尔·得·法拉。他是西班牙族,又是西班牙音乐的伟大的代表之一。

他的梦幻的阴郁的性格是从他的母亲那里承袭来的。他在一八七六年十一月二十三日生于卡提兹(Cadiz)。他从小怕羞,逃避现实;长大后有一个朋友送他一个花瓶,他在花瓶上刻一句铭言:"我是可接触的幽灵同·曼纽挨尔·得·法拉·衣·马泰(Don Manuel de Falla y Matéu)。"

从一九〇七年到一九一四年之间,他贫贱地住在巴黎,这使得他的怕羞的脾气更加厉害了。他曾经讲过他自己的故事:有一次他肚子饿得很,走到一个曾经聘请他去教课的富裕的学生家里。那学生不在家,家里的人看见他手臂里夹着一个洗衣作里用的棕色的纸包,当他是一个失业的商人。他虽然需要孔丞,但是怕羞得很,不能说出他是谁、为什么而

---

[1] 得·法拉逝世于一九四六年。——编者注

来的情由来,竟被那家里的人驱逐出去。但他在巴黎有许多朋友——得彪西、丢卡和沙蓬提挨(Charpentier),都认识他的天才,而且各有影响给他。倘不受这种影响,而把他送回西班牙去,他的作风一定更多西班牙风。

他眼高手低,所以没有作出很多乐曲,只是辛辛苦苦地推敲他的难产的作品。歌剧有《简短的生命》(La Vida Breve)和《彼得的圣坛》(Il Retablo de Maese Pedro),后者是用傀儡戏演出的。巴莱舞曲有《三角帽》(The Three-Cornered Hat)和《爱魔术师》(Love the Magician);钢琴用的《西班牙曲》(Pièces Espagnoles)和《波提卡幻想曲》(Fantasía Bética),包括有名的《火的仪式的舞蹈》(Danse Rituelle de Feu)。还有为小提琴及钢琴的三个旋律,一个出色的大提琴协奏曲。一九二六年巴塞罗那(Barcellona)举行"得·法拉纪念演奏会"的时候,这些乐曲的大部分被演奏。

朗多斯卡女士(Mme. Wanda Landowska)在这演奏会中演奏题献给她的那个协奏曲的时候,非常热心而兴奋,因为她是这乐曲的主要的灵感。以前她到格拉那多去访问得·法拉的时候,他看到她的有鬼神一般的手指在钢琴上的弹奏,欢喜得好像小孩得了一件新玩具,当时就允许她,一定替她作一个协奏曲。

他的音乐,节奏胜过旋律,表现胜过描写。他的独创的旋律使乐曲富有生气,极像真的民间音乐。他的音乐力强而流传广泛。他是过度现代化的西班牙音乐和斯文一脉的维多利亚时代的保守派音乐之间的联系。

西培利乌斯

Jean Sibelius

"孤独的芬兰天才"

一八六五年—〔1〕

　　西培利乌斯有次对人说,虽然别的作曲者们忙着调制音乐的鸡尾酒,他却只请公众喝一杯清净的冷开水。但是,喝醉了酒的人是最欢喜喝一杯冷开水的。所以他的名望,从他的故乡扩展到全世界,人们看他不但当作一个芬兰的作曲家,而当作世界大作曲家之一。

　　他的生活很平凡,没有一点磨阻。这使他的工作顺利进行。他的家在芬兰的塔发斯泰胡斯(Tavastehus),家族中多医生、律师,都是音乐爱好者。他是一八六五年十二月八日诞生在这家庭里的。他幼时照例学法律,但他有一个癖好,欢喜带了一只小提琴,彷徨在树林中,有时耽于梦想,有时即兴演奏一曲。后来他终于抛弃了法律,进了黑尔星福斯(Helsingfors)的音乐院,在未该利阿斯(Wegelius)的指导下学习音乐了。后来又到柏林和维也纳去了几年。他回到黑尔星福斯,便当了该音乐院的院长,受得一笔丰厚的年金。他就同塔内斐尔特(Aino Tärnefelt)结婚。她也是音乐家兼艺术家。西培利乌斯有了这样美满的生活,便安心

---

　　〔1〕　西培利乌斯逝世于一九五七年。——编者注

地从事创作了。

他的早期作品《土内拉的鹄》(The Swan of Tuonela)、《楞尼开宁》(Lemminkainen)和《恩·撒格》(En Saga),都是管弦乐曲。这些作品使他获得了"芬兰灵魂的通译"的美名。他作曲中不利用民歌,而作出他自己的民歌,使芬兰的山川草木及故事神话活现地映出在听者的眼前。

一八九九年以后的,他的成熟期的作品是八个交响曲。这些音乐仍是民族性的,比前者更加稳定,更加哲学,更加绝对音乐。《第四交响曲》是寂寞和失望的叫声,是严肃而郁勃的芬兰气质的表现,决不放肆而爆发为不可抑制的号哭,像柴科夫斯基的《悲怆交响曲》一样。他的小提琴协奏曲、弦乐四重奏和管弦乐曲像《芬兰地亚》(Finlandia)、《悲哀圆舞曲》(Valse Triste)和《克利斯提安二世》(King Christian Ⅱ),都是他的强烈的个性的表现。他有他自己的特殊方法,使和声的规则与曲式一致调和。自然,率直,笔法的精洁,思想的纯净,加之以管弦乐法的丰富,便是他的天才的特色。

开过他的六十诞辰庆祝会之后,他便退居在黑尔星福斯附近的塔文巴(Jarvenpaa)的家里,受全世界人的尊敬和仰慕。

射恩柏克

Arnold Schoenberg

"天才或疯子"

一八七四年—〔1〕

　　射恩柏克的音乐,没有一次不引起听众的骚动。休内刻(James Huneker)刻毒地批评道:"倘使这样的音乐作品被人接受了,我情愿早点死——早点解放。"一九二三年他的《管弦乐五曲》(Five Pieces for Orchestra)在巴黎初次上演的时候,射恩柏克的朋友兼作曲同志什密特(Florent Schmitt)大声疾呼地替他辩护,弄得声音发哑,眼镜打破。有一个幽默家听完了《第一弦乐四重奏》(First String Quartet)便起身离座,出门的时候把一个弹簧锁钥匙放在唇上,用口哨歪曲地吹出那个独奏旋律来嘲笑他。

　　这样的音乐的作者,是一个具有特殊感觉的人。他的天才异常丰富,当他在维也纳受普通教育时,能够完全靠自己的力量而学会小提琴和大提琴,而参加室乐团的演奏;能够单靠对于过去名家的大作的独学的研究和二十岁上从他的姐夫受得的几天的教育而自由作曲。他获得音乐院的和声学教授的位置,全靠他的被人嘲笑诽谤的作品之力。

―――――――――

　　〔1〕　射恩柏克逝世于一九五一年。——编者注

他的作曲有三个时期。第一期,有以贝多芬、巴赫和莫差特为模范的时期。他的六重奏《清夜》(Die Verklärte Nacht),是"弦乐上的《特利斯坦和伊苏尔特》",他的四重奏,是"对一切艺术的悲哀的否定",这些是他的特出的贡献。然而比较起他的第二个时期的《嬴马歌》(Gurrelieder)来,第一期作品都是简单的。这个第二个的庞大的作品,用五个独奏、两个合唱和一百十四人的管弦乐,是为特殊的听者而作的音乐。这曲的错综复杂的管弦乐法,需要四十八行的特别说明。交响诗《培利阿斯和美利桑得》(Pelléas et Melisande)、《室内交响曲》(Kammersymphonie)、《第二弦乐四重奏》(Second String Quartet)、《管弦乐六歌曲》(Six Songs for Orchestra),都是属于第二时期的。这些音乐,用极复杂的复音乐的(polyphonic)组织,走到了新的音调的境地,自由表现的境地。

他的成熟时期的作品,包含《佐治歌》(Georglieder)、《彼尔·琉内尔》(Pierre Lunaire)、《期待》(Erwartung)、《幸运的手》(Die Glückliche Hand)和更小的若干乐曲。它们的特点,他没有固定的音调,是和弦不像一般的根据在第三度上而根据在第四度上,是绝对自由的节奏和各种革命的器乐法。要习惯于听赏这种奇怪的音乐,当然需要相当的时间。

然而竟有一大群学生信受他的教条:"艺术家的事业,不是要使别人感到美,而是必须使自己感到美。"是:"主要的东西是找求出来的。"他有一种压迫人的魅力,能使来诅咒他的人变成替他祈祷的人。

布 罗 赫

Ernest Bloch

"种族音乐的代表者"

一八八○年—[1]

　　挨内斯特·布罗赫是瑞士人,一八八○年七月二十四日生在日内瓦
(Geneva)。但他没有作出真正的瑞士音乐,却因为有一时他曾以卖钟表
糊口,因此人多知道他是一个瑞士钟表商人。但他是犹太种族,对《旧的
圣书》有深挚的爱好,因此他的作曲富有种族的色彩,与其他现代作曲家
的作品迥然不同。他自己曾经说:"国家主义不是音乐的要素,种族意识
才是。"

　　他是一个有名的戏剧的神秘家。他的教养很充分——他向达尔克
罗斯(Dalcroze)学韵律,向伊赛耶(Ysaye)学小提琴,向挨斯(Hesse)和克
诺尔(Knorr)学对位法。他说最后一人所教他的最可珍贵——自学。靠
了这自学的力,他又教别人,在日内瓦音乐院,在纽约的曼纳斯学校
(Mannes School),在克利夫兰德音乐院(Cleveland Conservatory)教了五
年,又在旧金山音乐院执教。

　　他的来到美洲,是出于不得已的。他离开日内瓦,同阿兰(Maud

_____

　　〔1〕 布罗赫逝世于一九五九年。——编者注

Allen,是一个跳舞家)两人领导一个管弦乐团,去作演奏旅行。一九一五年,这管弦乐团破产了,他这人就搁浅在纽约。他租了一间有家具的房子,在那里默默无闻地住了一年。卡尔·马克(Kar Mack)就请他到波士顿去指挥他的《三首犹太诗》(Trois Poèmes Juifs)和波士顿交响乐团。从此就以作曲者著名。

舍洛摩(Schelomo),是大提琴和管弦乐用的狂想曲,是把《索罗蒙歌》(Song of Solomon)翻译为雄辩的乐曲的。它把索罗蒙光荣地导入音乐的世界,带着丰富的和声和尊严的旋律。《亚美利加》(America)是史诗的管弦乐狂想曲,曾在一九二六年从音乐的美国(Musical America)受得三千圆的奖金。这曲就题献给音乐的美国。这曲的高潮,是一个动人的赞美歌。他希望这是能够替代英国现在用作国歌的《饮酒歌》(English Drinking Song)。

诚实是这人和他的音乐的基调。布罗赫的信念:作曲者必须照他所感觉的而作曲,把他所需要表现的东西表现在音乐中,即使他不诚实的事也不妨。他的《C 短调交响曲》、《以色列交响曲》(Symphony Israel,希伯来主题的)、《B 调弦乐四重奏》和《中提琴组曲》(Viola Suite),都是依照他这哲理而制作的。

拉克马尼诺夫

Sergei Vasilyevich Rachmaninoff

"俄罗斯音乐的沉郁的高僧"

一八七三年—〔1〕

演奏家的拉克马尼诺夫默默地俯首在钢琴键盘上,沉思熟虑,如何发挥他胸中潜蓄着的艺术的力。作曲家的拉克马尼诺夫,也沉思熟虑的,也不肯教本能的创造力畅快地流出来。他的作曲是徐徐的、辛苦的、注意力集中的。从朝上九点钟到晚上十一点钟专心一志,不许别的事情来打断或扰乱他。他作曲的时候,便完全是一个作曲者了;他演奏的时候,便完全是一个钢琴家了;他指挥的时候,便完全是一个指挥者了。而在这三界中,他都是天才。

革命使他的生活计划起了变化。他是一八七三年四月一日生在诺夫哥罗德(Novgorod)的俄内格(Oneig)的家里。他承受了他的贵族的祖父的传统。这祖父又是一个有名的钢琴家。照他的家世,本来应该送他进贵族子弟学校的;革命一起,他的家境大变,他就进了音乐学校。他在斯未累夫(Zvereff)和西罗提(Siloti)的教导之下专心学习钢琴,在塔内耶夫(Taneyev)和亚伦斯基(Arensky)的指导下专心学习理论。他的歌剧

---

〔1〕 拉克马尼诺夫逝世于一九四三年。——编者注

《阿雷科》(Aleko)使他在毕业时获得一个金奖章，但《伊雷查克三重奏》
(Trio Élégiaque)和《第一交响曲》模仿他所崇拜的柴科夫斯基的，并不被
人称赏。

　　为了这个失败，此后他有三年间没有作曲，而度着流浪的生活。一
个医生给他催眠，使他回复正常的生活，他就在一九〇一年作第二个又
大约是最美丽的钢琴协奏曲，奉献给他。十个钢琴前奏曲 (piano
prelude)，包含有名的《C 短调》，是二年后所作的。此后又作《第二交响
曲》、有名的交响诗《死之岛》(Island of Death)和第一钢琴奏鸣曲。两个
歌剧，《守财奴骑士》(The Miserly Knight)和《夫朗彻斯卡》(Francesca)，
另一《钢琴协奏曲》、《钟》和题献给科希兹(Nina Koshetz)的一册歌曲集，
都是一九一八年(俄罗斯革命)以前所作。以后他离开本国，到欧洲各地
及美洲去演奏旅行，就在外国卜居了。

　　一种深切的哀愁和阴郁，笼罩了这个"没有故乡的人"。作曲的灵感
完全抛弃了他。八年之中，他只作了一个《第四钢琴协奏曲》和三个歌
曲。但他过去的作品，因了深刻的伟大的抒情的主题，嘹亮的管弦乐，丰
富的浪漫的和声，而充溢着魅力。这些作品使得他在浪漫乐派和现代乐
派之间占据一个重要地位——一个不可缺少的联系。

斯特拉文斯基

Igor Stravinsky

"俄国音乐式样的公断人"

一八八二年—〔1〕

　　伊哥尔·斯特拉文斯基的生活,从一八八二年六月十七日诞生在彼得格拉时开始,是一连串的勇敢的音乐的实验。他的父亲腓俄多尔(Feodor),是一个歌剧唱歌人,不教他学他所爱好的音乐,而教他学法律。但他到了二十岁的时候,在欧洲旅行中遇见了利姆斯基-科萨科夫,就断然地舍弃了法律,而做了这作曲家的学生兼朋友。

　　一九〇六年一月,他做了两件大事——结婚,又决心做作曲家。他对于音乐式样生有天才,他认为俄罗斯的歌剧已不入时;而俄罗斯的巴莱舞曲,靠提阿非雷夫(Diaghilev)的功力,非常入时。因此他作出两个巴莱舞曲《火鸟》(The Firebird)和《焰火》(Fireworks)。这些乐曲在巴黎上演,轰动一时,他就变成一位成名的作曲家。其他的巴莱舞曲——《彼得罗希卡》(Petrushka,这是他的杰作)、《夜莺》(The Nightingale)、《春之仪式》(The Rite of Spring),都是普遍流传的。最后一曲初演的时候,那种野蛮风的节奏使得在场的女听众因刺激而昏迷。他的作风是精美和

---

　　〔1〕 斯特拉文斯基逝世于一九七一年。——编者注

可怕的力的和合,绚焕的描绘和强烈的幽默的和合。这造成了一道新颖的式样,既不胶着于一方面,又不偏重于他方面。

他对于庞大的管弦乐曲和巴莱舞曲感到了厌倦,便把他的灵活的才能用到更小的曲式上去,他的锐敏的眼光灌注在古典音乐上。普尔西内拉(Pulcinella)是柏哥雷塞巴莱舞曲的一个精美的布局,《雷那特》(*Renard*)和《马夫拉》(*Mavra*)是喜欢剧,一个弦乐四重奏和儿童用钢琴曲——在这些作品中,他排除一切艳丽的色彩,而作细致的描写,从同一的旧乐器和旧全音阶中唤起新的音调。他的钢琴协奏曲和奏鸣曲,是"仿造巴赫"的尝试,但不是完全得意之作。

《厄特普斯大王》(Oedipus Rex),是用拉丁文唱而有大管弦乐的一个庞大的神曲。他在这神曲中表示了音乐式样的一新变化。这神曲和巴莱舞曲《阿波隆·牟萨该得》(Apollon Musagete)和小提琴协奏曲,使他的早期作风的许多崇拜者感到失望。他们觉得在新的斯特拉文斯基中找不出旧的斯特拉文斯基,他已经不再是力强的俄罗斯人,而是一个力强的外来货,力强的写实主义者,力强的其他。但是,他们对于这个瘦削的、干练的、锐敏的眼睛上戴着单眼的,被形容为"音乐的银行经理"的小男子,正期待着新的转变。他在欧洲各地举行了多次的演奏旅行,在那里打下稳固的基础,被人公认为二十世纪的真实而又美丽的音乐的作曲者。

普罗科菲夫

Sergei Prokofiev

"革命俄罗斯的力强者"

一八九一年—〔1〕

　　一个戏谑的怪人,在音乐上表现他的种种恶剧和狡狯——这便是青年的普罗科非夫。他在一八九一年四月二十三日生在莫斯科。他五岁时作第一个乐曲,十三岁时作三个歌剧,在彼得格拉音乐院的时期(一九〇四至一九〇九年)作了一百个以上的乐曲。这些作品代表了他早期作风的极度的新鲜。他的青年期全部消磨在这些作品中,同彼得·班(Peter Pan)一样,他的青年期的时间全无一点浪费。

　　他在音乐院毕业的时候,因了他的第一钢琴协奏曲而获得"卢平斯泰恩奖"。便继续作第二、第三。又作一个欢乐的巴莱舞曲《苏特》(Chout),关于一双诙谐的舞侣和他们的幽默的幸与不幸的。又作《萨卡斯美斯》(Sarcasms)、组曲《阿拉和罗利》(Ala and Lolli,即 Scythia)。后者的可怕的和声曾经把作曲家格拉祖诺夫(Glazunov)从听众席上吓跑。他的作风,一切都"凶猛"——他的早期作品中,有一种勇敢,一种对唯美的轻视,一种生动的描绘,使得他的作品在俄国引起高声的喝彩。

―――――――――

　　〔1〕　普罗科非夫逝世于一九五三年。——编者注

　　这种吓走格拉祖诺夫的旺盛未熟的力量,在一九一八年普罗科非夫离开俄国去作演奏旅行之后,便成熟起来。他经过了西伯利亚和蒙古沙漠而旅行到美洲,带着他的新歌剧《为了三个橘子的爱情》(*The Love for Three Oranges*)。这歌剧是有强大的刺激,使得大歌剧(grand opera)为之失色。

　　他的巴莱舞曲《游荡儿子》(The Prodigal Son),可说是他的音乐经过一番游荡之后的回头。自此以后,他的作风转向简单明了,少有情绪作用;旋律锐利,节奏清楚;对于乐曲的布局比色彩更加注重了。他在一九二一年结婚。以后屡次游历美国,不绝地作出新的乐曲。四个大管用的四重奏;双簧管、单簧管、小提琴、中提琴和最大提琴用的五重奏;最后,又作了巴莱舞曲《钢的年龄》(Le Pas d'Acier),这乐曲用动荡不定的节奏来描写机械,是他解释他的时代的最新的作品。

　　这位革命家貌似一个聪明伶俐的孩子,有非常柔和的精神,然而他善于用幽默来掩饰这精神,难得表示出来。但他发表他的音乐意念的时候,就全无顾忌,全是创见,全是现代的。因此他获得了一个名号:新俄罗斯派的基础,新的音乐时代的先驱。

累斯彼菲

Ottorino Respighi

"现代的意大利人转变为古典的希腊人"

一八七九年—[1]

在罗马七峰的最高峰上,可以俯瞰这永远的古城的地方,有着俄托利诺·累斯彼菲的家。他喜欢欣赏古代建筑的壮丽,这爱好影响了他的音乐。他是一个现代人,他鸟瞰了音乐全野之后,结果归向希腊去找求他的灵感。他又表示意见:音乐越是简单,越多趣味;不协和音在他是觉得可嫌的,虽然当作表现的手法时很有用处——这些都与现代思想相背驰。

一八七九年七月九日他生在波仑亚。他的父亲朱赛普(Giuseppe)是一个钢琴家,他的祖父是教堂里的唱歌领导者,他的家里富有音乐的空气。他的父亲送他进波仑亚的利西俄音乐学校(Liceo Musicale)。他在萨提(Sarti)、托希(Torch)和马提那契(Martinucci)的教导之下研究,以小提琴和作曲获得奖金。他在柏林受教于布卢赫,在彼得格拉受教于利姆斯基-科萨科夫,这两位先生给了他德意志和俄罗斯混合的技术,又使他变成了一个方言家。因此他有了充分的资格,到罗马塞西利阿

---

〔1〕 累斯彼菲逝世于一九三六年。——编者注

(Liceo S. Cecilia)去当和声学教授。一九二六年他辞了职,专心作曲。

他作出了数量和种类很多的作品,比二十世纪的意大利任何作曲家更多,代表极端派的卡赛拉(Casella)也不能及他。他的歌剧有《雷・恩左》(*Rè Enzo*)、《塞密拉马》(*Semirâma*)、《马利亚・维多利亚》(*Maria Vittoria*)和《培尔法哥》(*Belfagor*),后者内有傀儡戏《睡着的王女》(*The Sleeping Princess*)。他的交响诗有《罗马的松树》(Pines of Rome)、《罗马的泉水》(Fountains of Rome)、《罗马的祝祭》(Festivals of Rome)。第一曲内有新的序奏,便是有名的《夜莺歌》(Song of the Nightingale)。在小提琴用的《格累哥利协奏曲》(Concerto Gregoriano)和钢琴用的《密索利提安》(Mixolydian)中,他把中世纪的宗教的庄严气氛传达给现代的听众。还有巴莱舞曲《威尼斯谐谑曲》(Venetian Scherzo)和《商店幻想曲》(La Boutique Fantasque)等;室乐、钢琴和管弦乐用的《托卡泰》(Toccata);神曲《普利马未拉》(La Primavera);无数的组曲,例如《群鸟》(The Birds)、《礼拜堂的窗》(Church Windows)、《琵琶用的组曲》(Suites of Lute);还有许多改编和译作。他的管弦乐作品,在爱好歌曲的意大利重新唤起了对于交响曲的兴趣。

一九三二年,他的神秘的《马利亚・伊基齐卡》(Maria Egiziaca)在纽约上演的时候,这作者同了他的夫人歌人《俄利未利》(Elsa Olivieri)上台来接受听众的喝彩,他的相貌很像贝多芬,双目炯炯发光。一种富有感情的深挚的诚恳,传达到用了中世纪听众的忠信而恭敬地听赏音乐的人们。

Edward Mardowelf.

马克道挨尔

Edward MacDowell

"美国音乐中的克勒特诗人"

一八六一年——一九〇八年

　　马克道挨尔是极富有创造力的人。他研究园艺,设计建筑,装饰房间,照相,描画,加之弹钢琴有神技,作曲极佳,使他在美国作曲界中占据很高的位置。

　　一八六一年十二月十八日他在纽约诞生的时候就怀抱了才能。他受了卡累诺(Carreno)的鼓励,十五岁上跟了他的母亲出国去。他到巴黎研究音乐,进了夫朗克福音乐院(Frankfurt Conservatory),从拉夫(Raff)学得了不少知识。他在达姆斯塔特(Darmstadt)当教师,后来住定在维斯巴顿(Wiesbaden),马利安·内文斯(Marian Nevins)要拜在他门下学钢琴,做女弟子。他因为看见美国的女孩子都不肯用功,所以踌躇地拒绝她。结果这女孩拿同他结婚来报复他。这是一八八四年的事。四年之后,他们双双地回到美国,起初住在波士顿,后来住在纽约。

　　他作曲的时候,遇到不恰意的旋律,便把它塞进字纸筐,称它们为"烂旋律"。他的夫人常常从字纸筐里捡起这些"烂旋律"来,这里面大都是根据一定的诗的想象而由他的特有的感情精微地组成的。他爱好诗。他的早年的创造的生活,确是他后来的主要事业(音乐作品)的准备——

这些音乐作品便是《森林小品》(Woodland Sketches)、《围炉闲谈》(Fireside Tales)、《海之曲》(Sea Pieces)、《新英伦村景诗》(New England Idylls)、《挪威的》(Norse)、《克勒特奏鸣曲》(Keltic Sonatas)、《印度组曲》(Indian Suite),以及歌曲和钢琴曲,例如《给一朵野玫瑰》(To a Wild Rose)、《西风在杉树中低吟》(The West Wind Croons in the Cedar-Trees)、《月光》(Moonshine)。现今最常演奏的,是他的钢琴曲。

一八九六年,他在哥伦比亚大学音乐系坐定了一把交椅。这位学殖丰富的教授获得了大学生的钦佩与崇信,因为他教授音乐史和音乐鉴赏,这两科以前都是死的,现在都有生趣了。但是八年之后,他因了思想前进,被保守派所反对,就此离职。

一九○四年,他同了他的夫人,回到彼得堡(Peterboro)的家里,在那里过了好几个愉快的夏天。他像小孩子一般,读神仙故事的书,当作消遣。一九○八年一月二十三日就死在这屋里。青年的艺术家都来为他祝福;因为他的房子里,马克道挨尔夫人当了守护女神,每年夏天向公众开放,正同主人在世时其光辉的人格常常照临群众一样。

泰　罗

Deems Taylor

"梦的实行者"

一八八五年—[1]

　　"想作曲而不作,比作不舒服得多。"提姆斯·泰罗用这话来说明他所走的种种路径为什么都引导他走向他所心爱的罗马。

　　用心周密,举止机敏,思想完全现代化,他是纽约的模范的产物。他在一九八五年十二月二十二日生在纽约,受教育在纽约。他进纽约大学,入建筑系,这明明是同音乐不相关的。然而他一面在写音乐的喜剧,四年写了四曲。虽然他只受过十个月的钢琴训练和暑期学校中六个星期的和声学和对位法教育。

　　编百科全书,贩卖杂志和刊物,当战地记者,当讲师,当商业艺术家,当编辑者,当剧场钢琴师,使他获到了一日三餐。以后他退隐到科内提卡特(Connecticut)的乡间,获得了一些些的闲暇,从事研究和作曲。

　　他的第一个音乐的喜剧《反响》(The Echo)初演时成功,但时过六个月之后被遗忘了。音乐俱乐部(National Federation of Music Clubs)悬赏征求一曲交响诗,他决心应征,结果用他的《海中女妖赛楞之歌》(Siren

---

　　[1]　泰罗逝世于一九六六年。——编者注

Song)获得了奖金。一九一六年所作的《室中的鹦鹉螺》(The Chambered Nautilus)和二年后所作的《镜子组曲》(The Looking-Glass Suite),使他第一次获得公众的认识。

一九二一年他和女演员肯内提(Mary Kennedy)结婚,又当了《纽约世界》的音乐评论记者。四年之中,他的音乐评论对于纽约的音乐爱好者,好比加些盐在早餐的鸡蛋上,增添了不少滋味。他偶然创作的《利略姆》(Liliom)和《马上的乞丐》(Beggar on Horseback),又使他获得很多的光荣。因此,一九二五年市立歌剧场的经理托他推荐一位美国作曲家写一歌剧的时候,他回答道:"为什么不委托我?"他就郑重地委托了他。

《国王的扈从》(The King's Henchman),是密雷(Edna St. Vincent Millay)作脚本的,是这委托的第一个产物。一九二九年又作第二个,即《彼得·伊俾松》(Peter Ibbetson)。这些乐曲在英国演唱,便是"英语音乐"的最初尝试。这些曲中,音乐密切地依照言语的自然的抑扬顿挫,这言语不是德语或意大利语而是英语。曲调、文字和管弦乐三者密切联合。这就解除了这三者之间的传统的冲突。

就像他在歌剧中使歌声与管弦乐保住均衡一样,他在生活中也使梦和现实保住均衡,而两者俱告成功。

卡　彭　忒

John Alden Carpenter

"道地的美国作曲家"

一八七六年—[1]

　　一个作曲家能像商人一般处理生活，一定是不会苦的。有一个批评家称约翰·阿尔登·卡彭忒为马克道埃尔的合理的承继者，这可证明他的生活是繁荣的。——他是一个道地的"美国主义者"。

　　一八七六年二月二十八日他生在伊利那(Illinois)的柏克·利治(Park Ridge)。他最初从他的母亲——一个能干的唱歌者——学习。后来他到了哈佛(Harvard)，贪婪地学习了各种的音乐技能，就替蛋粉布丁俱乐部(Hasty-Pudding Club)作曲，又当了愉快俱乐部(Glee Club)的会长。他最初在伦敦向挨尔加学习，后来在芝加哥向西恩(Ziehn)学习。他就在芝加哥住家，当了一个磨粉机制造厂(George B. Carpenter and Co.)的代理经理。

　　一九一四年，他的管弦乐组曲《旅途的冒险》(Adventures in a Perambulator)，是一种儿童心理的印象的描写，滑稽而和谐，显明的美国作风，使他获得了大众的认识。一年之后，他又作出美丽的钢琴和管弦

―――――――――――――

　　〔1〕　卡彭忒逝世于一九五一年。——编者注

乐的协奏曲,他解释这曲,是"钢琴和管弦乐的畅谈"。以后又作出《交响曲》(A Symphony)、《巡礼者的幻想》(The Pilgrim Vision)和《爵士曲》(Jazz Pieces),都是为管弦乐作的。

在巴莱舞曲中,这位闲静的绅士最能把美国精神尽情表出。《王子的诞生》(The Birth of the Infanta)[1]是他的成功的作品《克拉西·卡特》(Krazy Kat, 1921)的先驱,用赫利曼(Herriman)报纸上的卡通为根据,尝试居然成功。他的《摩天楼》(Skyscrapers)是巴莱曲中先写音乐后写脚本的一个特例。他在弗蒙特(Vermont)乡村中隐居了六个月,同仲斯(Robert Edmond Jones)两人反复玩味他的总谱,计划舞台面的布置和跳舞的姿势。一九二六年市立歌剧场演出这乐曲,这是繁杂而幻想的描写,美国生活的表现,把爵士音乐的精神灌入管弦乐中的一个尝试。

他的歌曲,《歧坦查利》(Gitanjali)是用泰戈尔(Tagore)诗作歌词的;《水彩》(Watercolors)是根据中国诗的;这是他的艺术的另一种表现。这些歌曲大都温暖、敏感,富于色彩,优美而精致,可说是完全成功的作品;只是有几曲(Improving Songs for Anxious Children)不免过于粗野而已。《忠信之歌》(The Song of Faith)是一九三二年为华盛顿二百年祭而作的,歧尔曼(Lawrence Gilman)说这曲不但是爱国者的呼声,又是"忠信、博爱和高尚的音乐"。用这话来说明作这曲的人,也是最适当的。

---

[1] 译文疑误,infanta意为公主,而非王子。——编者注

科尔利治-泰罗

Samuel Coleridge-Taylor

"爱自己的种族的黑人"

一八七五年——一九一二年

　　一八七五年八月十五日,科尔利治-泰罗在伦敦诞生后不久,他的黑种的父亲就离异了他的白种的母亲。此后科尔利治-泰罗全靠朋友的帮助而生活,他一生短短的三十七年中都是如此。克拉顿(Croydon)的剧院管弦乐团的指挥培克威斯(Joseph Beckwith)有一天看见这生得很漂亮的七岁的混血儿在街上玩石弹子,手臂下夹着一只小的小提琴,觉得很希奇,便邀这小孩子进屋里来,要他弹一曲听听;听过之后,就免费教他小提琴课,一直教了七年。有一个窝尔忒上校(Colonel Walters),在学校合唱团中听见科尔利治-泰罗的嗓子比别的孩子特别清朗,就实际地做了他的保护者,收他在一个合唱队团;他到了十五岁的时候,送他进皇家音乐学校。他在那里学作曲和小提琴。

　　毕业后在克拉顿音乐院执教,并指挥弦乐四重奏。这个"拿白手杖的小黑人"就渐渐出名。他同一个女学生窝尔密斯雷(Jessie Walmisley)恋爱,终于结婚,不管女子的父母为他是混血儿而反对。

　　赞美歌、室乐、《南国恋歌》(Southern Love Songs)和小提琴用的《非洲浪漫曲》(African Romances),这些佳作使他成名为作家。一九〇一年,他的声乐大曲《希阿窝塔的喜筵》(Hiawatha's Wedding-Feast),内有一曲温柔的恋歌"Onaway, Awake Beloved",最为听众所称誉,是他成功的作品。《希阿窝塔序曲》(The Hiawatha Overture)、《密内哈哈的死》(Death of Minnehaha)、《希阿窝塔的离去》(Hiawatha's Departure),完成了一个伟大的连环曲集。他的第二个儿子就模仿他的音乐中的英雄,取名为希阿窝塔。

一九○四年他游历美洲,声名更加盛大,他对于他的种族的爱好也更深了。他作曲显明地带着种族色彩,有力强的、清楚的节奏,丰富的旋律,定形的和弦,生动的对照,充分地表出内格罗(黑人)的精神。在他的《阿非利加组曲》(African Suite)、交响诗《众圣徒节序曲》(Toussaint l'Ouverture)和替他的朋友内格罗诗人丹巴(Paul Danbar)的诗所作的乐曲中,他为内格罗音乐表扬,同布拉姆斯为匈牙利、德佛乍克为菩希密阿、格利格为挪威一样。

敏感而温和,简朴而可爱的一个人,在三十七岁上,刚刚完成他的组曲《古代日本的故事》(A Tale of Old Japan)和一个小提琴协奏曲的时候,患了肺炎。他靠在枕上,拿着指挥棒,高兴地指挥一个想象的管弦乐,忽然那指挥棒从他的手中落下,他的头倒在枕上,就这样永别了他的热爱的希阿窝塔。他是他的种族里的最大的作曲家,又在一切种族的作曲家群中占有优越的位置。

该 希 文

George Gershwin

"美国爵士音乐作者"

一八九八年—〔1〕

　　一个寻常的小孩子，一八九八年九月二十六日生在布卢克林（Brooklyn）一个寻常的家庭中；寻常地入普通学校肄业；只欢喜滑冰、竞走；除了他父亲开的馆子店里的杯盘叮当声以外，与音乐毫无关系。

　　父亲替他的哥哥伊拉（Ira）买一架旧货钢琴，他对这钢琴着了迷。原来为伊拉所设的钢琴课，倒给佐治受用了。有一天他在一位新教师哈姆俾赤（Ja Hambitzer）面前弹了一曲，那教师叫道："啊，谁教他这个的？了不得！"此后四年间，他向哈姆俾赤学习钢琴，又不断地研究名曲，就养成了一个真正的钢琴家。

　　在他的心中，商业学校给他的教课中的阿拉伯数字，敌不过一串一串的音符。他在十六岁上离开了商业学校，到音乐出版者雷密克（Remick）当职员。在这环境里，获得了许多音乐的知识。他从弹奏别人的音乐自然地走向创作自己的音乐。他最初作的是一个音乐的喜剧《拉，拉，琉西尔》（La，La，Lucille）和歌曲《索尼》（Swanee），都很成功。此

────────────

　　〔1〕　该希文逝世于一九三七年。——编者注

后一直顺利,《樱草》(Primrose)、《女士好》(Lady Be Good)、《有趣的脸孔》(Funny Face)和《罗萨利》(Rosalie),都脍炙人口。《在巴黎的一个美国人》(An American in Paris)是他第一次旅欧的时候因怀乡而作的一曲喜剧,这曲特别成功,该希文的生活日渐繁荣。

一九二二年,伊发·歌提挨创始把该希文的爵士音乐(jazz music)排入演奏会节目单中。两年之后,他的《天空狂想曲》(Rhapsody in Blue)把他的地位提高,使他变成了一个纯正的作曲家。他的钢琴演奏,最初是在怀特曼管弦乐团(Whiteman Orchestra);后来在欧洲各地演奏钢琴,到处听见喝彩,被赞为二十世纪美国的一种光荣的真确的表现。新鲜的,旋律的,独创的,把爵士音乐抬高地位,使变成美的东西。

他在自己创作协奏曲以前,从来不曾演奏过协奏曲。但他的《F调协奏曲》《钢琴前奏曲》等,仍旧依照他自己所创的作风。有一个批评者说,"爵士,在他不是一种技术,却是一种性质"。他研究和声乐和对位法,希望用他自己所特有的美国方言来创作交响曲、歌剧、室乐和协奏曲呢。

管乐器及打击乐器演奏法

[日] 春日嘉藤治 著

丰子恺 编译

目　　录

第一章　木管乐器

　　木管乐器,就像这名称所表示,管都是用木制的。凡管用木制的乐器,总称为木管乐器。

　　把木管乐器仔细分别起来,有用簧发音的和不用簧发音的两种。用簧发音的木管乐器中,又可分为单簧的和双簧的。

　　这发音体构造的差别,便是音色差别的原因;因此也就是音乐的用法的差别和乐器练习上的根本的差别的原因。所以现在必须把这些乐器分门别类,加以详细的说明。

第一节　长　笛

　　无论西洋音乐或东洋音乐,大都没有不用笛的。在乐器之中,笛恐怕是世界上应用最广的一种了。在管乐器中,笛也是最先出现的一种。

　　这种乐器的发音方法是:嘴巴吹到乐器的吹口的斜断面上的空气,被分割为两半,一半流出在乐器的外部,另一半流入到乐器的管里,因此就发音了。这乐器因了吹口构造的不同,而分为两种。

　　其一种同小孩子们的玩具的笛一样,从吹口吹入的空气,通过一个狭小的间隙,碰着了那地方所开的孔的斜面,被割分为两半,一半流出在乐器外面,一半流入乐器里面,因此笛就发音了。另一种便是普通的横

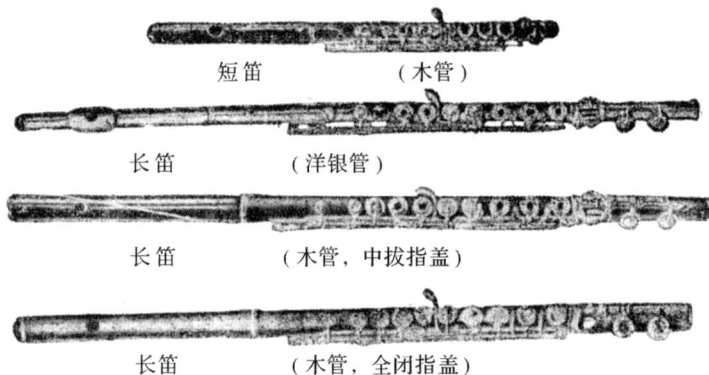

短笛　　　　（木管）

长笛　　　　（洋银管）

长笛　　　　（木管，中拔指盖）

长笛　　　　（木管，全闭指盖）

笛,其发音方法是:把嘴唇尖出来,即用人的嘴唇来作吹口,放在笛的身上开着的圆洞的边缘上,吹奏起来,吹出的空气,必要的一部分流入笛中,因而发音。

长笛吹奏时,可因了口中吹出的气的压力的调整(即嘴巴开度的增减),而吹出该管的原来的音的第二、第三、第四,乃至第五倍音等。但仅靠这些自然音,不能吹出今日的音乐所用的音阶,所以必须应用其他的必要的孔,以求音的完全。

(一)长笛的名称

俄	флейта	复数	флейты	
意	flauto	复数	flauti	
法	flûte	复数	flûtes	
英	flute	复数	flutes	
德	Floete 或 Fläte	复数	Flöten	

(二)长笛的发达史

长笛是乐器中来源最古的一种。在今日,说起"长笛",似乎指长横笛的;但在古代长笛不一定是横笛,有附有吹口的竖笛,即夫吕泰·阿·培克(flûte à bec)及夫拉该俄来特(flageolet)等,都是很早就发达的。这种乐器的历史,也同别的乐器的历史一样,在最初,只有极少数的孔,很不完全,后来渐次改善。它们的发达地点主要的是在德国。这一点,看了现代欧洲的博物馆中所陈列的古乐器,就可以想见。在古代遗留下来的许多总谱中,也可以分明看出这情形。

在德国,从十五世纪到十七世纪之间,已经有人制造各种大小的竖笛,高音的、中音的以及低音的。这等乐器,在十八世纪中叶以前,盛用于以德、法为中心的一带地方。

由夫吕泰·阿·培克进化而成的夫拉该俄来特,在最近英、法两国的二流以下的管弦乐团中还是常常在那里应用。夫拉该俄来特的音域和后面所述的短笛(piccolo)大体相同,是普通的长笛的高八度以上的音域。学过弦乐器演奏法的读者,一定知道:弦乐器上奏倍音叫做夫拉该俄来特,这叫法是起源于德国的,因为弦乐器上奏出的倍音的音色,类似夫拉该俄来特笛的音色,所以弦乐器奏法上是借用这名称的。

以上所述的长笛是竖的,只是历史的话而已。以下所说的横的长笛,便是我们现在所要研究的问题。

长笛(flûte traversière)从十六世纪起,次第进化,直到今日。最初由律利(Lully,1633)和罕得尔(Handel,1685)介绍它到管弦乐团中时,称为德国笛,还是很不完全的一种管乐器。后来戈登(Gordon)和波姆(T. Boehm)出现,把它的制法和式样加以伟大的改革,方才发达完全,而凌驾于夫吕泰·阿·培克和夫拉该俄来特之上。

现在要把有名的长笛改革者推奥巴尔特·波姆的事略说一下。这不但是关于长笛的,在其他一切木管乐器的发达史上,都是可供参考的。

波姆于一七九四年四月九日生于慕尼黑(Munich),一八八一年十一月二十五日殁于同地。他是有名的长笛演奏家,又有许多为长笛而作的乐曲遗留在世上。他是使长笛的构造臻于十全的有名的发明家。

他的改造长笛,最初从改良运指法和改良音色入手。他先规定乐器的粗细及音孔的地位。用最便利的构造法来调整音律。这实在是一巧妙的发明。

其结果,以前非常小的音孔,现在变成差不多手指难于填塞的很大的孔了。又为了保持笛的内部的完全的圆筒形,他在每个笛孔的边缘造得高一些,装一个动环,附一个盖,使它可开可闭。这种设计,当然不是一次二次的试验立刻就成功的。这是经过了好多次的失败的苦心研究的结果,终于他达到了改良的目的。

波姆的长笛改造,的确是很成功的。但它的音色和从前的笛的音色大不相同了。他这新乐器的音色,圆稳、丰满而温和。但是在当时,他的反对党决不称赏他的发明,他们认为他破坏了笛的独得的自然的音质。

但是不久,波姆的乐器的特征和真价,广被世人所认识了。

波姆所发明的动环式的长笛,就称为"波姆式长笛"。后来,他这种构造法应用于单簧管(clarinet)和双簧管(oboe)等木管乐器上,就在木管乐器界发生一大革命。所以他的发明,实在是木管乐器发达史上可以大书特书的事。他实在是乐器界的恩人。

(三)长笛的性质及用法

以后凡单称长笛,是指横笛,请读者注意。

近代最广地被爱用的长笛,便是上节所说的最完全发达的"波姆式长笛"。

这乐器有十四个或十四个以上的音孔,每孔上有动环式的盖,可以敏捷地开关。它的构造法,比管弦乐团中任何别的乐器都要轻便;而且离开很远的音,非常快速的拍子,都很容易奏出。细的断音的连续,可由舌尖的连叶而奏出。震音(tremolo)也可由舌尖的微妙的振动而奏出。

在乐器制造术发达的今日,长笛的指法和音域,也许因了制造厂的不同而略有差异。但是大体总是相同的。

长笛的音域,普通为二又半"组"(octave);最近渐渐增加音孔,扩充为三组。整个音域因了指法及音质而分为四音部如下:

普通乐器的音域

上谱所示的音域是相当广阔的。但在合奏音乐中,这些音并不是全部都有效的。除了独奏以外,尤其是在吹奏乐的时候,这笛的低音部因为容易被别种乐器的音所遮盖,所以常常不能显示其效力。又,最高音

部的二三个音,因为非常困难,所以作曲家除特别情形外,往往不用它
们。尤其是在弱奏(p)的时候,这两个音是绝对不用的。

长笛是任何调子都可奏的;然也像别种乐器一样,调号越多,吹奏越
难。以音色而论,中音部的音色最为甘美,发音亦容易。

高音部稍锐,最高音部极锐,这两音部只用于乐曲的强部。低音部
有特殊的性质和气力,在独奏时最容易表出它的效果。

这乐器的音色,概括而论,是原始的音,有山野与田园的情趣;但和
双簧管等簧管乐器情趣不同。即单簧管、英国管(English horn)等是模
仿人声的,长笛则不模仿人声,而有森林、湖畔似的自然情趣。在合奏音
乐中,它是奏旋律的乐器,位在最高部。有时模仿昆虫或禽鸟的鸣声,表
现独得的特殊的效果。有时描出森林或海上的柔风,或飓风的预兆,或
风暴过后的光景,最为适宜。

举一个爱乐者所周知的好例,便是有名的罗西尼(Rossini)的
《威廉·泰尔》(*William Tell*)的序曲。这序曲有一段风暴过后的田野的
光景,是用英国管的静静的旋律和长笛的有光辉的二重奏来表现的。在
这序曲中,长笛的特性尽情地发挥了。

罗西尼:《威廉·泰尔》序曲

　　长笛不但有这样的断音的特征;在吹奏柔软的连音时它也能大大地发挥其特性。有名的比采(Bizet)的歌剧《卡门》(Carmen)中的隐蔽的田舍一场中,第三幕的开幕曲(Entr' Acte before Act Ⅲ)中,以竖琴(harp)的伴奏开始的长笛独奏,把特殊的田舍的幽静之趣,充分地表现着。

　　长笛吹奏,还有人声的旋律的神圣化的趣味。例如德弗乍克(Dvořák)的《新世界交响曲》(New World Symphony)中的 allogro molto(极活泼)的弦乐器的沉静的持续音中,长笛奏出美妙的旋律,给我们以难忘的印象。

如上所述,长笛富有诗的趣味,但它又能充分表现剧的趣味。迈厄贝尔(Meyerbeer)曾经用长笛作这样活跃的表现:

Andante cantabile　　迈厄贝尔:"Les Huguenots 第二幕的序曲"

又如莫差特(Mozart)的《魔笛》(*La Flûte Enchantée*)的第二幕的终曲里的长笛,也是使听者难于忘却的。韦柏(Weber)的《自由射手》(*Der Freischütz*)的第二幕,林中的锻冶的场面,在魔法的作业中间,两枝长笛用三度音程奏出很长的音:

是很简单的音,但是听到的人不由得毛发悚然。

例是不胜枚举的。长笛除上述的以外,又是应用在一切场面中的乐器。它同弦乐器中的竖琴、铜管乐器中的法国号(French horn),被视为三个神秘的乐器。它在管弦乐中是不可少的乐器,普通用两个,有时用三个或四个。这是非常重要的一种乐器。

(四)长笛的种类

长笛普通分大小两种。其调子普通与小提琴(violin)或钢琴(piano)相同。短笛能吹出比长笛高八度的音。长笛和别的乐器同样,凡调子记号(♯,♭)多的调子,较为难吹。因此,就有移调乐器的必要,除 C 调长笛以外,又有其他各调的长笛。尤其是叫做"低音长笛"的 G 调长笛。这乐器比普通长笛低四度,各国的名称如下:

俄　басовая флейта

意　flautone

法　flûte alto

英　bass-flute

德　Altflöte

现在再把普通所用的各种调子的乐器列记于下:

长笛(grand flûte) $\left\{\begin{array}{l}\text{C　调}\\\text{D♭ 调}\\\text{E♭ 调}\end{array}\right.$

短笛(petite flûte)

(或 piccolo) $\left\{\begin{array}{l}\text{C　调}\\\text{D♭ 调}\\\text{E♭ 调}\end{array}\right.$

低音长笛(bass-flûte)　G 调

上述各器中,管弦乐团所最多用的是 C 调长笛。其中的 D♭调长笛,只限于吹奏乐用。

(五)C调长笛

　　C调长笛的调子和小提琴、其他弦乐器及钢琴完全相同,其用途为长笛中最广者。其音域如前节所示。为这乐器所写的音符,全是标准音(concert pitch)。小提琴乐谱它也可直接应用,非常方便。

(六)D♭调长笛

　　D♭调长笛是移调乐器;遇到在 C 调乐器上指法困难的乐曲,而在这乐器上可以很容易吹奏的时候,便应用这乐器。为这乐器而写的乐谱,与 C 调乐器同样,是从 c¹ 音到 c⁴ 音。但实际奏出的各音,是比 C 调乐器高半音的,即从 d¹♭音到 d⁴♭音。

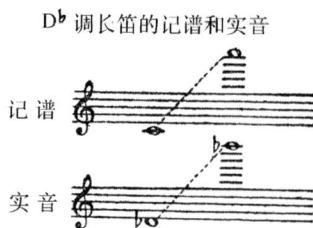

D♭调长笛的记谱和实音

记谱

实音

　　合奏音乐中用这乐器的时候,谱上记着"D♭ flute",或"flûten ré♭"或"flute in D♭"字样。从前的乐谱,也有写"flûte en mi♭"或"E♭ flute"的。但这容易和实际的 E♭调长笛相混,而使吹奏者感到困难。有人以为这是印刷的错误;其实决不是印刷的错误,这是由从前的俗语而来的。今日的长笛音孔增加(管延长了),最低音从 C 调开始;但从前的长笛,同现在的短笛一样,其最低音是 d¹ 音,倘用 D♭调长笛吹这最低音,吹出来的是钢琴的 e¹♭音,因此俗称这乐器为 E♭调长笛。

Db调短笛的记谱和实音

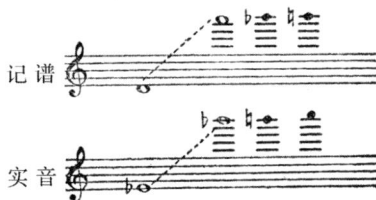

记谱

实音

(七)Eb调长笛

实际的 Eb调长笛,俗称为"三度长笛"(flûte tierce)。从 C 调长笛的短三度上发音。

Eb调长笛的记谱和实音

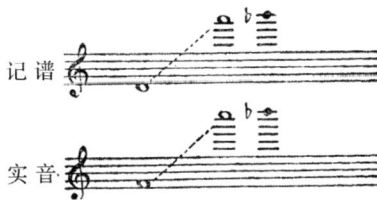

记谱

实音

注意:现代的长笛比较起上述的 Db调及 Eb调的笛来,都比它们低一全音。

(八)低音长笛

低音长笛不单是移调乐器,像双簧管下面有英国管一样,是以扩大同种乐器的音域为主眼的。这乐器常常用在特种情形的演奏中。

(九)短笛(或小长笛)

前面说过,长笛有三种,短笛也有三种。这乐器普通称为"短笛",是意大利语 piccolo flauto 的简称。piccolo 这词,在其他的乐器上也常应用。例如二分之一的小提琴叫做 violino piccolo。又 E♭调的小喇叭也叫做 piccolo。

为短笛记的乐谱,与长笛乐谱相同;不过实际所发的音比记谱音高八度。因这原故,意大利称这乐器为"octavino"。

短笛的记谱和实音

短笛是吹奏乐中非有不可的重要物。在管弦乐合奏中,爱用这短笛的实例亦复不少。贝多芬(Beethoven)的《第五交响曲》的终曲和《埃格蒙特》的序曲中,这乐器非常活跃,奏出伟大的效果。在其他的古今名曲中,短笛和长笛一样地活动,而表现独特的效果。

(十)长笛的练习法

长笛练习必须从发音练习开始。发音练习,就是吹的练习。这吹的好坏,是长笛奏者的生死关头的问题。吹得不好的人,无论指法何等灵活,音乐头脑何等清楚,其结果仍是可悲的。

在声乐家,无论音程唱得何等正确,无论他的听觉何等敏感,倘使他的音质和音量不佳,其人一定不得成功。长笛吹奏的正和这同一情形。由此可知"吹出音来"这一件事,是何等重大的。

发音练习,是一切奏法的基础。

长笛可以不用指按而单用嘴唇的变化来吹出五个自然音来。例如长笛的管的全长的最低音是 c^1 音,则把嘴唇闭拢一点,便吹出高八度的

c^2 音;再闭拢一点,可吹出最初的音的十二度上的 g^2 音;再闭拢一点,可吹出其十五度上的 c^3 音;再闭拢一点,可吹出其十七度上的 e^3 音。这是音孔全部塞住时的全长管所发的音;此后再把音孔一个一个地开放,则因了管中空气的流域的缩小,而发出另一单位的自然音。

这样,就是说每一个指头都可奏出五个自然音。这非正确地练习不可。

要吹出正确的音,充实管所发的音,必须练习吹奏延长的音。

练习这乐器的人,大都在最初稍微练习一下发音;等到能够吹出声音,便立刻移向指法的练习上。而且大多数的人有这样的癖好;便是只想练习把音吹得快,越快越好。这是很大的错误。

要获得伟大的成功,必先打好它的基础,即音的制造。习学者必须先练习吹出延长的音,再在延长的音上加以强弱的变化,再练习吹奏断续音。

第二步是指的练习。指不必考虑,只要照习惯地活动。这乐器的音阶的奏法,先把配置在管的全长度中的音孔逐一放开,而发出低音部的音;其次,把嘴唇闭拢一点,反复同样的指法,发出中音部的音;高音部则用像小提琴上的倍音式的特种指法而奏出。

低音部和中音部的指法,谁都立刻可以学会;高音部则光是懂得道理没有用,必须实地练习。

近来有式样不同的各种长笛,因此奏法亦有异同,在这里未能一一说明。长笛的教科书的开端,必定有指法的图表,学习者可依照合于所选习的乐器的式样的教科书而学习。

现在把最普通的长笛指法表揭示在这里,用以结束这一节。

长笛的指法

（十二键至十五键）

中 音 部

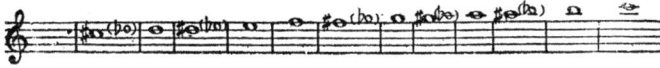

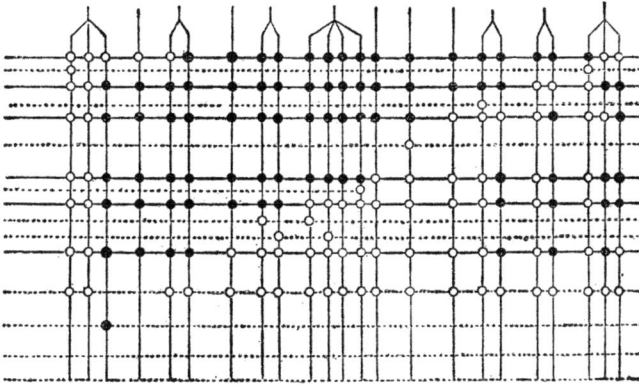

高 音 部

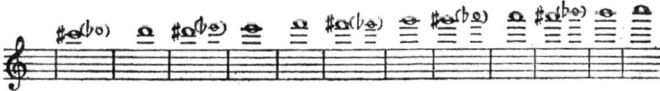

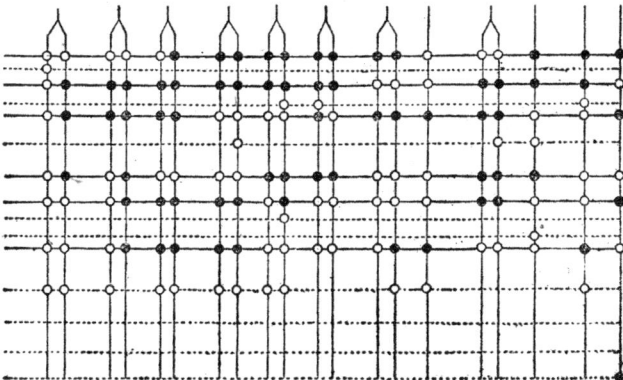

长 笛 的 指 法

（波姆式）

低 音 部

中　音　部

高　音　部

第二节　双簧管

上一节已把木管乐器中的长笛说过了。现在要说的是发音法与长笛不同的簧管乐器中的双簧管。

簧管乐器,是因为由簧的振动而发音,所以这样称呼的。细分起来,有单簧和双簧之别。即单簧管和萨克管(saxophone)是单簧的,双簧管和低音管(bassoon)是复簧的。

因此,单簧管乐器和复簧管乐器的发音方法完全不同,乐器的性质也各异。所以这两种乐器必须分别研究。这就是说:学会了一种单簧乐器的人,再学别种单簧乐器很容易;但学复簧乐器仍须从头学起。反之,学会了一种复簧乐器的人,再学别种复簧学器很容易;但学单簧乐器仍须从头学起。

复簧乐器是由像嘴唇一样相对的两个瓣,振动而发音的。所以它的音色类似人声。在这点特色上它在一切乐器中是独一无二的。

C调双簧管

(一)双簧管的名称

俄　robой

意　oboe

法　hautbois

英　oboe 或 hautboy

德　Oboe

　　这乐器最初在法国发达,因此它的名称也从法语转化而成为各国语。

双簧管的指法

左　手
食　指＝15键
拇　指＝11—14键
无名指＝12—13键
小　指＝1—2—6—8键

右　手
食　指＝9—10键
中　指＝13键
无名指＝7键
小　指＝3—4—5键

有的音程,由种种不同的指法而产生,例如C音,有六种换手方法。──是表示这实例的,这特别注重左手指法。

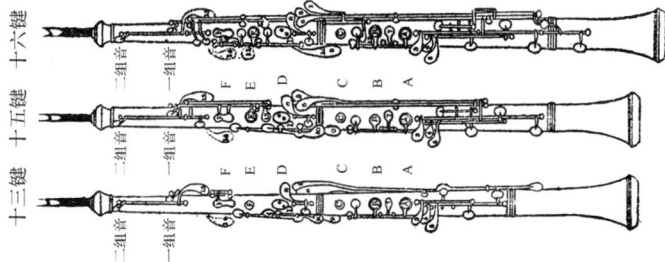

十五键
十四键
左食指
左拇指
左中指
左无名指
右食指
右中指
右无名指
D♯音键
C音键
C♯音键
B音键
B♭音键

十三键　十五键　十六键

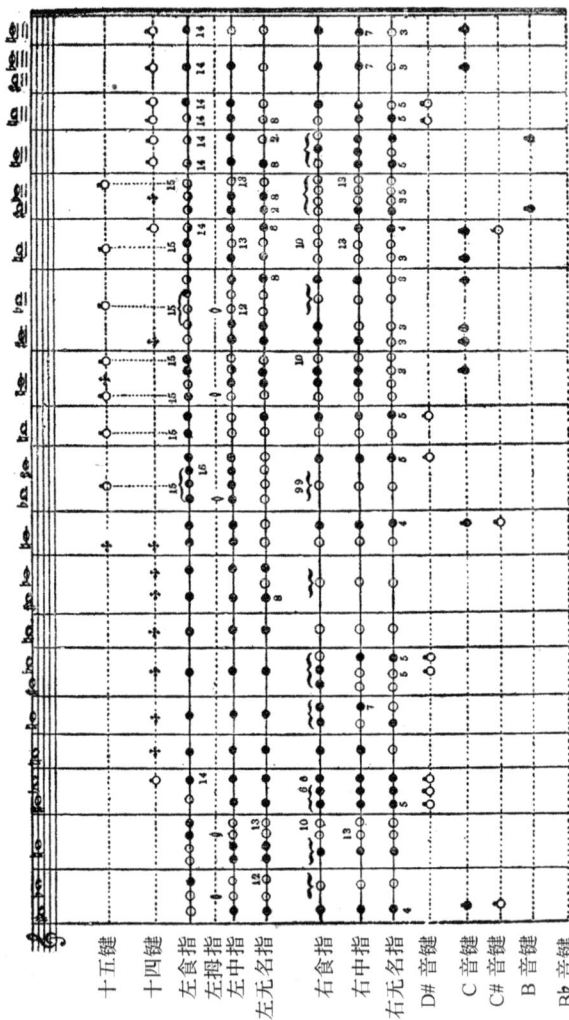

这名词的意思，是高音木管乐器。hautbois 的 haut 是"高"，bois 是"木"的意思。木管乐器，法语叫做 instrument à vent en bois，现在的 bois 就是从这里取出来的。在德国从前，把 hautbois 译作 Hochholz（发音：霍赫霍尔兹）。但现在一般都照字面发音，即"喔薄"或"喔薄哀"。

和这高音木管乐器相对，有一种低音木管乐器，即"格罗斯薄哀"（grossbois）。但后来这乐器因了低音的意思，而改称为"罢松"，即"低音管"。关于这乐器当在后面详说。

（二）双簧管的构造及发达史

这乐器在簧管乐器中，不像萨克管及单簧管的只有一个簧，而有由两个簧合成的吹口。即萨克管和单簧管是单簧乐器，而这是复簧乐器。要奏这乐器的时候，先须把吹口装上去然后使用。奏毕之后，须把吹口拔下来，另行保管，因为这吹口容易毁损。

这乐器的构造，除了吹口之外，与单簧管相似。乐器的胴体的木管比大单簧管（grand clarinet）的稍小，普通上管和下管分开，在中央接合拢来。但近来改变办法，木管的胴体与单簧管一样粗细；不用上下两部接合，而仅用一根管子。

双簧管的指法及键盘装置，与长笛和萨克管相类似，也是因了波姆式的装置而臻于完成的。后来这波姆式又逐次加以改良，变出各种各样的形式来。

推溯这乐器的发达的历史，可知其与单簧管一样，是很古的时候就有的。拉丁语 calamus（芦笛，即用两片簧的号形的竖笛），后来变做法兰西语 chalumeau，这些都是双簧管的前身。

双簧管变成今日所见的那种形状，是从距今三百年左右开始的。至于加键板、扩充音域、改良音色等等,那更是以前的事了。这是何人所发明的,不能确知。但我们可以确定,这是在一六九〇年左右发明单簧管的一直以前,由芦笛渐渐发展而来的。

见于明白的记载的,是一七二七年拉斯登堡(Rastenhourg)市长霍夫曼(Gerhard Hoffmann)把具有两个键的双簧管增添为四个键。其后一七三二年出版的 Walther《音乐辞典》中,说这乐器能吹出从 C 音到两组以上的 D 音,即第五倍音。又一八〇二年出版的 Koch 的辞典中,详细地记载着这乐器的构造,也写着能吹出第五倍音来。

这样进步起来的双簧管,到了一八五〇年左右,始由巴黎人特利埃培特(Triébert)应用波姆式,把它全部完成。

(三)双簧管的性质及用法

单簧管的音色,使人联想苍穹;这双簧管的音色则使人联想黄昏。这乐器的高音部稍带鼻音,中音部清朗,低音部则有广大辽远的情趣。概言之,这乐器表出天真的情趣,最适于描写田野的光景,表现纯洁天然的意想。有时可以形容儿童的游戏,田园的鸟和虫的叫声。在宗教音乐上,这双簧管比单簧管更为适用。近来爱用这乐器的特色的人渐渐多起来。它的重点渐渐移向低音部,有与英国管相衔接的倾向。英国管是比双簧管低五度的乐器,当在后面另行详述。

双簧管是 C 调的,其音域如图所示,从 b 音到 f³ 音。近代构造法改良,如图中下方的谱表所示,其音域变成从 B♭到 g³ 音了。各音部的划分即如图所示。

低音部　　　中间音部　　　高音部　　　最高音部

双簧管和别的乐器一样，#♭号多的乐曲，奏起来指法困难。故凡急速的曲调，最好少用#♭号。又这乐器不很适宜于吹奏急速的断音的连续。

培利俄兹(Berlioz)关于这乐器有这样的话："双簧管完全是旋律的乐器。其音质是田舍风的，充满怜爱与温和，有时竟可说是懦怯的。吹奏这乐器的时候，最好不要超出下列的谱中所记的音域之外。"

双簧管在管弦乐合奏中，不但和小提琴一样奏旋律，又是伴奏中所不可缺少的乐器。有的时候，它出来独奏，或作二重奏，作微妙的插画的表现。例如培利俄兹的《幻想交响曲》(Fantastic Symphony)的第三乐曲(田野的光景)的开头，有这双簧管和英国管的二重奏。又如《罗密欧与朱丽叶》(Romeo et Juliette)中，这乐器的应用最为恰当。

此外,双簧管和单簧管或长笛等其他乐器作齐奏,或作二重奏,而显示良好的效果的,其例也很多。其中最易解的一例,是舒柏特(Schubert)的《未完成交响曲》(Unfinished Symphony)的一部,即如下谱所示:

此外表示双簧管的特征的例,再举几个如下:

Presto — 贝多芬：《合唱交响曲》谐谑曲

Semplice ma Grazioso — 柴科夫斯基：《F 小调交响曲》

双簧管

Tranquillo e Scherzando — 圣-松：Rouet d'omphale

双簧管

sempre piu　p

(四)双簧管族的乐器

双簧管一族的乐器,都是复簧管乐器,其吹口及指法大都相类似。所以学过双簧管的人,只要稍加练习便都会吹奏。此种乐器,也适合于人声的四声部,今由高音到低音排列如下:

双簧管(hautbois)

爱的双簧管(hautbois d'amour)

英国管(cor anglais)

低音管(basson)

高五度低音管(basson quinte)

最低音管(contre basson)

但现今最普通应用的,是双簧管和低音管。其次,英国管及最低音管也常被应用。

(五)爱的双簧管

爱的双簧管,法名 hautbois d'amour,意名 oboe d'amore。这乐器普通比双簧管低三度,所以又称为"次高音双簧管"(mezzo-sop-rano oboe),或"A调双簧管"。它的记谱,普通同双簧管的记谱一样,但也有人照实音记谱的。

记谱　　　　　　　　　　　　实音

这爱的双簧管,在巴赫(Bach)的作曲中常常用到。但在今日应用得极少,所以不加详细说明。

(六)英国管

英名 English-horn,法名 cor anglais,意名 corno inglese,德名 Englisches horn。

英国管

英国管又称为"中音双簧管"(alto oboe)。但一般都称之为英国管。这乐器用于合奏及独奏,有闲雅优美之感;在一切乐器中,这乐器最类似于人声。其音域及写法,与普通的双簧管相同;但实际是比双簧管低五度的。当作移调乐器时,这可说是 F 调双簧管。

但这乐器在从前,各国各有记谱法。略举数例,以供参考。

英国管的特有的音色,用在悲哀的章句、缓慢的旋律上,最能发挥其特征。德弗乍克的《新世界交响曲》中的 Largo 的最初一节,是它的好例:

德弗乍克:《新世界交响曲》

这美丽的旋律,由加弱音器的弦乐的伴奏而吹出时,有一种说不出的优雅之感。

(七)低音管

低音管俄名 фагот, 意名 fagotto, 德名 Fagott, 法名 basson, 英名 bassoon。

低音管

低音管就是低音的双簧管,共有三种,即普通的低音管、比这高五度的高五度低音管和比这低八度的最低音管。

这乐器的形状,好像两根棒缚在一起。意大利和德国称之为 fagotto 或 Fagott,是因为 fagot 一词是"一束薪"的意思。

低音管的音域有三组以上。如下表所示,普通用两个音部记号记谱。

各含有半音

低音管是木管乐器中最低音的乐器,犹如提琴族中的大提琴(cello)。其音色为男性的,温和而力强,这是管弦乐合奏中不可缺少的乐器。

为欲表示它的特征,列举下面的三乐曲:

Piu mosso　　　　　　　　贝多芬:《C 小调交响曲》
低音管

Allegro con fuoco　　　　　　柴科夫斯基:《F 小调交响曲》

Andantino　　　　　　　　比采:"L'Arlesienne"
二低音管
二单簧管
大提琴

(八)高五度低音管

　　高五度低音管法名 basson quintet,意名 fagottino,英名 tenoroon 或 small bassoon,德名 Quintfagott 或 Tenorfagott。这乐器可说是小型的低音管。其记谱及音域与低音管相同;但实际的音要高五度。

记谱　　　　　　　实音

　　这乐器的音色,比低音管硬,近似于英国管。这乐器可视为 G 调的低音管。但用这乐器的乐曲很少,这里竟无法举例:

低音管的指法

十九键

* 是用左手的食指塞住指孔的一半的记号

开　○
塞　●

1食指
2中指
3无名指
4小指

1食指
2中指
3无名指
4小指

左手

右手

八音键

排水键

最低音管的指法

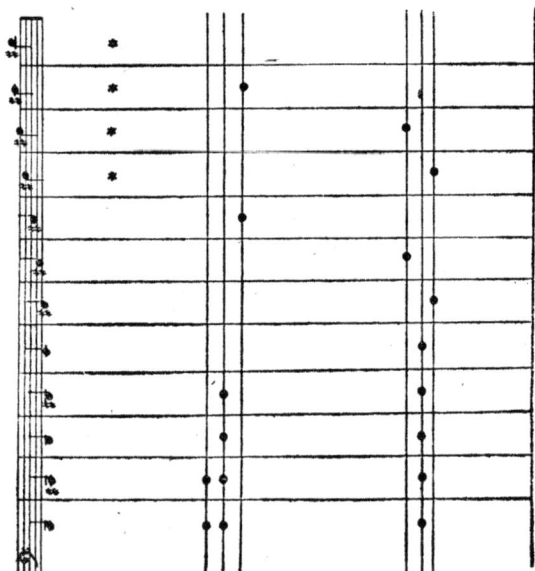

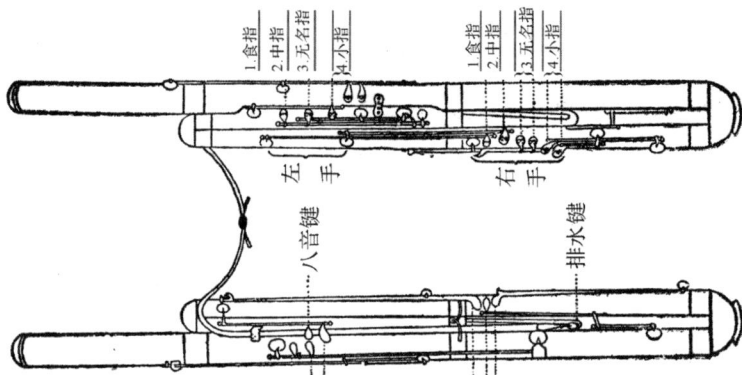

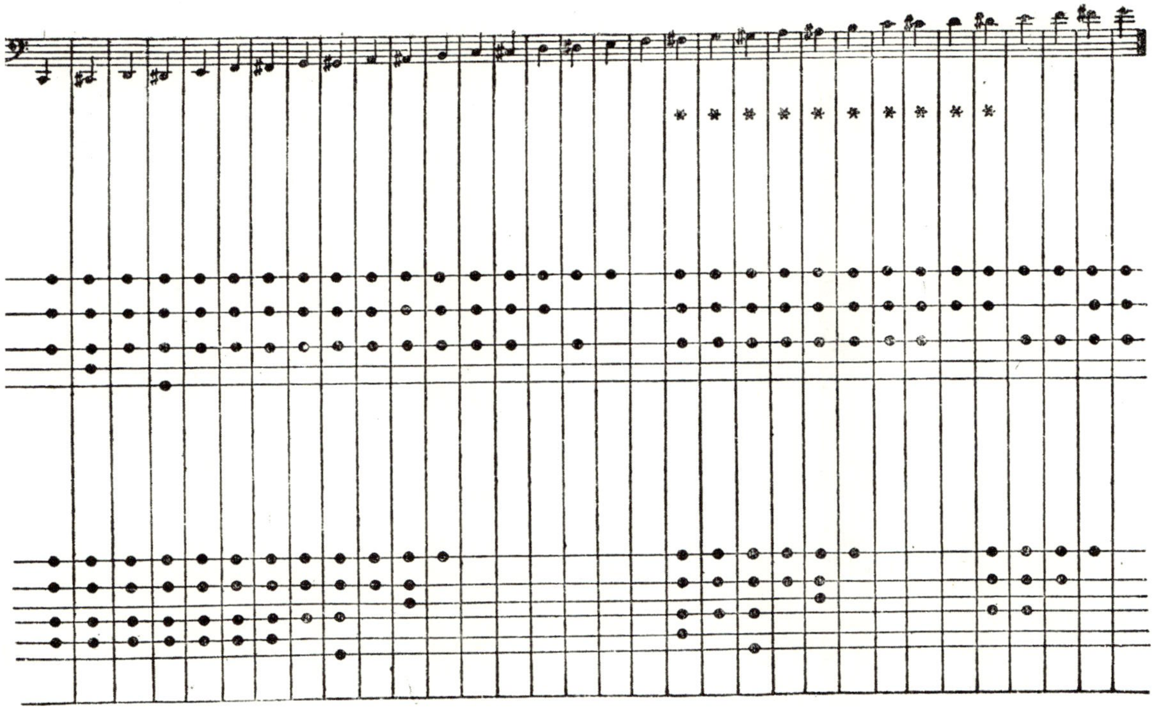

* 表示使用小的八音键。

(九)最低音管

最低音管法名 contre basson,意名 contra fagotto,德名 Kontrafagott,英名 double-bassoon。

最低音管

最低音管好比弦乐器中的最大提琴(double-bass),普通比低音管低八度。

其记谱法,普通与低音管同;实际所发的音则低八度,如下表:

这乐器主要用在大管弦乐合奏中。今举使用这乐器的实例如下:

(十)双簧管族乐器的练习法

无论练习何种乐器,发音练习是第一要素,这在前节已经说过了。尤其是双簧管族的乐器,因为是复簧乐器,全靠嘴唇的开合来支配乐器的发音,所以发音练习更为重要。倘这乐器的奏者的嘴唇的动作不灵敏,即使吹得很响亮的音,其音程一定不能正确。因此,双簧管吹奏的练习,就等于是嘴唇的动作的练习。最良好的练习法,是不用手指按键,而吹出一定长度的音,然后吹出它的倍音,如此反复练习。在双簧管上,可以自由吹出第五个倍音。学习者倘不能自由吹出第五个倍音,那么,一定是吹口坏了,或者你的嘴唇不灵敏。学习者必须常常注意吹口及嘴唇而行倍音吹奏的练习。

这乐器练习的第二要素,是吹口的选择。这乐器的吹口是复簧的,比单簧的难于选择。学习者必须选择两瓣簧片振动完全一样的吹口。

第三要素是断音的练习和指法的练习。在这种乐器上吹奏急速的断音,是非常困难的,所以必须特别用心磨练这种技术。

这种乐器的音域,前面已经列举过今日的作曲家们所一般承认的大体。但在乐器制造术及演奏术日新月异的今日,音域和指法决不是永远确定的。因此练习这种乐器,必须依照合于该乐器的式样的教科书而实行。倘使选错了教科书,则不免徒劳之憾。

低音管吹奏的姿势

第三节　单簧管

听管弦乐合奏,或听管乐合奏的时候,给我们印象最深的乐器之一,是单簧管。这乐器音色非常美丽。这种竖的笛形的单簧管,被人称为木管乐器之王。这乐器和上述的双簧管不同,吹口不是双簧而是单簧的。

这种乐器种类很多。只要学会了其中的一种,别的乐器就容易学习了。

(一)单簧管的名称

clarinetto 这个名称,源出于意大利语 clarino 或 clarion(是一种小号的名称)。clarinetto 便是 clarino 的"指小"的字形。世界各国语的名称,都根据这字。

俄	кларнет	复数	кларнеты
意	clarinetto	复数	clarinetti
法	clarinette	复数	clarinettes
英	clarionet 或 clarinet	复数	clarionets 或 clarinets
德	Klarinette	复数	Klarinetten

英文有两种叫法;但在今日,clarionet 已没有人用,一般都用 clarinet 这名字了。

（二）单簧管的构造及发达史

这乐器是一个木制的直管，好像中国的箫，而管上装有动环式的键，音域广大，指法容易。吹口与萨克管一样，是一瓣的簧（芦制的），由簧振动而发音。今日的单簧管，已经是最完全的形状而被当作贵重的乐器了；但在从前，非常简陋。探究它的根源，可以发现很有趣的进化史。

单簧管是一六九〇年纽伦堡（Nuremberg）地方的弦乐器制造者邓纳（Jean Cristophe Denner）所发明的。最初，这是吹奏乐器中最不完全的一种，料不到有今日那样的进化。

这乐器的远源，是希腊的 aulos（一种管乐器）。拉丁的 chalamus（一种号形的竖笛）也是由这乐器发生的。这就是法语的 chalumeua，便是 clarinet 的基本。最近的历史家也有说，希腊的 aulos 和拉丁的 chalamus，全然是各别的东西，并无何等关系。然而 clarinet 的起因于此种乐器，是无疑的。

在最初，这乐器并没有接合管子以连续声音的装置，音域很狭，很不完全。有一个乐人，醉心于它的音色的美丽，努力设法改良它的制造。他把它的键增加为五个，使声音很好地连续。这样的五键的单簧管，曾有很长一段时间被人应用。后来有一个人叫做牟勒（Iwan Muller）的出来改进这乐器，它就变成了十三键的单簧管，这改进是很成功的。

后来又为了欲使指法容易，添加了几个补足键。这十三键单簧管的出现，是单簧管奏者的根本的革命。这十三键单簧管虽然还有不尽善的地方，但世人学习它的忽然增多，变成很普遍的乐器了。这样，演奏的技术也显著地进步，许多巧妙的单簧管奏者在各处出现。其中最露头角的是夫累得利克·贝尔（Frederic Beer）。这人的高妙的技术，把单簧管的真价尽量地发挥了。又因了他的非凡的才技,这乐器脱却了一切旧风而获得了确定的学说。他创办单簧管学校,把奏法口授给许多学生。有名的克罗塞(Klosé)便是他的学生之一。

这乐器在某程度上虽然可说是已经完成了,但在有的调子上,指法还是非常困难的。即乐曲的调子记号越多,吹起来越是困难;再者,拍子慢的还可以吹,拍子快速的竟不可能吹奏。要弥补这缺点,除了用各种不同的调子的乐器以外,没有别的办法。因这原故,有 A 调单簧管、Bb 调单簧管、C 调单簧管等种种乐器。虽然这样,也还有不满足的地方,所以乐器制造者和单簧管演奏者还在苦心考虑改良的办法。据前述的贝尔的高足克罗塞的著书中说,他曾经考虑,想把当时德国的波姆为长笛发明的动环式键应用在单簧管上,得了乐器制造者彪非特(Buffet)的援助,居然达到了目的,造成了"波姆式单簧管"。这里所谓波姆式便是利用他的键的原故。

以后还有"阿尔巴特式单簧管",或称"英国式单簧管",是由阿尔巴特在十三键单簧管上加以改良的。这比较起波姆式来,音色稍劣,缺点很多。但价格低廉,所以用的人很多。

后来这乐器由各制造厂各自改良,因之产生了许多种类的乐器。尤其是波姆式的、法兰西式的与德意志式的,制法相差很多。

今日的单簧管,因了构造的逐渐进步,已经能吹奏无论何种乐曲。制造者还在考虑更进步的改良呢。

(三)单簧管的性质及用法

单簧管与铜管乐器中的短号(cornet)一样,并为吹奏乐器中的华丽的乐器;合奏也可用,独奏也可用;当作奏主要旋律的乐器,或当作伴奏乐器,都占有重要的地位。

单簧管被视为双簧管、萨克管同一类的乐器;但音色各不相同:那两种乐器音色粗杂而枯燥,有黄色之感;而单簧管音色非常清朗、丰满、纯洁,有眺望青空似的感觉。尤其是音阶上升和下降的时候,有似急滩流水的感觉,为其他乐器所不及。这乐器的高音部发音很锐,类似双簧管的强音。低音部近似于低音管的音色。

学习这乐器,入门很困难;但熟练之后,自然什么都能吹奏了。这好比弦乐器中的小提琴。

单簧管的音阶,是由全管上开着的音孔照顺序开闭而发音的。倍音能发十二度以上的音。所谓十二度音,就是八度上的五度,因此这乐器亦称为"五度乐器"(quintoyant)。要发出十二度上的音的时候,不须开闭任何音孔,只要把嘴唇紧闭就行。即从最下方的音依照音阶而上升,从上方的 A 音奏出其次的 B 音(全闭)时,是用左手的拇指来开最高的小孔的;但这动作只是为了使音容易发出而已,其实不开这孔,单用嘴唇的紧闭也能奏出这音。其他还有几个倍音,但在实际演奏上不是很必要的,所以不详说了。

这乐器的乐谱,是写在高音部谱表上的。其音域实际有四组稍弱,普通分为如下的五部:

各含有半音

但这表中的最高音部,是普通所不用的音,不过能吹出而已。所以实际上分为如下的三音部而说明,较为便利:

音域　　　低音部　　　中音部　　　高音部

这里所示的各部的音质,在这一节的开头已经说明了。

(四)单簧管的种类

单簧管因了它的性能(调子),即因了它的型的大小,可分为下列的九种:

$$
\text{单簧管} \left\{
\begin{array}{ll}
\text{小} \\
\text{(petite)}
\left\{
\begin{array}{l}
\text{F 调单簧管(clarinette en fa)}\\
\text{E}\flat\text{ 调单簧管(clarinette en mi}\flat\text{)}\\
\text{D 调单簧管(clarinette en ré)}
\end{array}\right. \\
\text{大} \\
\text{(grande)}
\left\{
\begin{array}{l}
\text{C 调单簧管(clarinette en ut)}\\
\text{B}\flat\text{ 调单簧管(clarinette en si}\flat\text{)}\\
\text{A 调单簧管(clarinette en la)}
\end{array}\right. \\
\text{最大} \\
\text{(grave)}
\left\{
\begin{array}{l}
\text{中音单簧管(clarinette alto)}\\
\text{低音单簧管(clarinette basse)}\\
\text{最低音单簧管(clarinette contrebasse)}
\end{array}\right.
\end{array}\right.
$$

以上九种,是主要的单簧管,各有各的特色。就形式而言,前面六种(小的和大的)都是直筒型的;后面三种(最大)都是萨克管型的。

普通所谓单簧管,是指大型的三种。小型的三种音质较硬,仅用于吹奏乐。

以下再从最高音的乐器开始,顺次把各乐器说一说。

(五)F调小单簧管

这是单簧管中发音最高的乐器,比普通的单簧管(即 B♭调单簧管)高五度。这是吹奏乐中特殊的乐器。因为它的发音太锐,又因为已经有了 E♭调单簧管,所以这乐器没有特别的必要,今日用它的很少,故不详说了。

(六)E♭调小单簧管

普通称为"小单簧管"的,便是指这乐器。德名 Es Clarinette。它比 B♭调大单簧管高四度,是现代所盛用的乐器。在吹奏乐中,它位在长笛和大单簧管中间,为两者做助手。在管弦乐合奏中,普通都不用它,只在要使一个旋律鄙野化或热狂化的时候才使用它。培利俄兹的《幻想交响曲》便是一个好例。这交响曲中有如下的旋律,由这乐器活跃地吹出:

培利俄兹:《幻想交响曲》

(七)D调小单簧管

这是小单簧管中最大的一个,比 B♭调单簧管高一个长三度。这是吹奏乐中所用的,管弦中有时也用它,但近来用它的很少,所以不加详说。

(八)C调大单簧管

　　这是大单簧管中的最小者,其音色与
B♭调单簧管相似而较硬。今日用者极少。
但在从前,管弦乐合奏用这乐器的例极
多。作曲家用这乐器的调子来写单簧管
的乐谱,音的高度可以照样,没有移调的
麻烦。所以现今的作曲家常常用这乐器
的调子来写谱。

(九)B♭调大单簧管

　　普通单称"单簧管",是指这乐器。这
乐器在单簧管中音色最良好,是单簧管的
正统。我们可以说,单簧管的真的音色就
是B♭调单簧管的音色。吹奏乐中,管弦
乐合奏中,都用这乐器;独奏用也很好。这在单簧管中是第一位。

　　这乐器普通所用的音域的记谱如下:

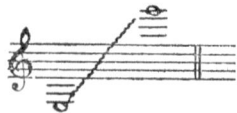

　　这记在高音部谱表上,是从下第三加间的 e 直到上第四加线的 g^3。
但因为是 B♭调,故实际听到的音比所记的音要低一全音。这乐器的华
美活跃的例,可举两个在下面:

波姆式 {大单簧管 小单簧管}

华格纳:《名歌人》

司丹福:《单簧管协奏曲》

　　这乐器在吹奏乐器中,担任管弦乐中的小提琴的活动,记作三部,在管弦乐中则记作二部。

(十)A 调大单簧管

　　这乐器比 B♭调的低半音。实际的音比记谱的音低一个短三度。这乐器的音色有柔软味,与弦乐器的音颇能和合,是管弦乐合奏中所贵重的乐器。作曲家作管弦乐曲时,因了他的乐曲的调子而有时用 B♭调单簧管,有时用 A 调单簧管。管弦乐的单簧管奏者,必须用 B♭调的或 A 调的而参加合奏。普通写成二部。吹奏乐中不用这乐器。这乐器常被当作独奏乐器用。

　　以下举几个单簧管的活跃表现的例:

莫差特:《A 大调单簧管协奏曲》

司丹福:《单簧管协奏曲》

柴科夫斯基:《E 调交响曲》

(十一)中音单簧管

俄	альтовый кларнет
意	clarinetto alto 或 corno di bassetto
法	clarinette alto 或 cor de basset
英	alto-clarinet 或 bassett-horn
德	Altklarinette 或 Bassethorn

这中音单簧管以下的三种乐器,是为了把音域扩向很低的方面而制作的。要之,以普通单簧管的音域做中心,扩向高音部的,是小单簧管;扩向低音部的,是中音单簧管及低音单簧管。

低音部单簧管的主要任务,是承接从普通单簧管降下来的音,使它们充分地低音化,又用比高音低八音的音来陪伴高音,使它们和缓化。近代音乐所用的音越趋复杂,这乐器的用途也越是广大。

中音单簧管有两种,即两种小单簧管八度下的乐器,C 调的及 B♭ 调的单簧管的五度下的乐器。这便是 F 调的及 E♭ 调的。这等乐器的谱,莫差特把它写在低音部谱表上,但普通是写在高音部谱表上的。F 调的主用于管弦乐,E♭调的主用于吹奏乐。但这些是特种乐器,不是乐团中枢的乐器。

(十二)低音单簧管

俄　　басовый кларнет

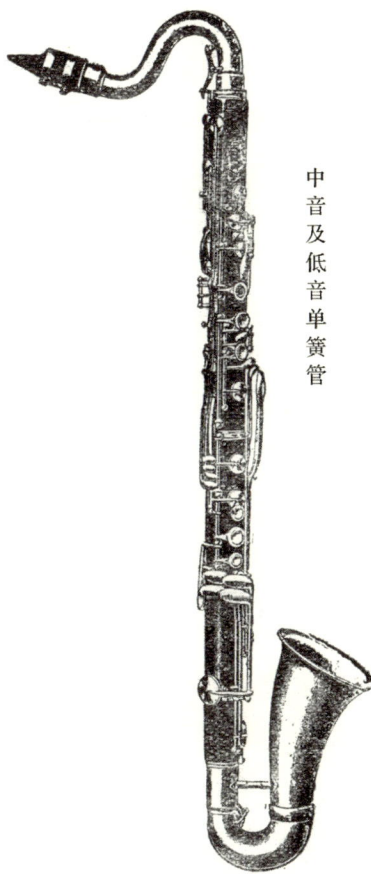

中音及低音单簧管

意　clarone 或 clarinetto basso

法　clarinette basse

英　bass-clarinet

德　Bass Klarinette

这乐器是为了与中音单簧管同样的目的而作的。比 A 调及 Bb调单簧管低八度,即中音单簧管五度下的乐器。一般所用的是 Bb调低音单簧管。

这乐器的记谱法和音域如下表:

这乐器在管弦乐中的用例如下:

这乐器在管弦乐合奏中是特种乐器,是很被重视的。吹奏乐中也被编入。它在吹奏乐中,有和"上低音萨克管"(baritone saxophone)同样的效用。

(十三)最低音单簧管

最低音单簧管又名 pedal clarinet,位在低音单簧管之次,是为了扩大音的幅员的目的而作的。因为形状太大,吹的时候需要过多的气,所以能够吹的人很少。今日差不多已经不用了。

(十四)单簧管的使用及练习法

以上所述各种单簧管,都具有独特的音色。作曲家依照了他所需要的音色和音域而选用乐器。但近来为了避免繁杂,普通都只用一个单簧管而移调吹奏,这实在是很可惜的事。因为作曲家指定着最适合于乐曲的精神的乐器,演奏者是应该注意的。关于这一点,利曼和培利俄兹曾经热烈地讨论过,他们认为应该禁止的。

练习单簧管,如前面所说,先练好了一种普通的单簧管,其他的单簧管只要稍加练习便都会吹奏。但单簧管类和长笛类及双簧管类不同,其吹口有大小的差别,所以嘴唇的开合大有不同。

小单簧管、大单簧管、中音单簧管或低音单簧管,都是比较专门的乐器。所以学习者必须专门练习。

吹奏单簧管时最要紧的一事,是同双簧管一样地选择发音的根源的簧。簧大体是已经造定的;但其细部,可由吹者按照自己的嘴唇的情形而自己加以修改。先须选定质料良好的簧。过分薄的,头上容易破裂,不宜选用。过分厚的,可用木贼草把它磨薄一点。但这工作很困难,非细心而有经验的人不能办。

嘴唇的练习,倍音练习不是必要的,只要注意长音的练习和断音的练习。单簧管奏者为了锻炼嘴唇,必须在别的练习之前,最先练习长音吹奏。为舌头的练习的,是断音的连续吹奏。

单簧管奏者倘能在断音奏法中获得成功,那么,一切奏法都可以成功了。

音程的练习,有赖于其人的听觉的素养,这是不必说的。嘴唇的开合的练习,也是很重要的,这乐器的音,可因嘴唇的开合动作而产生半音的差别。所以凡音程吹得不正确的,便是他的嘴唇没有练好的原故。

指的练习,便是练习各种音阶的快速的连续吹奏。

用教科书练习,必须选择和你的乐器的式样相合的教科书。教科书的开端,大都附有指法,故依据教科书可以独习。

以下所说为实际演奏上的注意。

(十五)簧嘴与簧舌

簧嘴(bec),就是吹单音管时塞入口中的一部分。簧嘴会因了型式制作上的细微的差异,而在发音上发生很大的影响。因这原故,有的人要求弱的簧舌,有的人要求硬的簧舌。详细地说,有的簧适合于断音,有的簧适合于连音。所以簧嘴的个性和人的嘴唇,必须仔细辨别。

簧舌(reed)附着在簧嘴的平坦面,是造成吹口的一个芦苇制的小舌。这簧舌也大有个性的特质,故必须选择适合于嘴唇的。这东西过了某时间,便失去弹力,因而音色恶劣。所以奏者必须注意它的寿命,适当地更换它。

管弦乐用的簧舌和吹奏乐用的簧舌,其选择颇有不同。即管弦乐用的簧舌,必须比吹奏乐用的簧舌发音更软。

把簧舌接合在簧嘴的平坦面上时,有的用线扎住,有的用金属的带子镶牢。无论如何接合,必须是接合在簧嘴上指定的地方。这时候簧舌的前端在于簧嘴的末端下面约一糎[1]弱的地方。簧舌的前端和簧嘴的前端必须有同样的圆味。

簧舌的上下，与音色和音程有关系。倘觉得音有几分太低，或簧舌太薄，可将簧舌稍稍放下，以补救之。相反的情形时，可将簧舌稍稍放上，以补救之。

要之，技术者必须使用和自己的嘴唇最适合的良好的吹口。用良好的吹口，可使发音美丽，获得奏法上的最大利益，疲劳也可减少。

(十六)吹口在口中的位置

奏单簧管的时候，把簧舌朝下方，把簧嘴的尖的部分的一半塞入口中。下唇稍稍卷向里，以遮蔽牙齿。上唇不可咬住簧嘴，为了使音质良好，上唇亦须稍稍卷住上齿。

在从前，有把吹口直接碰着牙齿而吹奏的。这办法不好，能使音色变坏，又有害于乐器，故必须绝对禁止。

(十七)发音法与音色

单簧管的音，是用舌向将要振动的簧舌输送空气而发出的。这空气要充分多量，由舌轻的接冲而把空气送入乐器内部。这时使簧舌的振动良好，是嘴唇的任务。由唇和舌的合作而获得良好的音色。

良好的音色，就是在激响上添加甘味，就是使音同时具有力和圆味。

全音域的各音，必须有统一的音色。音阶中各音的音色的变化，与唇和舌有很大的关系；与乐器的键和闭塞盖的好坏也有很大的关系。键

---

〔1〕 毫米的旧译。——编者注

和闭塞盖的毛病,很容易修理,只要奏者常常注意检查。奏者必须爱护他的乐器,珍重他的乐器,务使它常常是完全的乐器。乐器是一种器具,器具不能永远完全无缺,故吹奏者必须理解他的乐器的个性,用技术去补救它的缺点。这是吹奏者的最后的秘诀。

单 簧 管 指 法

(波姆式)

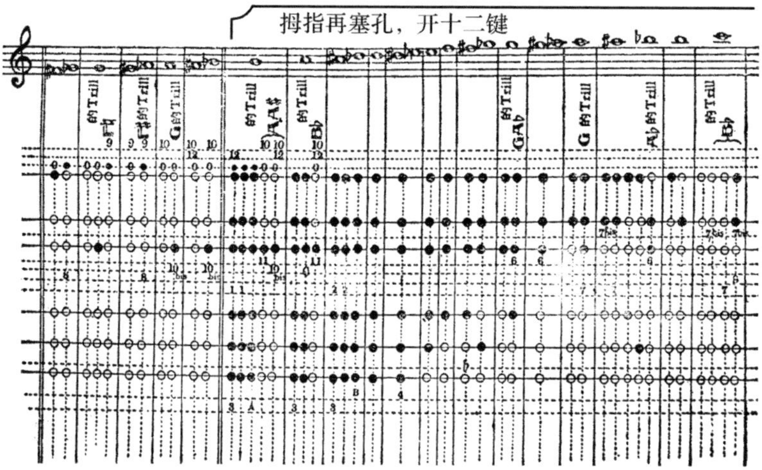
拇指再塞孔，开十二键
G的Trill
G 的 Trill
A♭的Trill

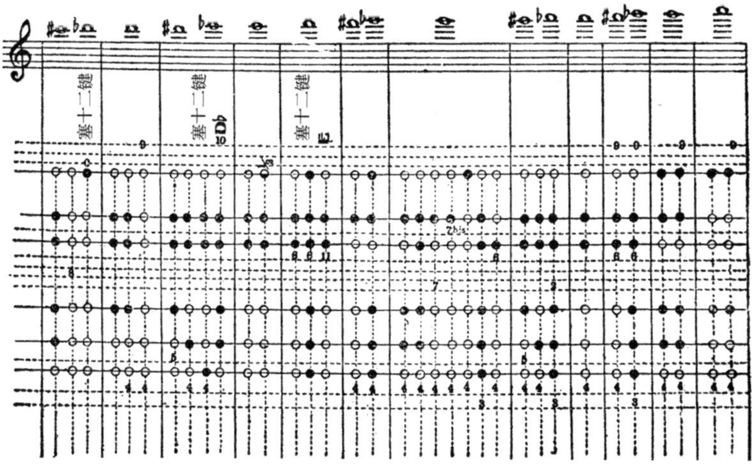
塞十二键
塞十二键 D♭
塞十二键 E

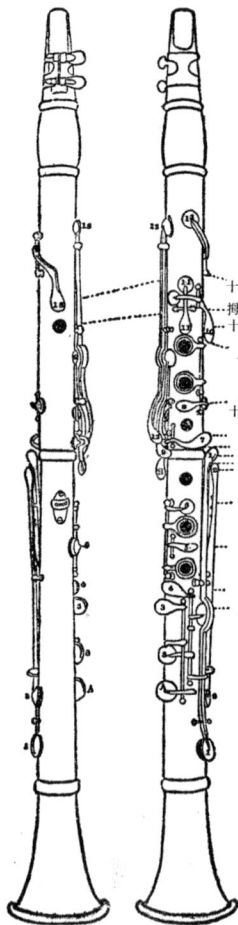

单 簧 管 指 法

（阿尔巴特式）

塞　　开

拇 指 塞 孔

十三键
拇指孔
十一键
十键
八键
十二键
七九键倒二键
六键
五键
四键
三键

此时宜避去困难指法

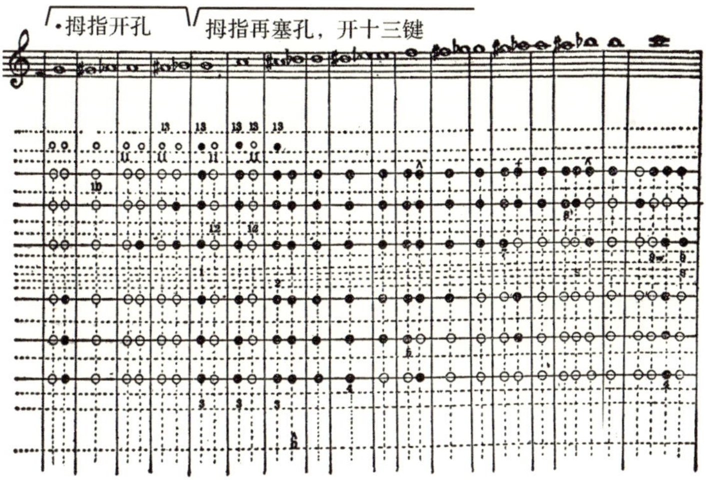
·拇指开孔
拇指再塞孔，开十三键

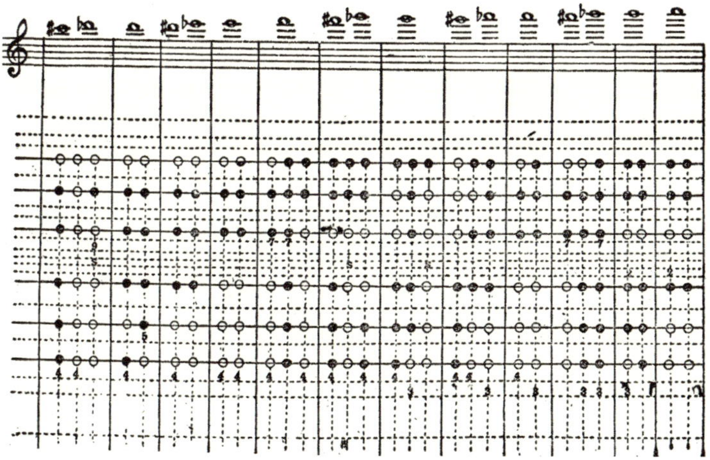

第二章　铜管乐器

第一节　概　说

这一章要讲的是铜管乐器,即号类的概况。这类乐器,种类甚多,现在先讲它们的大体的情况,然后进而详细研究。

铜管乐器,从很高的高音直到很低的低音都有。它们的形式和音色,也有极多样的差异。

我们一听见乐器的声音,就辨得出这是笛声,这是鼓声,这是号声,究竟是为什么原故呢? 没有别的,只是为了它们的发音的机构不同的原故。

号类是用怎样的机构发音的呢? 这是用一个叫做吹口(embouchure)的漏斗形的东西装在铜管的一端,使唇振动,因了从那里吹入的空气的振动而发音的。铜管另一端像牵牛花似的展开,是为了要扩大音响的原故。这管的全长中的空气的振动数,能因了嘴唇的压力(口的开合程度)而发生种种变化。这振动数的变化,便是音的高低的变化。一根管子只能有一种一定的振动数变化(音的高低)。成立在这一根管子上的音阶的一列,叫做"自然的倍音"(harmoniques)。号类都是应用这自然的倍音的。对于只有一根管子发出的一定的倍音,觉得不满足的时候,便变更管的长度而找求其他系统的自然的倍音,混合起来,便完成了号类的乐器。故研究号类,必先研究一根管子如何发出自然的倍音的问题。

(一)管的自然的倍音

假定拿起一根粗细均等的长的铜管子来,从它的一端用最小限度的气息吹起来,这管的全部便发出非常低的音来。这便是这管所有的本来的最低音,这叫做第一倍音。其次,气息加强压力而吹出,便发出这管的二等分所发的声音,即第一倍音的高八音的音,这叫做第二倍音。倘再加压力,便发出管的三分之一长所发的音,即最低音的十二度上的音,这叫做第三倍音。再加压力,发出管的四分之一长所发的音,即低音的两个八音上的音,这叫做第四倍音。以下还有第五倍音、第六倍音、第七倍音、第八倍音可以顺次发出。

这和弦乐器中的弦的振动同一道理。稍学过一点音响学的人都懂得这道理。

音乐上的管乐器,普通用到哪几种倍音呢?用到的是从第二倍音到第十六倍音之间的音。在巴赫时代,曾经用过第八倍音。但第十八以上的倍音,是人的气息所不能吹出的了。用蒸汽力或机械力,可以吹出第十八以上的倍音,但这些是音乐上所不用的。

自然的倍音(以 c¹ 音为基本)

这些倍音,不是任何管子都能吹出的;管子长的,吹得出的倍音多些。上面的图表中所揭示的,是现在所用的乐器中管子最长的乐器所发的音。有的乐器,只能发到第六倍音。

如这图表中所示,自然的倍音的各音程,决不是相同的。即1—2是八度,2—3是完全五度,3—4是完全四度,4—5是大三度,5—6是小三度,音越是高,其音程越是小。

这图表中用黑符头写的7、11、13及14,在我们所要求的音乐的音阶的构成上看来,是外来的音。这里面有着很深的乐理,要说明这乐理很费语言,并且是坚苦的音响乐讲义,现在就省略了。

(二)吹口(或歌口)

号类的吹口,是为了要把气息吹入管中而设的。吹口有种种形体。这形体与乐器的管和牵牛花形的口保持均衡,对于乐器的音色有很大的关系。

吹口的内部的弯度越强,其发音越锐。骑兵的小号(trumpet 或 trompette)便是其代表。反之,内部弯曲少的圆锥形的,发出好像笼罩住似的钝音,法国号便是其代表。

以上两者的中间的形状的乐器,发出相当的两者混成的声音。其代表便是短号和"萨克号"(saxhorn 和"萨克管"是同一人发明的,但形状近似小号之类)。

(三)乐器的管

管的粗细与长短,与乐器的音域有关。如前所述,乐器的自然的倍音,是由吹口及气息的压力产生的;但管子越长,则其音域越广。管子倘是细的,则发低音困难,而发高音只要气息的压力的帮助。从管的一端到他端之间的粗细的倾斜程度和牵牛花形的展开的形状,与吹口的形状互相关联而造成乐器的音质。现在从吹口的内部的形状和管的形状上着眼,而把现代所用的号类大别为四种而说明。

(四)从音色上的分类

(1)法国号(French horn 或 cor)

这乐器的吹口作圆锥形,管作小圆形,管身的粗大,在号类占第一位。音色柔和,普通所用的音域,是从第二倍音到第十六倍音。

(2)小号(trumpet 或 trompette)

这乐器的吹口,内部的弯度很强,管子细长,因之在号类中音色最锐。法国号和这小号,从音色上看来,正好是相反的乐器。音域从第二倍音到第十六倍音。"长号"(trombone)是和这小号同一类的,不过吹口的形状和管的比例有些不同。

(3)克拉龙(clarone)或萨克号

克拉龙是一种大型的军队用的号。萨克号与"狩笛"(bugle)相似。吹口是圆锥形的,但比法国号的吹口弯度要强,是介乎法国号和小号的中间的形状。圆锥形比法国号短,音色忧郁,但比法国号明亮。音域,普通用的是从第二倍音到第八倍音。上低音萨克号(baritone)和低音萨克号(bass),就是这乐器的大型,在音质上是和这乐器完全相同的。

(4)短号

这乐器的吹口,弯曲相接近而深。管比克拉龙的稍长。音色不太硬,亦不太柔,有甘味和光辉。这是小号和克拉龙中间的东西。音域普通用从第二到第八的倍音。

(五)从构造上的分类

金属管乐器,从其构造上看来,可分为两大类。

第一类是原始的,仅用一根管子的自然的倍音而成为一种乐器,例如步兵号或信号号便是。这是毫无机构的自然号。

这种乐器的旋律的连续,只限用这管子所有的本来的倍音。

第二类是半音阶的号,即因了各种倍音混成的结果,乐器的全音域中能奏完全的半音阶的乐器。这种乐器的构造,可以因了造半音阶的必要而临时变更管的长度。

以上两类,第一类是原始的,第二类是进步的。

第一类中,一般最熟悉的步兵号,第六倍音以上的音很难吹出,所以只能用作军队信号及行进命令;在合奏中,它们同"笛"和"大鼓"共奏进行曲,它的管完全固定,只能吹出一列倍音,是很单纯的。虽然旋律这样单纯,但伴了其他的半音阶乐器的伴奏而合奏时,其效果实在也很伟大。其次,自然的法国号和小号,能发第八倍音或以上,所以音乐上所用的音能吹出的最多。这等乐器,都是最古的管弦乐合奏中所用的。

为了要吹出一切音调,有一时人们应用马上可以调换的大大小小各种乐器。后来渐渐进步,就发明临时变更管的长度的构造。这是由原始的号进于半音阶的号的第一步。

(六)半音阶的号类

管的长度可以临时变更,各种音都可以自由自然地发出。人们为了这目的,就想出各种的乐器构造法来。历史地研究起来,可分下列的三个顺序。

最初发明的是"管"(coulisse)的方法。其次,像单簧管般在管上开洞,装置开闭的"键"(trous fermes par des clefs)的方法。最后发明的是"活塞"(pistons)的方法。

(1)管

管的方法,是为了要使本管渐次变长或变短,而在本管上插入另一根管子,这管子能够自由滑上滑下地伸缩以加减管的长度,而不漏泄空气。

管伸缩时所停止的一点,叫做"音位"(position)。音位以半音为单位而向上下移行。要使乐器全体的音域半音阶地上下移行,必须有七个音位,即从自然倍音的第二到第三之间的半音数的音位。在从前,这"管式"会被种种乐器采用。但至今日,只有长号用这方式了。

(2)键

号类上所应用的以键开闭各孔的办法,是从木管乐器得来的。本管上开十二个半音阶的音孔,因了这些孔的开闭而奏出半音阶,再应用自然的倍音,以求得音的连续。

这种方式在从前是用在木制的号上的。一八〇〇年左右,在狩笛及"克拉龙"上也应用过。其他各种号上也都应用过。但在今日已认为是不完全的,而弃置不用了。最后保留这种方式的是"欧菲克莱德"(ophicleide,从前的一种大吹奏乐器)。但现在这乐器已被萨克号一类(tuba 及 bass)所取而代之了。

(3)活塞

活塞的方法,就是使管能够临时变长变短,就是推动活塞以开闭附加的管上的音孔的方法。附加的管中空气的流通的差别,便是管的伸缩的理由。

　　这附加管的结果,是集合作成完全的半音阶时所必需的倍音群。这机构最初是为短号发明的。所以有人把短号称为"活塞"。这活塞的方法非常成功,渐渐被一切号类所采用。

　　但今日乐器制造法非常进步,这活塞也有了两种不同的形式。这是乐器制造者为了要使音色美丽正确而发明的。这也是乐器制造上的一种进步。

　　第一被发明的叫做"附属活塞",即"pistons additionnés"或"pistons dependents"。这就是普通的活塞,是全世界所通行的。

　　第二是萨克斯(M. Adolphe Sax)所发明的,叫做"独立活塞",即"pistons independants"。

　　第一种很早就流传于世间,用途最广。但实际上第二种比它进步得多。

　　因为,第一种的活塞是动得很迅速的;伸缩时附加管中的空气移行起来,会生出极微的隔断;因此活塞迅速地次第活动的时候,空气的流动不能圆滑进行。换言之,第一种方式的换"音位"比第二种方式稍稍迟钝。

　　第二种方式就不然,它是回转式,为伸缩本管而设的附属管中的空气移行或停止移行,都能非常迅速地做到;空气的流动十分圆滑,故能自由移到发出倍音的各音位上去。这是经过学术的研究而苦心地完成的结果,故可说是更进一步的精巧品。

　　但世人都有先入为主的习性,所以现在世间最多使用的,还是普通活塞,即第一种活塞,吹奏者用惯了第一种,一旦换用回转式,吹奏就难自然,因此大家沿用普通式的。

第二节　短　号

　　短号是铜管乐器中最小型的又是最华丽的乐器。它同簧舌乐器中的单簧管和弦乐器中的小提琴相并肩,而为乐器界的权威,一切人都宠爱它,它到处活跃。有一位敏感家说:"听了这乐器所发出的有情绪的无言歌的一节,好像对着湖畔的凄凉的秋月,不得不坠下泪来。"

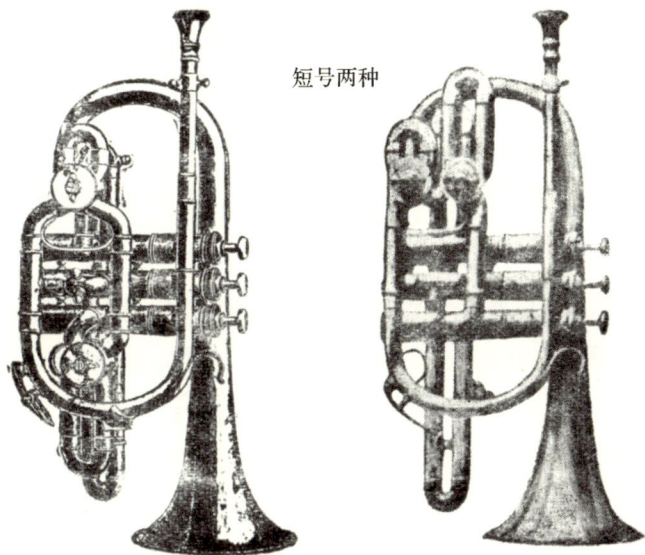

短号两种

　　我们在音乐知识还不丰富的学生时代,最初听到音乐队的演奏的时候,觉得使人发生最活泼、最勇敢、最高尚的感情的,是这短号。

(一)短号的名称

　　cornet 就是小的 cor(号)的意思,当在后面的发达史中详述。这名词是从法语 cornetto(木制的号)中取来的。

俄	корнет
意	cornetto 或 cornetta
法	cornet à pistons
英	cornet
德	Kornett 或 Cornett

(二)短号的构造及发达史

这乐器是主在法国发达的号,原名"cornet de poste"。这是由军号进化,为了奏半音阶的必要,装置了三个变更管的音位的活塞而完成的。短号的前身"cornet de poste"是怎样产生的? 这问题须得远溯太古:在世间还没有铜管乐器的时候,有一种吹奏乐器,吹口是用坚硬的木头做的,管子也是木制的,管上开二三个洞。这便是法国的"cornetto",德国的"Zink",意大利的"cornet"。现在考察,这大约是吹奏乐器的始祖。这乐器也有大小两种。大型的音低而柔,管形略微弯曲。这东西后来变成蛇形号(serpent)。小型的是直立管,音色鲜丽,后来进化而成为短号和小号。

由此可知,最初的木制的号,后来变成了铜制的号。又,最初是仅仅利用一根管子所能发出的倍音的自然的号;后来人智进步,对它感到不满足,就造出大小各种的号来。然而用大小各种的号,又觉得不便利,于是我们就发明音乐用的,能发出半音阶的连续的人工的号。关于这一点在第一节已经详说过了,现在无须再说。现在且说短号上所用活塞的发达。

跟了音乐的发达,人们作出种种调子的乐器来。例如"管式"的小号和单簧管似的有键式的号便是。但这些在半音阶上也不是完全的。音乐日渐多音派地发展，人们必须发明一种能够使人满足的乐器。于是在一七七〇年左右，奥格斯堡（Augsburg）有一个叫做瓦格尔（Michael Waggel）的人，把旧式的"管式"小号试行改良。那时还有一个叫做侃培尔（Käebel）的人，造出一种有键式的号来。一七九〇年左右，英国的克拉该特（Clagget）发明了一种装一个活塞的分作两部而活动的乐器。这便是最初的短号。后来，一八〇〇年左右，巴黎有一个叫做阿斯泰（Aste）的人，试把管式和键式合并，而造出介乎号和小号中间的乐器来。再后来，一八一二年，有一个叫做布卢米尔（Bluhmel）的人，把以前英国的克拉该特所发明的用一个活塞的乐器增加为两个，果然大有成效。终于在一八三〇年间，有一个叫做牟勒的人在马恩斯（Mayence）把两个活塞增加为三个，而完成了能奏完全半音阶的乐器。又有一说，在这以前，有一个叫做萨特勒（Sattler）的人先已在来比锡（Leipzig）完成这样乐器。究竟哪一个的是，已不可考。总之，可知当时是有许多乐器制造者竞争地在那里研究的。在德国，最初在小号上施用活塞的机构。在法国俗称 cornet 为 piston，便是为此。

这样发明来的活塞，后来应用在一切号类上。萨克斯又把它们的数量增加，使有四个、五个乃至六个。又发明了回转式活塞。

但为吹出半音阶，用三个活塞已经够了。三个以上的活塞，其目的是扩充音域、增加换指等。

(三)短号的性质及用法

这乐器是铜管乐器中的最高音部乐器。它同法国号或小号在本质上正好各相差一八度音。故同是 C 调的，其关系如下：

但短号的音色,不像法国号,也不像小号。它比法国号甘美,没有小号的强烈。总之,在音色上,它介乎法国号和小号之间。这乐器在法国发达,故法国人大为宣传,曾经一时被认为是法国人所专有的。但现今早已普遍于全世界了。

这乐器的全体音域,是从第二倍音到第八倍音。但普通所用的确实的音程和有效的音,仅在于其中间部分。因为它的高音部的音色不很自然,且发音困难;低音部则音色不良,而且音程容易歪曲。在普通式的键乐器,这缺点尤为显著。从低音部的 C 音向下行,渐渐失却乐器的真的音色。所以要利用这乐器的真正的特色,也同别的乐器一样,必须使用中间音部一带的音。

短号的基本调是 C 调,但现在主用的是 Bb 调和 A 调的。在乐器制造法发达的今日,一个乐器上装有可以立刻变成 C 调,立刻变成 Bb 调或 A 调的机构,所以非常便利。

这乐器的记谱和音域如下:

无论为何种调子的乐器记谱,其记法都用如上所示的。但实际我们所听见的音,Bb 调的比所记的音低一全音,A 调的比所记的低一全音又一半音,这是不必说的。

　　这乐器从技术方面观察，当作高音部时，发音非常容易，断音和连音（staccato，slur）亦颇自由。又其半音阶及全音阶的奏法中，颤音和琶音（arpeggio）的轻快，也可以和单簧管及长笛相匹敌。还有由舌的双吐法、三吐法所奏出的同音打奏和刻奏的特征，也比小号所奏的高明得多。无论节奏风的旋律还是歌谣风的旋律，都能同样自由地吹奏出来。

　　有许多独奏曲是为这乐器作的。这乐器又常和别的铜管乐器一同参加祭典的、行列的、祈愿的音乐。在进行时、舞蹈时，它最能表现节奏清楚的旋律。

古诺：《浮士德》第二幕

　　短号在普通的吹奏乐或管弦乐中，分为第一、第二两部记谱。近来它渐渐压迫小号，作曲家愈加多用它了。在古典的作曲中，原作是用小号的，现在大都改用这短号。这办法在严格的意义上说来是错误的；但在吹奏技术进步的今日，吹奏者只要理解原作的意义，那么换一个乐器还是能够表现乐曲的精神的。

(四)短号的种类

　　如前所述，现今普通用的短号，B♭调和 A 调的为最多。但在古时有下列的许多乐器：

C   调短号

B♭ 调短号

A   调短号

A♭ 调短号

G   调短号

F   调短号

E   调短号

E♭ 调短号

D   调短号

(五)短号的吹奏和练习法

一切有活塞的乐器,其奏法是共通的。必须常常注意,使活塞的活动便利。按活塞的手指,无论何时不可离开指座。指头必须从很正的上方笔直地押在活塞上。倘从横方斜押过来,其结果是很不好的。

吹口也有种种的型,须选择合于自己的嘴唇的吹口,务求永久使用这适宜的吹口。

为半音阶而设的三个活塞,是由于半音的、全音的和一全音一半音的三种的组织而发出半音阶的,必须使各活塞的管的长度保住 1∶2∶3 的比例。

因了吹口地方的管子的变动而变更乐器的调子的时候,各活塞的管也适应了比例而把半音的管拔出到 1,则全音的管到 2,一全音一半音的管到 3。倘这比例弄错了,其音程必不正确。

有的人检点新的乐器,便说这乐器的八度音不良,或者说五度音不正。他是全然不用活塞而判别音程的好坏。
其实,喇叭类的乐器,倘是普通型的,你说它
的倍音不正确,在学理上是不成的。练习这
乐器的人,必须在普通的技术练习之外,常常
作倍音的练习,而修养正确的唇和耳。要使
音色良好,务须尽量多作长音练习:有时持续
地吹出很弱的音,有时持续地吹出很强的音。
这倍音练习和持续练习,与普通的技术练习
不同,方法简单而效果伟大,是上达的秘诀。

短号吹奏的姿势

第三节　小　号

小号是中世纪盛用的乐器。尤其是军乐,据说是因这小号而发达
的。你倘研究古代的音乐,便可常常看到 clarino、clareta 等乐器名称。
这些便是这一类的乐器。又,古时的直立的铜管乐器,便是这小号及长
号的前身。这些都是起源于古时狩猎用的号 trompe de chasse 的。
trompe 的指小词,便是 trompette,英语叫做 trumpet。

这乐器的音色锐利,有贯穿人的心灵似的强力。它在管弦乐合奏中
和别的铜管乐器一同表现;但自从短号出世以后,它受了很大的压迫,一
时陷入可怜的境地。然而这乐器在本质上与短号有很多不同,所以现在
仍旧被人充分认识其真价了。

它奏旋律的时候,非常鲜明庄重而严肃。华格纳作管弦乐时常爱用
这乐器,他常常用三个小号。这是为了要同音色的三个乐器来奏出三种
和声。

　　但普通的交响乐管弦乐合奏中,只用两个小号。有时和法国号一起用;有时用两个小号对抗四个法国号;有时使它独立而大大地发挥它的特征。

(一)小号与名称

俄	труба	复数	трубы
意	tromba	复数	trombe
	clarino	复数	clarini
法	trompette	复数	trompettes
英	trumpet	复数	trumpets
德	Trompete	复数	Trompetten

(二)小号的构造及发达史

　　关于这乐器的发展,已经在铜管乐器概说中及短号这一节中详说过了。小号的发达与号的发达同一源流,从猎狩用的 tromp 变成 trompet 的时候,没有活塞,是"自然小号"和"自然号",同为铜管乐器中最早应用于管弦乐合奏的乐器。起初管子是直立号形的,后来渐次改良,不像号的弯作圆形,比短号细长,在号类中是最细长的小型的乐器。这小号的大型化,便是长号。

　　小号于一七七〇年左右又有了"二重管式"的发明,后来又试作有键式。终于到了一八三〇年,萨特勒在来比锡完成了活塞式的小号。但这活塞的发明者是英国的克拉该特。他在一七九〇年间使用一个活塞,造成能够变两个调子的小号。后来由两个活塞增至三个活塞,这乐器就完成了(参照短号一节)。

西洋古代传说中有一个故事,说有一个英雄吹小号,那城头受了小号的声音的震撼而崩坏了。由此可知这乐器自古以来是战争及仪式用的。它与法国号同为号的始祖。

小号和法国号一样,在还没有装活塞以前,为了要奏种种调子,故各备十二种以上的乐器,即半音阶各音上各有一乐器。最初用的大约是 C 调,其次是 D 调、E 调、F 调等。后来作出高音的或低音的调子的乐器来。低音的调子,如 C 调以下的 B 调、Bb调,甚至 A 调。这 A 调乐器,其管子比现今的长号还要长,今日早已废置不用了。

现在把从前的"自然小号"的各种调子的乐器,照半音阶次序记列如下:

A　调(最低的调子)

B　调

C　调(最初的乐器)

Db 调

D　调

Eb 调 ⎫
E　调 ⎬(德国最多用的)
F　调 ⎭

F♯ 调

G　调

Ab 调

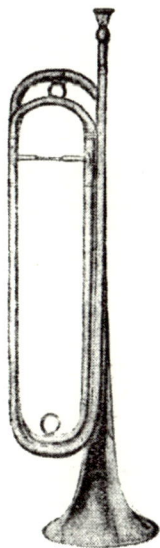

自然小号(natural trumpet)

A 调
Bb 调 } (与现代的短号同调,是最常用的)。

在古代,这么许多小号是和自然号一同被使用的。它与法国号保持八度的关系,这在前节已经说明过了。

这小号的低调子的乐器,能发出差不多和法国号相同的自然音。高调的乐器,能发出和短号相同的自然音。在罕得尔和巴赫的时代,这乐器的吹奏技术非常进步,竟能吹出单簧管所吹的旋律。但在从前,低音是很少用的。到了它变成活塞乐器的时候,它的音域方才扩大。自然小号不用于管弦乐合奏,在欧洲只是军队用的,特别多用于骑兵队而已。

(三)小号的性质及用法

今日最常用的小号,如前所述,是中部音调子的 Bb调的和 A 调的。F 调和 Eb调的有时也被应用。Bb调的和 A 调的小号,其音域与短号相同,其记谱法也相同。F 调的和 Eb调以下的,普通称为低音小号,其记谱法有两种。即如下面的表所示,甲是最普通的记谱,乙是稀有的记谱:

低音小号的记谱

但记谱即使像甲,吹的时候也要照乙的样子,高八度而吹奏。因为从前的许多乐曲作曲家都是这样记谱的,所以这等调子的小号的奏者必须注意这一点。

在现代,Bb调和 A 调及以上的高调乐器,被称为"高音小号"(petite trompette)。在交响乐演奏中,它们的位置不亚于短号,是许多作曲家所爱用的。在乐器制作术进步的今日,能使一个乐器因了附加管的伸缩,而能变调,或者立刻变成 A 调,或者立刻变成 Bb 调。又能使用弱音器,使它的音色及趣味完全变样。这乐器的记谱和实际发音,列表如下:

比这 Bb调乐器更高的调子的乐器,是 C 调的、D 调的、Eb调的等,这等乐器,曾经有一时被重视,当作 fanfare 的 soprano(华丽的高音的)乐器。作曲家曾为这些乐器作很多的乐曲。但事实上今天应用得已经很少了。因为这乐器的调子太高,吹奏困难;又因为今日别的完全的乐器已经有很多出现,故在吹奏技术发达的今日,这些乐器已经没有再用的必要了。

因为上述的理由,现在主要地使用的,是 Bb调的和 A 调的乐器。对于这些高音小号,前面的自然小号的中间的 Eb调和 F 调以下的乐器,被称为低音小号(trompette basse 或 bass-trumpet)。这些在从前采用者很多;但今日的管弦乐队中差不多已经不用;即使有这部分的需用,也用别的乐器来代替。在吹奏乐队中,则在需要为短号及高音小号添加势力时用之,其用途也已渐渐减少了。

这小号从原始时代以来是被当作战争的号用的,所以其音色的情趣是战争的、勇猛的,象征有理性的英雄、勇士或骑士,能煽动人的热情。古代罗马的骑兵所用的小号是圆筒形的细长的号,其音色使人可以想见。

小号是在细长的管中吹入力强的气息而发音的,故其音鲜明灿烂,表出自然的男性的情调,有着复单位的节奏和力强的 nuance(抑扬)。它能说明人类的意想和感情,能表达勇士的共同的精神,即骑士风的勇武、大胆、宽容、正义、刚健、忠直等精神。又能因了弱音器的应用,而表出英雄的胜利的预想。

但这乐器的特质,决不限于英雄的。它能够用奇妙的作用来表现其他一切自然的意想。它宜作美丽的歌曲的伴奏,或表现湖畔的黎明的曙光。格卢克(Gluck)的《在道理斯的伊非基尼阿》(*Iphigénie en Tauride*)的序曲的开头,以法国号为基础,而在其八度上加入这小号,用以表现海上的鲜明的太阳光,又巧妙地表出风暴的预兆。

韦柏的《奥培龙》(*Oberon*)的第二幕中,利用小号的鲜明的音来表示太阳西沉后的黑云的涡卷,渐次变成天候的险恶;后来铜管乐器变成了小调,单纯的节奏唤起粗暴的、恐怖的、宏大的感觉;在悲惨的巨人的叹息之下变成战争的号声的锐利的咒诅声。

这乐器因为善于表现宏大的光景,所以不宜在狭小的室内吹奏。即使你勉强取用在室内乐中,它也不能有美的表现。唯近来吹奏的技术非常巧妙,尤其是弱音器的利用,颇能补足这个缺点。

在歌剧创设时代,这乐器曾被取作歌剧伴奏。两个"克拉夫赏"(clavcin,即钢琴的前身)和小提琴,小号即加入于其中。在管弦乐中吹奏乐器占有确定的地位;在很早的时代,管弦乐中就用四个小号分为两

部(每部两个)而演奏。又有一时期,小号被用作独
奏的乐器,与人声一同响出。此种办法,在巴赫和罕
得尔的作品中用得很多。这时候吹奏者便勇敢地吹
奏这乐器。一七五〇年间,据说是专门在八度音上
吹奏的。后在渐次取用和其他的号类乐器一样的
吹法。

美的进步的结果,在高音号中,音色很美的短号
变成了一般的爱物。然而作曲家,尤其是交响乐的
作曲家,依然爱用小号,而且不限于高音小号,各种
调子的小号都被应用。

这或者是由于古典的范例的习惯的原故,或者
是因为要模仿先辈的手本而作曲的原故;也或者是
由于短号和小号音色的确不同,音乐的价值的确两样,作曲家对于这新
的乐器(短号)多少有些嫌忌,因此爱用小号。

今日吹奏技术非常进步,用短号可以吹出像小号的音;反之,用小号
也可以吹出像短号的音。因此无论用哪个乐器都可以的乐曲,世间已经
很多了。唯须注意:凡演奏古典的交响乐,总以用原作者所指定的乐器
为是。这不但小号如此,关于其他一切乐器都应该是这样的。因为,同
一种乐器,调子相异的,其音色的特质也相异。故演奏者依照作曲者的
要求,是当然的义务。然而,在许多作者的作品纷然杂陈地演出的今日,
要一一依照作者的要求,于经费上及其他条件上往往有所不便。所以这
个理想,有时无法实现为憾。

但无论如何,演奏者为了尊重作曲者,为了忠实于音乐,必须详细知
道原作所指定用的乐器。例如,原作用小号的交响乐,演奏者要用短号

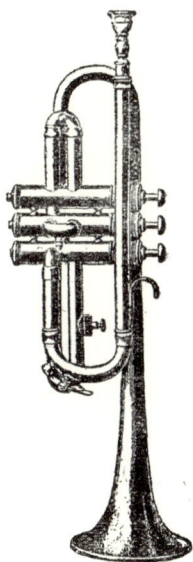

来吹奏它,那时演奏者倘能知道他指定的是小号,便想象小号的音色,则也可以传达乐曲的真精神。以上所论,综合地说,今日颇有要用短号和长号来代替小号的倾向,但演奏者务须明白小号的使用意义。

从实用方面考察,小号原来是比法国号高八度的乐器,所以音色与它相异;为了要把法国号的音域继续向上扩而用小号,是有效的;为了要把法国号的旋律移调而大大地扩张而用小号,是有效的。在从前,也有用小号在八度上和法国号吹奏同一旋律的。还有,用两个小号的时候,使它们相隔八度吹奏,或相隔五度吹奏,也有相隔三度或六度吹奏的。在二重奏或三重奏的时候,常常在同一旋律上作和声的演奏。照近来的倾向看,为了吹奏美丽的旋律,则用短号适宜得多。而小号的特色,适于节奏的表现,故宜用于节奏的乐曲或用以保持乐句的接续。在吹奏乐上尤其应该如此。

这乐器的特质,是音色富有热情,发音明了,断音能很快奏出。用舌头的双吐法及三吐法来奏断音时,能非常迅速地反复,长笛也不及它。

舌头的双吐法及三吐法的例如下:

又,这乐器能保持音的力量,要它膨大起来或次第减少起来等,都很自由。所以即使是单纯的乐句,也能应用它的激烈的抑扬而表现出色的剧的场面。

音量增减的例如下:

小号的双吐法和三吐法,或音量的增减及其他练习法等,都同短号的大致相同。这里省略了说明。

最巧妙地使用这小号的是华格纳。他最了解号和小号的特质,能自由自在地使用这等乐器。有人说,他的音乐是生在法国号和小号上面的。

小号吹奏的姿势

第四节　活塞的指法

在第一节中,已经说过对于铜管乐器的一般概念了。那里曾经说过,这些乐器成为完全的半音阶乐器时,其指法和活塞的构造有两种。这现在不须再加详说,现在但就这些乐器的吹奏者的实际技术的进步上,或理解这些乐器的原理说一说。

活塞的构造,外形上有完全不同的两种,即普通式与回旋式。但这两种式样,在造音程的目的上是完全相同的。活塞的个数,有三个的、四个的、五个的、六个的,因乐器而有种种不同。但四个以上的活塞,是为了扩大音域或换指;为了作半音阶,三个活塞已经够了。

我们必须先明白利用三个活塞,如何能作出半音。倘读者已经了解前面短号一节中所说的用“管式”的半音阶的作法,对于这活塞的方法也就很容易了解了。即“管式”的方法,是用三个活塞的指法来造成七个位置,利用各位置所发的倍音(自然倍音)而作成完全半音阶。

关于这自然倍音,第一节中也曾说明过,因乐器的不同而有种种不同的音域,但大体有下列三种:

（甲）法国号或小号

（乙）短号或狩笛

（丙）大号类

上面的图表中,在小号类中,因它型式的不同,而有与短号同音域的,也有连第十二倍音的。又,长号不放入此表中,因为这可以看作与短号一样的。其他在事实上也还有若干差异,但都可看作这三种中的一种。

号类有三种,即用第十二倍音到第十六倍音的乐器,用第二倍音到第八倍音的乐器和用第一倍音到第八倍音的乐器。

这等乐器仅用自然音,不能吹出半音。为填补它们的空间,而用其他倍音(由长度不同的管所发的自然音)。

但在这自然音阶中,当作今日的音阶的音时,有几个不适用的音,即上面的表中用黑符头写而下面附记两小划(＝)的。

这便是在达到第十六倍音的中间,有第七、第九、第十三、第十四的四个音是不适用的。由活塞的组织而作的音阶,就不用这四个音。即在十五音中除去四音,而拿十一个音来作音阶。这十一个音,因了各相差半音而下降的七个位置(长度相异的管)来造成半音阶的。

　　在普通活塞式的乐器上,不用活塞的音(吹奏者称这为 zelo,即 O),便是管的最短的长度。因为这是乐器的本质的音,所以根据这音而定乐器的调子。

　　从指法上说,这是第一位置,其所发的音即如下面表中所示。

　　三个活塞,则从号的吹口的地方数起,顺次名为第一、第二、第三。用指按这些活塞,空气就通入它的附加管,而附加管的长度是各不相同的。即按第一活塞,则发全音下的音;按第二活塞,则发半音下的音;按第三活塞,发一全音一半音下的音。同时按两个或三个活塞,则发两个或三个相和的音数下的音。

　　倘看作各别使用这三个活塞而造半音阶,则从第八倍音到第十六倍音的八度间,便发出完全的半音阶;从第四倍音到第八倍音的八度间,便没有 $g^{1\sharp}$;从第二倍音到第四倍音间的八度间,便没有 $g^{1\sharp}$、$e^1\flat$、d^1 和 $d^1\flat$,而降到第二倍音(c 音)以下的 A 音。

　　为填补这音阶的空间,可由三个活塞的种种组织,而用下表所示的倍音的群。

如上所说,用三个活塞可以造出一列的半音阶。然而有一点缺憾,仅乎这样,其中含中音调(音程)不良的音。这是因为附加管的制造,是适合着中间音部的某音,而教人一根一根地分别使用的;现在把它们合并使用起来,其长度的比例就多少有些不同了。这个道理,只要想想弦乐器的指法和位置的关系,便可了解。

例如,即使最短的半音的活塞(第二活塞),倘这是为中间音的 si-do 而作的半音,则在低音部 si-do 的时候嫌这 si 太高;而在高音部的时候嫌这 si 太低。

在半音活塞,也已经有这样的情形出现,那么在前面所说的(5)、(6)、(7)等位置,这情形一定更加显著,是可想而知的事了。

吹奏者知道了这机械的缺点,而欲弥补它,就全靠他的嘴唇的动作了。又从这道理推测起来,换指的时候,务须用短的管的位置的倍音。

现在把由三个活塞造成的半音阶的指法列表如下。表中的全音符,表示乐器的自然音;圆圈里面的是活塞的号码;上方有 * 记号的,表示前述的不确实的音。

为求正确起见,也有把第三活塞造成二全音的乐器。这乐器在前述(4)的位置时,使用第一活塞和第二活塞(1 音 + $\frac{1}{2}$ 音)。在(6)的位置时,使用第三活塞和第二活塞(2 音$+\frac{1}{2}$音)。在(7)的位置时,使用第三活塞和第一活塞(2 音$+1$ 音)。

其次还有四个活塞的乐器。这是为了弥补低音部的三个活塞的不正确,又为了扩张低音部的音域。

这第四活塞,普通是二全音半的附加管;也有三全音的附加管的。这似乎太麻烦了;但吹奏者倘能充分理解前三活塞的原理,这第四活塞也就容易应用了。

以上所说活塞的指法,是该发特的《乐器法》中的论法。现今乐器制造非常进步了,三个活塞的比例,完全不是 1∶2∶3 的比例,为了使音程良好,已经加了种种修饰。其结果是第二、第三的合同的活塞被盛用了;指法也有了很多的式样。现在实际应用的三个活塞的指法即如下表(表中上方的数字是普通指法,下方的数字是换指)。

以下再说有六个活塞的乐器。

萨克斯有鉴于前述的普通活塞的不正确，便考虑不要同时使用两个以上的活塞的方法。这便是用六个活塞来造成七个位置的方法。原名"pistons independant"即"独立活塞"。这些活塞是能够回旋的，所以普通称为"回转式"。这回转式活塞个数也很多；但只要知道了六个，其他的都容易知道了。

这回转式活塞的方法和普通活塞相反：不用指的时候，是管最长的时候；一个一个地按活塞，按出顺次高半音的倍音来。这方法是使全管半音半音地逐渐短起来，和从前的欧菲克莱德号同一道理。

下面的表是各位置发出的倍音，与应用时的半音阶的指法。

下表中上面的数字表示自然的倍音,中央的数字表示活塞号码。

活塞的指法,此外还有几种不同的方式。但读者只要理解了本书所说的道理,无论何种新式的号,都能很快地懂得其指法了。近来有一个乐器能变出许多调子来的。这也不过是变化其本管的长度罢了。

第五节　法国号

"法国号"(cor 或 horn),在形状上看来,是一种特殊的乐器。小型的音乐队都不用这种法国号。但在完全的管弦乐合奏队中,便非有这种乐器不可。

(一)法国号的名称

"cor"一语,是弯曲的角的意思。它的起因是古代狩猎时作信号用的角笛。在东方,普通都称它为 horn 或 French horn。其各国语的名称如下:

　　俄　por(валторна)

　　意　corno

　　法　cor

　　英　horn

　　德　Horn

(二)法国号的构造及发达史

在原始时代,把开洞的角或大螺蛳壳吹起来,用作狩猎、行列或战争的信号。这便是号的始源。后来人类进步,便用金属模仿角的形状而制造号。这些号是当时贵族们打猎时用的。它比以前的角或螺蛳壳发音更为宏大,被人当作贵重的东西。

这些号名叫"cor de chasse"(狩猎号)。过了若干时候,人们要它发出多几个声音,因而把管加长了。这里须得说明:号的管子,长与粗成一定比例时,越长则发音越长。例如步兵号只能吹出五个或六个声音;短号就有八个;小号有十二个;到了今日,法国号的管子很长,可以吹出十六个自然音。

法国号的管变成像今日那样长而圆而卷曲之前,会经过多次的变迁。最初把管子加长的时候,是就像角一般略微弯曲的一个号,形状庞大,非常不便。为了避免这不便,便把管子卷成圆形。最初只卷一转;后来管更长了,就卷好几转,像今日所见的那样。倘把法国号的管子拉直来,有的达一丈多,那是铜管乐器中最长的乐器。

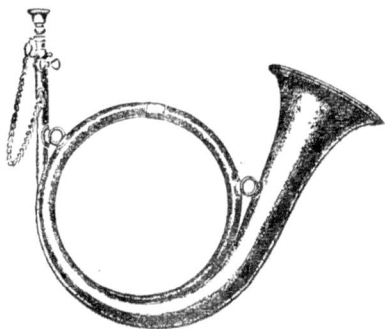

法国号在十七世纪时显著进步。在一八三○年左右,还没有活塞的装置。然而在这以前已经是能奏半音阶的乐器而为管弦乐队所盛用了。这乐器不用活塞,如何能吹出半音阶呢?因为这乐器的管子非常长,能发出很多的音;更有一种方法,便是把拳塞入号的口里,可使所发的自然音降低半音;倘把拳头再塞进些,竟可发出低一全音的音。全靠拳头和嘴唇的作用,吹奏者能努力在这不完全的乐器上吹出半音阶。

　　最初研究这种理论的人,是德国的一位法国号吹奏者哈姆普尔(Hampl)。这是一七五三年间发表的。

　　这乐器的一大进化,是活塞的应用。即如前面铜管乐器概说中及短号、小号节中所说,一八三〇年间所发明的活塞方法,在这乐器上也是应用的。用了之后,才成为像今日那样的完全的乐器。

　　没有活塞的旧时的乐器,叫做"自然法国号"(natural horn);装置活塞的乐器,叫做"半音阶法国号"(chromatéc horn)。

活塞法国号

(三)半音阶法国号的性质及用法

　　半音阶法国号法名"cor à pistons",今日所使用的,以 F 调的及 E♭调的为最多。其音域达于三个半"组"以上。

　　这乐器可作独奏乐器用,又可作合奏乐器用,用途很广。

　　从音色上说,法国号是号类中最近似肉声的乐器;但所谓近似,并不是像簧舌乐器似的照样模仿人的声带所发的本能的感情的叫声。因这原故,在人类自然的独吟的旋律上,不宜用这乐器。

　　它的独立的、深入人心似的音色的魅力,具有像长笛或竖琴似的诗的本质,能表现精神界内所起的意想。它所奏出的旋律,可说是人的情绪的最神秘的表现。

　　它的声音极沉静、柔和而力强,也能发粗大的音。它同别的铜管乐器和木管乐器对抗而用在交响乐中或一切剧的场面中。在管弦乐合奏中,它是不可缺少的一种美丽的声音。

　　这乐器在古代,被用作狩猎时的信号,人们用这乐器来表现神秘的山灵,大森林的光景,或湖畔的光明美丽的夏夜的月,或梦中的幻象;或用以表现小说中的神秘诡谲的故事,或用以描写广漠的高原中的牧羊神,号角一吹,羊群就会跟了号角的音调而动作……

　　因为有这样的表现力,所以它的奏法也花样繁多。大约可分为三种吹奏法,即普通的吹奏法,把拳塞入号的口中的吹奏法和把号的口向天的粗暴可怕的吹奏法。这三种吹奏法,音色和情趣各不相同。

　　把拳塞入号的口中,使发音含糊的时候,吹奏者必须注意:这时候法国号的发音比普通降低半音,所以吹奏者必须注意嘴唇必要的开度,必须用各高半音的指法。在这种时候,能够理解从前的号的原理,而巧妙地应用它,便能充分地奏效。

　　作曲家用法国号的含糊音来表现人心的挂念、烦闷、悲哀等情趣;用粗暴可怕的音来表现风暴、英雄的末路、思潮的高涨等情趣。普通管弦乐合奏中,用两个法国号;有时因乐曲的需要而用四个法国号。用四个的时候,每两个中还有分别,即第一和第三是高音,第二和第四是低音。

这乐器的音域如下:

海顿、莫差特和贝多芬等,曾经为这乐器作独奏曲、四重奏曲及其他各种乐曲。华格纳在他的管弦乐中巧妙地运用这乐器。

华格纳:《齐格弗利特》第二幕

(四)法国号的练习法

普通的法国号,是全无半音阶装置而吹奏半音阶乐曲的。现今已因了活塞的装置而成为完全的半音阶乐器了。从前的不便现在已经除去,但吹奏者仍不可不知道从前的乐器的原理。

现今的法国号吹奏者,往往不理解这原理,也不研究自然音和拳塞入号的口中所发的含糊的音的原理,又有把指法弄错的。他们信为拳塞入号的口中,音会高起来;塞进越深,发音越高——这真是滑稽的事!

活塞有普通式和回转式两种。法国号的管是细长的,吹入的空气的流动并不迅速,所以用回转式活塞最为相宜。

法国号的号口是很大的,它的铜皮的厚薄也有种种。薄的一吹就容易发音,但容易破损。厚的吹起来不容易发音些,但音色很力强。吹口的形状也有种种不同。这和音色大有关系,故吹奏者必须仔细选择,务使适合于自己的嘴唇。

关于吹奏法的练习,在短号和小号两节中已说明过,法国号也并无其他特别的吹奏法了。唯法国号的奏者,必须有很灵敏的听觉,即必须多少具有声乐的素养,而能够吹出他所想要吹出的音程。这一点能力,在任何乐器上都是必要的,但在法国号尤其必要。因为法国号的音程全靠嘴唇作主,嘴唇略有不正确,就影响音程。所以优良的法国号吹奏者,必须常常注意嘴唇和听觉的练习。

第六节　长　号

这乐器又名"梯形号",因为它像梯子一般很长。音色是男性的,有雄大的气象。在管弦乐合奏和吹奏乐合奏中,这都是贵重的乐器。

(一)长号的名称

长号就是大型的小号的意思。这是从意大利语 tromba 来的。trombone 是 tromba 的"指大词"。

trombone 德名 Posaune,这是从希腊语 Buxsávn 和拉丁语 Buccina 的古乐器名称而来的。今将各国长号的名称列下:

俄	тромбон	复数	тромбоны
意	trombone	复数	tromboni
法	tromborne	复数	trombones
英	trombone	复数	trombones
德	Posaune	复数	Posaunen

此外,又有因了乐器的大小,把人声所适应的四声部(高音部、中音部、次中音部、低音部)的名称当作形容词附加在上面的名称,在乐器的种类项下再说。

(二)长号的构造及发达史

长号与小号哪一个先出世,这问题不可考据了。推想它们的源流是相同的,小型的是小号,大型的是长号。

长号的起源,据说是"布契那"(buccina)。布契那是罗马的古乐器,是一个管子很长的直号。不久又出现一种新的形式,便是像木管乐器中的低音管似的,由两根长的管子连络而吹奏的。由此次第进化,便成为今日那样的细长的号。但由此达到完全的半音阶乐器,还须经过很长的时间。

人们想制造半音阶号,第一件要考虑的事,是使全管的长度减短,借以利用其他的倍音;这便是在管上适当的距离处开孔,由键的装置使孔可以开闭。试看今日还残留着的有键狩笛(bugle à clef)及欧菲克莱德号便可知道这事实。

其次要考虑的事,是使本管长起来,借以发出其他的倍音而造成半音阶。这便是前述的管的方法,即把两根管子合并,一根管子插入另一管子中的方法。这两根管子完全重叠的时候,便是这号的本来的管长。于是把管依照所需要的长度而拉长,由此作出半音阶。这管子的长度的移变,叫做位置。今日的完全的半音阶乐器"管式"长号(英名"伸缩长号",即 slide trombone)有七个位置。历史地研究起来,最初是直立号,只有两个位置,当然不能吹出全部半音阶,只能吹出自然的号的二分的倍音。后来渐次变成三个位置、四个位置。终于变成吹出完全半音阶所必需的七个位置,于是管式长号便完成了。

最后发明的是活塞的方法,为短号及小号所发明的活塞,在这乐器上也应用。

这管的方法和活塞的方法比较起来,表面上看来,似乎是全然不同的;但其原理是完全相同的。即前者由管的伸缩来变更位置(即管的长度),后者则用活塞的方法来开闭通达附加管的孔,而变更管的长度。

无论哪种方法,从管的最短时到最长时的距离,相差都是完全五度音程;各位置的距离都在于每个半音的地方,所以一共含有七个位置。

这七种不同的管长,发出各别的倍音。应用一切的倍音,而作成完全的半音阶。

管式和活塞式,位置的移动法不同。即在管式各位置的距离都是半音,要移到相连续的位置是容易的;但要移到不相连续的位置,例如从第一位置移到第六或第七位置,因为管的伸长需要时间,以致不能立刻发音。这样各位置的移行的时间就不均等,成了一个缺点。然而你倘慢慢地移动,使所发的音滑走过去,便好像人声的模仿,别有风味。因这原故,现今还有人舍不得它。

活塞式则无论到哪一个位置,都可用平均的速度而移行,这充分补足了管式的缺点。虽然不能像管式的使音滑走,但各位置都是机械的,音程非常正确,这一点却是进步的,所以在现今,这乐器跟了人的嗜好而被选用,有的人偏爱管式,又有的人尊重活塞式。近代的作曲家,倘是为了表现这乐器的特征而作的乐曲,必定明白地标出须用某式的长号。

(三)长号的性质及用法

仅用铜管乐器的合奏,用于赞颂诗之类;在这里长号就占据重要的地位。

本来这乐器是和合了人声而吹奏的,但今日已普遍用于各种演奏中。

长号的音色,完全是高尚的、壮大的;它的声调是伟大的音诗,沉重而强大。它能作出世间一切表情。从沉静的宗教的声调到英雄的狂暴的叫嚣,或从平静的大洋的远望到惊涛骇浪和暴风雨的来袭,它都能表现。

作曲者常常单用这乐器的吹奏,来表示司祭的合唱,或讣告的低音,轻微的叹息。有时和合了别的小号,而奏光荣的赞歌,或表现战栗似的情趣。

长号对别的乐器的同化性是很少的。它奏低音时,也很少有成为别的低音乐器的增兵的。仅用长号的齐奏来奏低音部,最富有优美的感觉。在乐器编成法中,像这样的平凡,像这样的调和,除此以外,恐怕是没有的了。

贝多芬常常在他的管弦乐中,像用小号一样的,用每种一对的长号。但完全的用法,以分三部为最妥当。因为分三部可以完全奏出三和音。

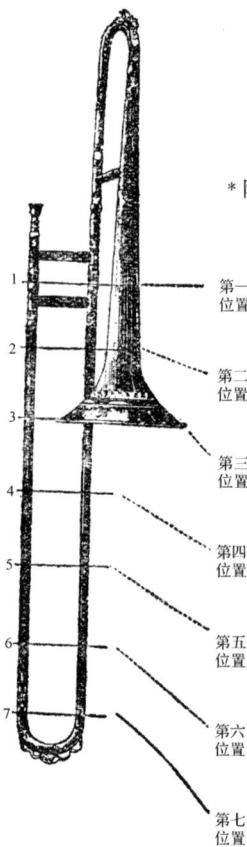

B♭调伸缩长号各种位置的说明

＊附有此记号者，表示可视情形而随意采用方法。

第一位置

第二位置

第三位置

第四位置

第五位置

第六位置

第七位置

C调音阶构成的例

读者又必须知道：这乐器用在管弦乐转变气势的时候，非常有效。

要在伸缩长号上奏完全的颤音，或非常迅速的音符的连续，实在非常困难，或竟可说是不可能的。怎样的速度才是适当？大约可说，allegro moderato(中庸的活泼)的四分之四拍子的乐曲中的八分音符连续,用这乐器吹起来是适当的吧。读者又必须知道:乐器越大,越不适于吹奏快速的音符。

长号有大小数种。其中最常用的最代表的,是"次中音长号"(trombone tenor)。普通单称长号,便是指这乐器。

这乐器有活塞式和管式两种。活塞式的普通是 C 调的;管式其本质是 Bb调的,但和别的 Bb调乐器不同,却是当作 C 调乐器用的。因此,这乐器的乐谱的记法,也宜用 C 调。这伸缩次中音长号,记谱是用 C 调的,乐器也是奏 C 调音的,因此人们以为它是 C 调乐器。其实不然,这一定是 Bb调乐器。为什么道理呢? 因为它的管子最短时的倍音和活塞次中音 Bb调长号的管子最短时(即不同指时)的倍音是完全相同的。

(四)长号的种类

这乐器本来有四种,适合于人声的四部,即高音(soprano)、中音(alto)、次中音(tenor)和低音(bass)。"高音长号"(trombone soprano)在今日已经没有了。现在的高音长号便是管式小号(trompette á coulisse)。但现今虽然没有了一种高音长号,却多了一种"最低音长号"(trombone contrabass),所以仍旧是四种。下面就这四种分别说明。

(1)中音长号

俄　алвтовый тромбон

意　trombone alto

法　trombone alto

英　alto trombone

德　Altoposaune

这乐器是 E♭调的,比下述的次中音长号调子高四度。但这在今日已经少用,故不详说。

(2)次中音长号

俄	тенорный тромбон
意	trombone tenor
法	trombone tenor
英	tenor trombone
德	Tenorposaune

普通称为长号的就是它。它的音色最美,实在有代表一切长号的资格。

一乐器的中间音部,发音必最容易,因之音色亦必最美,而为最重要的乐器。同理,同种类的乐器,其中间调子的必是代表的。这不但长号如此,别的乐器也都如此。

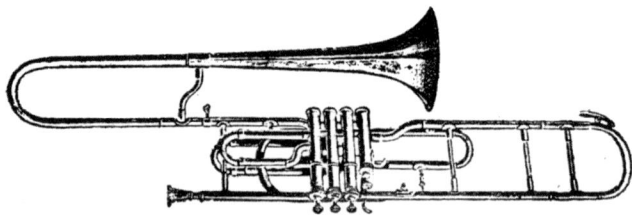

活塞次中音长号

所以要研究某种乐器,必须先举它的代表者,研究长号,必须先学这次中音长号。

活塞的次中音长号和短号、小号同样,故不须说明了。现在就伸缩次中音长号加以说明。

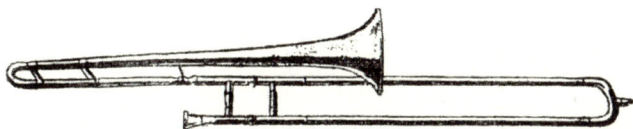

伸缩次中音长号

　　这乐器在法国称为管式长号(trombone à coulisse)，在英国称为伸缩长号，即应用管的伸缩而吹出半音阶的。管子完全重叠而最短的时候为"第一位置"。由此半音半音地下降，成为"第二位置""第三位置"……管最长的时候为"第七位置"。

　　各位置所奏出的倍音如下表：

　　左旁的罗马字表示位置，音符上的阿拉伯字表示语音。

把这些倍音组合起来,造成半音阶,如下表:

罗马字表示位置,阿拉伯字表示语音

(3)低音长号

俄	басовый тромбон
意	trombone basso
法	trombone basse
英	bass trombone
德	Bassposaune

这乐器有比普通长号低三度的 G 调的及 F 调的,又有比中音长号低八度的 E♭调的。它在长号群中奏低音部,最为有效。但这部分也可用次中音长号来代替。故在今日实际的用途上,它位在次中音长号之次。

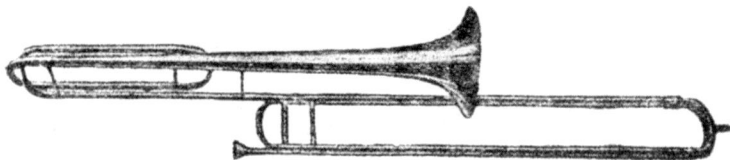

(4)最低音长号

俄　контрабасовый тромбон

意　trombone contrabasso

法　trombone contrebasse

英　double-bass-trombone

德　Kontrabassposaune

这是比次中音长号低八度的 B♭调乐器，是长号群中最庞大的一种。这是为了要在长号的低音部中增添更多的力量而作的。因为乐器太大，吹奏困难，这里也省略了说明。

以上四种长号，各有其音色的特征。作曲家希望用这四种乐器而作长号部分的乐谱，但因了实行上的种种不便，所以现在常常分为"第一""第二""第三"的三部，而用次中音长号演奏。这二部便是中音、次中音、低音的意思。华格纳在他的管弦乐中盛用"低音大号"（bass tuba），也是为了要使这低音长号的部分加强的原故。

(5)长号的练习法

如前所说，管式和活塞式两种长号，指法完全相异。所以这乐器和别的乐器不同，必须把两种分别练习。但其音色和音的开合（发音法）是完全相同的。所以学会了一种，另一种也就容易学会了。

初学者最好先练习最机械的，音程最正确的活塞长号。最好依据了这乐器的教本而练习。发音法和其他练习法与短号及别的号类相同，前面已经说明过了。

学习者倘能充分练好了这活塞长号，以后改用伸缩长号的时候，只须稍加练习便成功了。练习这乐器,宜注意练习位置的移动法。又在这乐器中,有别的活塞乐器中所没有的 portamento 和 glissando(两者皆滑奏音)的特别练习,这也非注意练习不可。这乐器有教本,初学者宜根据教本下工夫。

这乐器如前表所示,有七个位置。从每一个位置上可以发出好几个音;又同一音可在别的位置上发出;例如第六倍音的第一位置的 f 音,可在第七倍音的第四位置上及第八倍音的第六位置上发出。因此奏乐曲的时候,务须视当时的情形(前后的关系)而尽量利用容易移到的位置和容易发音的倍音。这是奏法的一个基本原理。这乐器的吹奏者,必须充分理解位置和倍音的关系。

伸缩长号吹奏者的姿势

第三章　打击乐器

第一节　概说

打击乐器是因敲打而发音的乐器的总称。这便是用敲打来使乐器振动而发音的乐器。一般最熟知的打击乐器是鼓类。但现在打击乐器的范围已经扩大了。因敲打而发音,是人类最原始的发音法。故在乐器中,比这再原始的是没有的了。根据它们的音而分类,可分为没有音程的乐器和有一定音程的乐器两种。根据它们的发音体的材料和构造而分类,可分为鼓类、钟类(铃类)两种。

这种乐器,不能表现人类的声音的抑扬;因此不能描写出明白的言语的感情。但它们能够表出音的明确的节奏,能表示人的生理的行动。

这就是煽动人的身体的运动,搅动人的精神,使之恍惚而神往。由此可以想象,从古以来,把打击乐器用作跳舞的乐器,是很自然的事。现代音乐中所用的打击乐器的一部分,便是太古时代所用的东西。

如前所述,从音乐的价值看来,打击乐器可分为两种。其一种是有一定的音程的,能够参加在和声及旋律中的乐器。另一种虽然也有音色的特征,但只能表现节奏。

现在依照这分类法,列表如下:

```
                        ┌ 大 鼓（grosse caisse）
                        │
                        │ 小 鼓（petite caisse）
                   鼓类 ┤
                        │ 手 鼓（tambour de basque）
                        │
                        └ 长 鼓（caisse roulante）
        无音程的 ┤
                        ┌ 三角铁（triangle）
                        │
                        │ 铙（cymbales）
                   钟类 ┤
                        │ 铃（bells）
                        │
                        └ 响 板（castagnettes）

                   鼓类 ──── 定音鼓（timpani）
        有一定音程的 ┤
                        ┌ 钟 琴（glockenspiel）
                        │
                   钟类 ┤ 钢片琴（celesta）
                        │
                        └ 木 琴（xylophene）
```

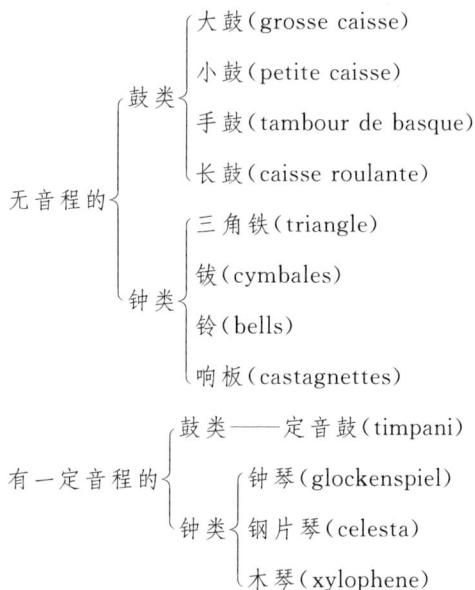

打击乐器的奏法和吹奏乐器的奏法全然不同了。第一，它们的发音法是由于敲打的，所以一切技巧都在手上。有的直接用手去敲打，有的用棒或槌去敲打，因了棒或槌的性质而变更其音色。例如打钟时，用金属制的槌去打或用木制的槌去打，所发的音的音色不大相同。手用力的软和硬，也能使音色发生差别。

要之，打击乐器演奏者的生命是打击法。我有一次遇见一位老练的打击乐器奏者，我问他打击法的秘诀，他的回答是：深通打击法的人，你把一张纸平放在水面上，离开水约两三分，而教他用槌打纸，他能够把纸连打多次而纸不浸到水。这实在是精通打击的技术的人的话。这样看来，打击乐器者的练习，是要能够用力永远平均地打击。换言之，是要能够用随心所欲的强度来打击乐器。

没有音程的打击乐器,是单靠节奏来表现的。一看似乎这演奏者是不需要听觉的素养的,其实不然。奏钢琴的人,倘没有听觉的训练,不能弹出美丽的音程。同时,没有音程的打击乐器的演奏者也必须经听觉的训练。因为他倘使没有听觉的素养,便不能打击切合于旋律的节奏,而旋律乐器与打击乐器变成了全不相关的东西了。反之,富有听觉的素养的打击乐器演奏者,所打出的音能和旋律的节奏相化合,而接受了旋律的音程,就同有一定的音程的乐器一样地演奏。

打击乐器演奏者在各乐器上的发音法,都是共通的。所以只修习了一种乐器的打击法,其他的便容易学习。要学习打击乐器,必须先学打击乐器的本源的鼓。

打击乐器中最难奏的,是有一定的音程的乐器。能打出半音阶的乐器,尤为难奏。因为这是节奏乐器,同时又是旋律乐器。

第二节　无音程的打击乐器

(一)大　鼓

俄　барабан басовый

意　tamburo grande 或 gran cassa

法　grosse caisse

英　bass drum

德　Grosse trommel 或 Turkesche trommel

大　鼓

　　这是最大的鼓。这"大鼓"的槌,头上卷着毛布或棉布。普通只用它的用力打击时所发的独立的音。倘拿住槌的中央,轻轻打鼓皮,使它振动,就发出 tremolo 或 trillo(两者皆震音)似的音。

　　为了要使大鼓的节奏的强音更强,有时同时加用"钹"。在极静的场面,为了要表出写实的或诗的情趣,也用这办法。为了要使它更明了,有时大鼓和钹分开用。在写实的场面,轻轻地打大鼓,使其发音像远处的大炮的声音。在剧的场面,其发音像远处的雷声或怒涛之声。其他尚有种种用法。

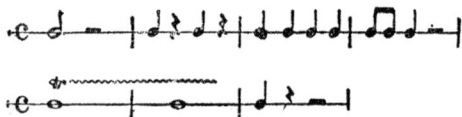

　　大鼓和"三角铁"一同用的时候也很多。普通所谓打击乐器,便是指这几种。这些打击乐器,在吹奏乐,尤其是行进曲、舞蹈曲等上,差不多不休息地使用,是极重要的乐器。但在管弦乐中,尤其是在古典的管弦乐中,却是很少用的。打击乐器除了音色的美及节奏的快感之外,别无音乐的价值。

(二)小　鼓

俄	барабан военный
意	tamburo militare
法	petite caisse 或 tambour militaire
英	side-drum
德	Militairtrommel

小　鼓

这鼓的本身,普通是金属制的。下侧张着肠弦,以持续鼓的响声。因这原故,这鼓的音色非常明朗,所以法语称它为"caisse claire"(清爽的鼓)。这鼓的鼓槌有两个,头上略微膨大。这乐器的奏法,比前述的大鼓需要更多的技术,这里须得加以说明。

①用一个槌打(ta)(♩)——难得孤立用。

②用两个槌打(fla)(♪)——这符号正确地写起来,应该是(♪♩)。它的重打是强拍。

③颤音奏法(roulements 或 tremolo)喊作"ra",有三打、四打、五打、六打、七打、八打、九打、十打等。

这颤音继续奏时,结果同弦乐器上的 tremolo 或 trillo 一样。其记谱法如下:

这颤音的记谱法,因了乐曲的速度而有种种写法,举例如次:

④这乐器普通用高音部谱表记谱。在作曲者看来,这乐器的音色如此明朗,应该写在高音部谱表上。但今日的印刷者为求乐谱的节约,把它们记在没有音部记号的一根线上,或和大鼓一同记在低音部谱表上,

或者和三角铁及钹一起记谱。

　　⑤在葬仪等时候,这小鼓用布包裹,或把布插在下面张着肠弦的地方。这样,其音色就变得非常悲哀,使人感动。

为了要作出悲哀的音色,有时也可把鼓皮放宽,使音色适当地变更。

　　⑥这乐器的作用是节奏的分割和煽动进行或跳舞的情调。许多小鼓同时用,更富有勇壮的特性。所以军队里常用这乐器。

这乐器又富有剧的情趣。故描写枪弹的爆裂、暴风雨的来袭、大浪的飞散等时和大鼓同时用,更有效力。此外节奏的一切描写,它都胜任。

(三)手　鼓

俄　тамбурин

意　tamburin

法　tambour de basque

英　tambourine

德　Baskische trommel

　　Schellentrommel

　　Tambourin

手　鼓

这乐器的奏法有三种：

第一，用手直接打鼓。

第二，把乐器摇动，使铃发响，像震音。

第三，用拇指的"震音"奏法。这时候用弦乐器的 trillo 或 tremolo 的记谱法如下：

这乐器的记谱，也同鼓和"三角铁"等一样，不用音部记号，记在一根平行线上。

(四)三角铁

俄　триангль
意　triangolo
法　triangle
英　triangle
德　Triangel

三角铁

这乐器是一根铁制的弯成三角形的棒条,用一根铁制的小棒来敲打。这乐器的节奏的打击有各种用法。

这乐器大都用在沉静而优美的场面。美丽的旋律的节奏上加了这乐器的音色,其乐曲更加神秘,好像把人引入银色的世界去。

(五)钹

俄　тарелки
意　piatti 或 cinelli
法　cymbales
英　cymbals

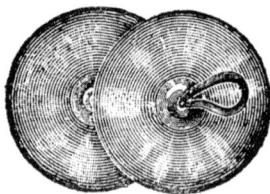

钹

德   Becken

这乐器是用一对的。两片互相打击,发出声音。但也有用槌敲一片而发音的。

两片互相打击时,记谱如下:

用槌打一片时记谱如下:

钹的颤音奏法有两种方法:一种方法是奏者的手插入两片钹的中间,而尽量快速地摇动它们。另一种方法是把钹挂起来,用槌打它。渐强(crescendo)和渐弱(decrescendo)的时候,必须用第二种方法。

在管弦乐中,这乐器的奏者有时是独立的。普通和大鼓一起用。

这乐器倘像三角铁一样地用在 *pp* 的沉静的旋律上,其音乐艳丽而高尚。反之,用作 *ff* 的打击时,使人联想泰山的崩颓,地球的毁灭。

此外还有几种没有一定的音程的打乐器,现在但把它们的名称记录于下。

(六)长　鼓

俄   тенорный барабан

意   tamb uro rullante

法 caisse roulante

英 tenor-drum

德 Wirbelrommel

Roll trommel

(七)锣

俄 тамтам 或 гонг

意 tam-tam

法 tam-tam

英 gong

德 Tam-tam

(八)响　板

俄 кастаньета

意 castagnette

法 castagnettes

英 castanets

德 Kastagnetten

响　板

第三节　有一定音程的打击乐器

(一)定音鼓

俄　тимпан 或 литавра

意　timpani

法　timbales

英　kettle-drum

德　Pauken

　　这是在锅形的金属板上蒙一张皮而成的鼓,是只有一面的鼓。单面鼓是这乐器的特征。它的音色和别的鼓不同,原因就在于此。

　　这乐器本来是东方的,中世纪流入西洋,就发达起来。战争及其他庄严的仪式中,这乐器当作小号的伴奏用。

定音鼓

　　骑手们常把这鼓挂在马上,庄严地敲打。这乐器用在管弦乐合奏中,是从律利的时代开始的。贝多芬以后的古典派交响曲中,这乐器是非有不可的。

　　这乐器的音色很好听,也能够奏出许多调子来,故为作曲者所尊重。从古代到现今,这乐器的音域约有三种。今日普通所用的定音鼓,其音域是从 F 到 f 的一组的半音阶。两鼓各能奏出下列的音:

(甲)大型的定音鼓所奏:

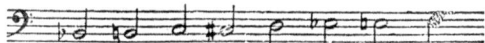

(乙)小型的定音鼓所奏:

　　贝多芬在他的《第七交响曲》及《第九交响曲》中,用到定音鼓最大音域如次:

VIIᵉ Symph.

IXᵉ Symph.

　　培利俄兹会用高的 f♯ 音。华格纳曾用下方的 F 音。但这些是极少的例。

　　定音鼓的构造有种种办法。现今最进步的办法,是用螺旋来作出某程度的调子。奏者用足一踏,就能自由变出调子来。有这装置,即席就可奏出半音阶来。

　　所以用这乐器,也能奏出如下的滑奏(glissando)。

奏者用脚去踏,可使鼓皮紧张起来,又弛缓起来。应用这方法,可以自由奏出如下的旋律:

在古典派的交响曲中,常用这调子的主音、属音或下属音,配在和声上,而作出节奏;或作出其他的音色。

这乐器普通是同时用一组(两个)的,也有用两组或三组的。培利俄兹在他的《幻想交响曲》的田园描写中,用调子各异的三组定音鼓来表示远方的雷声,是有名的事。

定音鼓踏脚的姿势

(二) 钟琴

俄	КОЛОКОЛЬЧИК
意	campanetta
法	carillon
	jen de timbre
	clochettes
英	chime-bells
	glockenspiel
德	Glockenspiel

钟琴

这乐器的构造有很多种类。其音域也有种种不同。音色则大都相同。用法也完全相同。大都所奏出的是记谱的高八度音。

(三)钢片琴

这乐器的音色像钟琴一般,是键盘乐器。其音色比起钟琴来更温和。它的名称 celesta 是发明者牟斯泰尔(Mustel)所定的。celesta 一语,意思是"天国的乐器"。它的音域有四组之广。实音比记谱高八度。

"钢片琴"的最好的音色,其范围如下,即从 d^2 到 a^3:

作曲者为这乐器所作的乐曲,其乐谱普通都与钢琴或风琴谱一样的记法。

(四)木琴

这乐器以"xylophone"或"zilafone"的名称知名于世。"xylo"是希腊语"xulon"(木)的意思,"phone"是"发音体"的意思。

木　琴

这乐器的构造,是用依照音阶比例的长短不同的木片,排列在一个架子上,用木制的小槌来敲打木片而发音的。其音域普通达于三组。记谱用高音部谱表:

但作曲家都有记在八度下的习惯。这乐器的最好的音域如下,即一组半,到 g³ 音为止。

实音　　　　记谱

这乐器的音色,是木质的音色,和钟琴完全不同。

圣-松(Saint-Saëns)的《死的舞蹈》(Danse Macabre)和马勒(Mahler)的《第六交响曲》中,表现这乐器的特征如下:

此外还有管钟(tubular bells)一类的乐器,式样略有差异,名称也有各种,但大体是同一种打乐器。这些乐器普通极少用到,这里不再列举了。

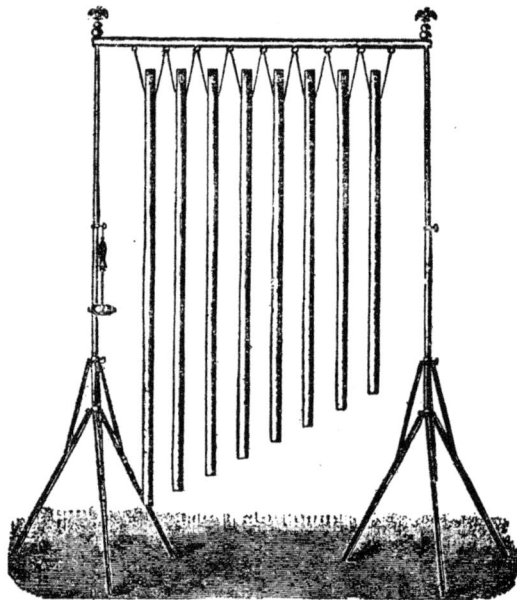

管钟

阿伊勃里特医生

［苏联］波略柯娃 著

丰子恺 译

译者序言

　　《阿伊勃里特医生》是朱可夫斯基所著的、苏联有名的童话。莫罗左夫把它编成巴蕾舞剧。这巴蕾舞剧在苏联获得广大群众的赞誉,尤其为青年、少年们所欣赏,作者及演员们曾经在一九四七年获得斯大林奖金。

　　波略柯娃要替青年、少年们解释这巴蕾舞剧,便写这册书。这书于一九五一年由苏联国立音乐书籍出版局刊行。书中叙述这巴蕾舞剧各幕中所演出的情节,所奏的音乐,各种主题的性状和意义,尤其是主角的精神和剧的中心思想。这书是帮助青年、少年们欣赏这巴蕾舞剧的。

　　这剧所根据的朱可夫斯基的童话之一,中国已有译本,即开明书店版、吴朗西译的《好医生》,而巴蕾舞剧则尚未在中国演出。我先把这书译出来,因为我预料这有名的巴蕾舞剧不久会在中国的青年、少年们面前演出的。

丰子恺

一九五二年六月八日

所有的苏联小朋友都知道《阿伊勃里特》(Айболит)医生。他们从很早的幼年时代就听到关于他的善良和亲切的故事,关于他帮助一切病人和弱者的故事。朱可夫斯基(К. И. Чуковский)曾经在他的有名的童话中描写关于这医生的事,我们在儿童的书籍中也看到关于这医生的图画。小朋友们都很能想象:戴着雪白的帽子和闪亮的大眼镜的、带着和爱的笑容的有名的兽医阿伊勃里特是甚样的一个人。

不久以前,苏联作曲家伊果尔·符拉其米罗维奇·莫罗左夫(Игорь Владимирович Морозов)作了一个儿童的巴蕾舞剧。在这剧中可以看到阿伊勃里特医生的奇怪的故事,他的对动物的友爱,他带了顽皮的小孩子万尼奇卡(Ванечка)和丹尼奇卡(Танечка)到非洲去旅行的情节。

作家阿波利莫夫(П. Ф. Аболимов)收集了朱可夫斯基所写的关于阿伊勃里特医生的生活和冒险的一切故事(《巴尔马利》〔Вармалей〕、《阿伊勃里特医生》、《电话》等),从这些故事里取材料,而写成了一个剧本(巴蕾舞剧的内容)。

巴蕾舞剧《阿伊勃里特医生》是少年的观众和听众所爱好的、有趣味的、动人的作品。

苏联政府非常看重这个巴蕾舞剧。最初演出这剧的演员们——诺沃西比尔斯克歌舞剧院的演员们——和作曲家伊果尔·莫罗左夫因此而在一九四七年光荣地获得了斯大林奖金。

从此以后,《阿伊勃里特医生》就在苏联的许多城市中演出,到处受到群众的欢迎,尤其是受到苏联小朋友们的欢迎。现在这巴蕾舞剧除了在诺沃西比尔斯克演出以外,又在莫斯科音乐剧院(用苏联人民演员斯大尼斯拉夫斯基〔Станиславский〕和涅米罗维奇-丹琴科〔Немирович-Данченко〕的名字为名称的)演出,在列宁格勒小歌剧院演出,在里加(Рига)、高尔基城、挨里温(Ереван)、梯比里斯(Тбилиси)和其他地方的歌舞剧院演出。在保加利亚和罗马尼亚也准备演出巴蕾舞剧《阿伊勃里特医生》。

《阿伊勃里特医生》这剧是巴蕾舞剧。巴蕾舞剧就是一种戏剧的音乐作品,其内容情节不用说话来表现,不用唱歌来表现,而仅用舞蹈和手势来表现。巴蕾舞剧的登场人物,在各种各样的舞蹈中,靠各种动作的帮助,而表现他们的体验、他们的心情和他们之间的相互关系。

巴蕾舞剧中需要音乐,不仅是为了在音乐声中跳舞要容易些、方便些。音乐又向舞蹈者暗示他们的动作和舞蹈,仿佛是用音乐的语言来告诉人们舞台上所发生的事件。

在普希金时代,即在十九世纪初期,巴蕾舞剧演出的时候,演出者常常依照自己的观察而选定剧的内容(有时特地编造出来,有时从某种文学作品中搬来),音乐则大都是偶然奏出的,和题材没有关联的。即由各种舞曲和各种名歌的改编等组成。即使也有制作特别的音乐的,但其音乐很空虚,并不能充分表现登场人物的体验,并不能描写他们的肖像。这种音乐只是为舞蹈的方便而设的。

在伟大的俄罗斯作曲家格林卡(М. И. Глинка,1804—1857)的作品

中,的确已经有过著名的巴蕾舞的音乐,例如:歌剧《伊凡·苏萨宁》
(Иван Сусанин)中波兰王的跳舞会中的舞曲,歌剧《路斯兰与卢德米拉》
(Руслан и Людмнла)中的在那伊纳(Наина)城堡中和在恶魔王国中的舞
曲便是。然而用一定的题材的、整个的、长篇的巴蕾舞剧作品,格林卡没
有作过。真正的巴蕾舞剧,即像我们现今所知道的长篇而独立的作品,
是在十九世纪的七十年代才出现在俄罗斯的。它的作者是另一位伟大
的俄罗斯作曲家柴科夫斯基(П. И. Чайковский, 1840—1893)。他的巴
蕾舞剧《天鹅湖》(Лебединое озеро)便是巴蕾舞音乐的第一个古典作品。
柴科夫斯基另外还写了两个巴蕾舞剧,即《睡美人》(Спящая красавида,
根据培罗〔Ш . Перро〕的有名的故事的)和《胡桃夹》(Щелкунчик)。后者
中有儿童参加表演,这是儿童参加巴蕾舞剧的第一次;剧中表演一个小
女孩子玛霞(Маша)和她的朋友——玩偶胡桃夹——的奇妙的故事。

　　柴科大斯基和继他而起的格拉祖诺夫(А. К. Глазунов,巴蕾舞剧《拉
伊蒙达》〔Раймонда〕、《丫鬟女郎》〔Ъарышня-служанка〕、四季〔Времена
года〕的作者),是俄罗斯古典巴蕾舞剧的创始者,他们的巴蕾舞剧早已
被全世界公认为最优良的作品。他们的巴蕾舞剧中的音乐,是由最美丽
的舞曲组成的,能表出登场人物的体验,强调舞台上所发生的一切事件
的意义。俄罗斯古典巴蕾舞剧中的舞曲,不但能发挥自己的技术,又能
帮助主角,使他们更深刻地表现自己的感情,表现他们的欢喜和悲哀。

　　为巴蕾舞剧作音乐的苏联作曲家,像柴科夫斯基和格拉祖诺夫一
样,都努力把他们的音乐作得简明而美丽,使它能够正确地、真实地表出
巴蕾舞剧的登场人物的感情和体验。优良的苏维埃巴蕾舞剧中的音乐,
必须能够表出它所描写的是甚样的人——善良的或是凶恶的,作曲家所
同情的或是不同情的。

每年有许多新的巴蕾舞剧在我们的剧院中演出,其中有几个很快地获得人民的赞许和爱好。在苏联作曲家的巴蕾舞剧中,有各种各样的作品:有的用古典文学作品为题材而写成,有的表现我们的社会主义的祖国的生活。众所周知,有最年老的苏联作曲家格利埃尔(Р. М. Глиэр)的优秀的巴蕾舞剧《红罂粟》(Краснъıй мак)和《铜骑士》(Медньıй всадник),其中的断片是广播台或演奏会中所常常演奏的;还有阿萨非也夫(Б. В. Асафъев)的《巴黎的火焰》(Пламя Парижа)、《巴赫奇萨拉伊喷泉》(Ъахчисарайский фонтан)、《高加索的囚徒》(Кавказский пленник)等,普罗科非也夫(С. С. прокофъев)的《柔密欧和朱丽叶》(Ромео и Джулѣтта)、《灰姑娘》(Золушка),哈查吐良(А. И. Хачатурян)的《格雅内》(Гаянэ),克列因(А. А. Крейн)的《拉乌林西亚》(Лауренсия)等,也是大众所周知的。有些巴蕾舞剧是特地为儿童作的,莫罗左夫的《阿伊勃里特医生》便是其中之一。

苏联儿童都很知道:在我们的国家里,友谊和亲睦支配着一切人,支配着各民族,这是世界上所没有的。

巴蕾舞剧《阿伊勃里特医生》中所表现的是:友谊何等有力量而牢不可破,野兽和鸟如何救助常常在困难中帮助他们的善良的医生。观众热烈地同情于医生和他的朋友们的遭遇和冒险,为他们的苦痛而悲伤,又和他们一同庆祝他们的制胜食人者巴尔马利和凶恶的强盗们。即使没有看到巴蕾舞剧而仅仅听它的音乐,也能清楚地知道:这里是黑暗的恶势力和光明与善良相斗争,而友爱战胜了恶人的一切计谋。

在歌剧和巴蕾舞剧的音乐中,有一种旋律,这些旋律和剧中的一定的登场人物相关联。这些旋律必须在这登场人物出场时奏出,而和他的特性与行为相适合。这样的旋律,我们称之为登场人物的音乐主题。有些主题长得好像一支歌曲;有些主题很简短,清楚地显明地表出各个登场人物的特性。

　　在巴蕾舞剧《阿伊勃里特医生》中也是这样。阿伊勃里特医生出场的时候,总伴着一个特殊的音乐主题:这是一个宽广的、曲调性的旋律,安定而光明。这主题很清楚、很显明地对观众说明了这善良的医生的特性和他对一切病人、不幸者和弱者的帮助(请看后面第 360 页上的乐谱图例 2)。阿伊勃里特医生另外还有一个简短而朴素的音乐主题。这主题仿佛在描写医生的肖像,他的亲切的微笑和慈祥的面貌。这两个表示可爱的医生的特性的主题,作曲家莫罗左夫是作得十分成功的——那么纯朴,那么温和,那么明朗,听了使人感觉愉快而爱好。

　　但巴尔马利出现在舞台上的时候,又有他所特有的一种音乐伴着他。这音乐和阿伊勃里特的安定的、谐和的主题大不相同了!这不是光明的、美丽的旋律,而是一种恐怖的、刺耳的和音,小号吹出威吓似的声音,鼓打出征伐似的声音。显然的,在这音乐之下将有一个那样凶恶残暴的怪物蛮横地出现,而在他的周围发散出恐怖和混乱(请看后面第 361 页上的乐谱图例 3)。

　　这巴蕾舞剧中的登场人物,差不多都表演一种舞蹈。当然,熊不能像燕子那么跳舞,雄鸡的跳跃和猫儿华西卡(Васька)的活泼的跳舞是完全不同的。我们看了表演这些跳舞的演员,就能很清楚地知道他们的区别。活泼的燕子何等轻快地、敏捷地飞翔,熊何等可笑地笨拙地踏步,雄鸡何等热狂地在舞台上跳跃!一切舞蹈都在音乐声中表演,而音乐帮助演员们演出每一个动物所特有的动作。作曲家在音乐中很正确地描出了这巴蕾舞剧中每个登场人物的典型的动作。

不但是动物们如此。阿伊勃里特医生和一切动物的两个朋友,顽皮的小孩子万尼奇卡和丹尼奇卡,都表演着他们自己的愉快而活泼的舞蹈("丹尼奇卡的舞蹈"和两个孩子一同表演的"波兰舞")。他们的舞蹈音乐中的断片,后来在这巴蕾舞剧中有好几次重复出现。波兰舞中的断片的重复出现,尤其富有意味。在这活泼而热烈的舞蹈中,万尼奇卡和丹尼奇卡第一次向观众们表演了他们的玩意儿和淘气。当他们想要逃到非洲去的时候,又听到波兰舞的音乐断片,这音乐仿佛在说:"那么顽皮的孩子! 你看,他们预备干什么了!"当这两个孩子被吃人的巴尔马利抓住了的时候,波兰舞的音乐又重复奏出,然而它在这里已经改变,成为可怕的声音,仿佛在对孩子们说:"你们看,你们的淘气造成怎样的结果!"然而,在巴蕾舞剧的末了,两个孩子同了阿伊勃里特医生平安无事地回家的时候,他们的波兰舞的音乐何等愉快、欢喜而热狂!

你看,音乐的表现力何等丰富,它何等善于表明登场人物的特性、他们的品行和与巴蕾舞曲中别的登场人物的关系! 音乐分别地描写:一方面描写医生、丹尼奇卡和万尼奇卡、他们的祖父和祖母、水手和动物们;另一方面描写巴尔马利和强盗们,还有凶恶的动物虐待者伐尔伐拉(Варвара)和卡比托尼(Калитони)。伴着巴蕾舞剧中的善良人物的音乐是纯朴的、明朗的、谐和的;他们的舞蹈是愉快而活泼的。在这里面可以听到一种不屈不挠的、沸腾的力量和热烈而欢乐的生活;这是无论哪一个卡比托尼所不能把它关闭在笼中的,是无论哪一个巴尔马利所不能把它克服的。

巴蕾舞剧的内容

登场人物

丹尼奇卡（Танечка）	狐狸
万尼奇卡（Ванечка）	猴子奇奇（Чичи）
阿伊勃里特医生（Айболит）	小兔子(2)
伐尔伐拉（Варвара）——医生的姊姊	小狗(4)
万尼奇卡的祖母	燕子
丹尼奇卡的祖父	鸭子奇卡（Кика）
邮差	猫头鹰笨巴（Бумба）
船长、水手们	仙鹤
巴尔马利（Ђармалей）	雄鸡
强盗(6)	猴子(6)和小猴子(6)
狗儿阿汪（Авва）	鳄鱼和小鳄鱼(2)
熊米希卡（Мишка）	长颈鹿

猫儿华西卡(Васька)　　　　　　象

卡比托尼(Капитони)　　　　　　以及其他兽类和鸟类

序　乐[1]

在巴蕾舞剧之前,序乐奏出愉快而欢乐的音乐。这音乐我们在第二幕中又将听到一次,即在痊愈了的小猴子和他们的父母要去感谢他们的救命人阿伊勃里特医生的时候。

这音乐在说明:善良的医生怎样治好了一切患病者,这班患病的野兽怎样爱护而感谢他们的救星。也可以说,这音乐是表现野兽们对他们的医生阿伊勃里特的仁术的信仰。

医好了大家的病,

善良的阿伊勃里特医生!

(1) Allegro giocoso

---

〔1〕 序乐,就是歌剧或巴蕾舞剧前面所奏出的音乐。序乐中常常出现剧中的重要的主题。有时在序乐中描出主要的登场人物的音乐的肖像(例如歌剧《欧根·奥涅金》〔Евгений Онеґин〕的序乐描出塔其雅娜〔Татьяна〕的肖像)。

此后,管弦乐中奏出了一个美丽的、平稳而亲切的主题,这正是在巴蕾舞剧中伴随阿伊勃里特医生的。

在这宽广而富有表现力的旋律中,可以感到医生的温和与善良,同时又感到他的毅力和积极性。仅乎有善良的心,是不够的,必须还有永远坚持真理和正义而和生活中所遇到的一切邪恶相斗争的勇气。阿伊勃里特医生正是这样的人,他的音乐主题正是表现这一点:

(2)

阿伊勃里特医生的主题的平稳而明朗的过程,忽然被一种强烈而粗暴的和弦所打断,仿佛奏出了一个凶恶而拙劣的进行曲的声音。

这是作曲者预先告诉听者关于"横行非洲,捉食儿童"的可怕的食人者巴尔马利的事:

(3)Marziale

"巴尔马利王国"的可怕而怪异的音乐告诉我们关于医生和他的朋友们在非洲的灾难,关于他们如何被捕而幽闭在可怕的山洞里,如何从那里逃出而恢复自由。这音乐渐渐地消沉了,恶势力已制胜,医生和他的同行者平安地回到了自己的家里。于是,序乐开始时奏过的欢乐的音乐重新出现,现在这音乐是说明医生、丹尼奇卡、万尼奇卡和野兽们战胜巴尔马利的阴谋的情况的。

在序乐的最后的地方,又出现了一个描写医生的肖像的、短简的音乐主题。在这常常伴奏医生出场的、温和的、从容不迫的、亲切的乐句中,仿佛看见他的明朗而慈祥的微笑。

　　序乐平静地、温和地结束,并不间断,立刻就奏出第一幕第一场的音乐。

第一幕

　　阿伊勃里特医生的小屋位置在海岸的安静而美丽的一角。丹尼奇卡和万尼奇卡的家同它并列着。幕揭开的时候,舞台上一个人也没有。悠闲而清朗的音乐描写着夏天光明的早晨的光景。铜管乐器的法国号(валторна)吹出绵长的、沉思的曲调。这乐器的声音温和、富有表情而明朗,好像猎人的号角的声音。这声音使人想起猎人们奔跑着的森林、田野和草地。因此,作曲家要描写自然风景的时候,就教这法国号用它的柔和而沉静的声音来吹奏。

　　和法国号的吹奏相应和的,是一个响亮而尖锐的声音,好像小鸟愉快的啾啾声。这是木管乐器的长笛(флейта)的声音,这乐器能从一音跳到另一音,比管弦乐中一切乐器都敏捷;又能吹出最高的声音,比一切乐器都容易。

　　长笛的声音那么美丽而富于变化,它能够同莺啭相竞争。

　　四周和平而安静,忽然从远处传来一个有趣的、仿佛抱着不平的同时又和蔼可亲的曲调,这是木管乐器群中的低音乐器大管(фагот)的声音。它有一种温和的、略带不满意的声音,使人联想到老祖父的不平的喃喃声。当大管试奏快速的、活泼的旋律的时候,它就有些拙劣。现在大管所奏的,使我们听了似乎觉得丛林后面有一种沉重的同时又温和的步声。原来在丛林中通达外面的小路上,走出一个笨拙的、脸上缚着绷带的熊儿米希卡来。这不幸的东西患着牙痛病,他来请教一切痛苦和不幸的救星阿伊勃里特医生。这不平的、笨拙的同时又温和的音乐,便是描写米希卡的肖像给我们看的!

(4)大管

在米希卡之后,跳跳蹦蹦地走出来的是雄鸡——有名的喧哗吵闹的家伙。但现在他的跳跃的确没有那么活泼而高兴了,因为他的翅膀痛,他是来请阿伊勃里特医生治疗的。快速而敏捷的音乐强调地描写出雄鸡的局促不安的特性:

(5)Allegretto

大管的忧闷而悲哀的曲调在猫头鹰笨巴出现的时候奏起来了。这只阴郁的林中的鸟,眼睛很不好,医生早已替她配了一副眼镜。但是现在她遇到了不幸:那副眼镜打碎了,这猫头鹰完全看不见东西了,尤其是在明亮的太阳光底下。两只小兔子扶了她走出来:

(6)Moderato

　　忽然听见了响亮而勇敢的声音,好像愉快的、活泼的进行曲,这是猫儿华西卡出现了,他是附近的一切猫里面最勇敢而最会吵的猫。虽然现在他的尾尖上因为在最近的斗争中受了伤而缚着绷带,但华西卡走到阿伊勃里特医生这里来,仍旧神气十足,他在从狗棚中探头出来窥看的狗儿阿汪前面跳跃,用他的尖锐而弯曲的脚爪在阿汪的鼻子前面挥动:

(7) Alla marcia

　　在热闹而略带纷乱的音乐之下,患病的野兽们聚集到医生这里来。这音乐在巴蕾舞剧的后面也奏了好几次,表现野兽们对医生和两个孩子的温和的友谊,表示他们的互助和他们会面时的欢喜。当野兽们在困难中帮助阿伊勃里特医生的时候,总是重新奏出这音乐,这音乐可以称为"友谊的主题"。

　　其他一切患病者都集合在阿伊勃里特的门前:猴子奇奇、狐狸巴德里开也芙娜(Патрикеевна)、燕子、鸭子奇卡、拖着受伤的长脚的仙鹤和别的野兽。他们都有病痛,都来请医生治疗;他们聚集在院子里,等候阿伊勃里特出来,同时都在那里看门上的很重要的告示:

请 患 病 者
不 要 互 相 吞 食

　　太阳越升越高了。不但野兽都睡醒,人也起身了,左边的小屋的门开了,跑出一个小女孩子来,这就是丹尼奇卡,她是同她的祖父同住在这屋子里的。野兽们欢迎丹尼奇卡：猫儿华西卡柔媚地弯着背脊，在她身边咪呜咪呜地叫；狗儿阿汪摇着尾巴，欢喜地跳来跳去；别的鸟兽也都亲爱地来向女孩子问候。这个愉快而活泼的女孩子一面和动物们一起跳舞，一面眺望着右边的房子，这房子是她的最要好的朋友万尼奇卡和他的祖母所住的。丹尼奇卡的舞曲的柔和的、略带娇痴的旋律，同这顽皮的小女孩的性格十分适合：

（8）

万尼奇卡也出来了！两个孩子跑拢来相会，手拉着手，一同跳一个活泼而热烈的波兰舞。

（9）

　　丹尼奇卡和万尼奇卡同情生病的动物们,想要帮
助他们,就走到阿伊勃里特的门口的阶台上,敲敲门,
医生当然早已起身了,只是他没有知道有这许多病人
在等候他,否则他早就招呼他们去医治了！门里面答
应着的是阿伊勃里特医生的姊姊伐尔伐拉的怒气冲
冲的声音。两个孩子跑开了,伐尔伐拉手里拿着一把
很大的有刺的扫帚,出现在门口了。她出现的时候,
管弦乐中奏出猛烈的、不满意的音调,使人联想到她
的发怒的声音。这愤怒的、阴气的音乐表示伐尔伐拉
的凶恶的性格。伐尔伐拉挥着扫帚,赶过来驱逐动物
们,她的舞曲是用"玛茹尔卡"[1]形式作的,仿佛是在描写她和鸟兽们的
斗争。雄鸡起初勇敢地抵抗伐尔伐拉的袭击,但后来一见扫帚,就畏怯
地退去了。

　　不声不响的但是愁眉不展的猫头鹰笨巴的神气,使伐尔伐拉怕起
来。这可怜的鸟没有眼镜是什么都看不见的,老是在那里彷徨。然而,
当她展开她的阔人的、灰色的翼膀的时候,伐尔伐拉吓了一跳,向后
退步。

　　伐尔伐拉很难对付野兽们！当她用扫帚来威吓狗和猴子的时
候,猫儿华西卡用爪去搔她,鸡也设法去啄她;等到她回转身来,他们
都逃走了……结果,在伐尔伐拉的背后,鸟兽们很快地爬上了阶台,
一个一个地走进屋子里,处在阿伊勃里特医生的可靠的保护之下了。

────────────

　　〔1〕 "玛茹尔卡"(мазурка)是活泼而愉快的波兰民间舞曲,十八、十九世纪中风行于
全欧,获得盛名。

愤怒的伐尔伐拉走到别处去了,努力帮助动物们钻进阿伊勃里特的屋子里去的丹尼奇卡和万尼奇卡就欢庆他们的胜利。

然而孩子们欢庆得太早了。忽然响出了战争信号的可怕的声音,鼓声像雷一般响起来;他们看见伐尔伐拉回来了,随伴着野兽贩子——有名的野兽虐待者——卡比托尼。卡比托尼拖着一只笼子,笼子里面坐着四只小狗,互相挤在一起。

这时候,患病的飞禽和走兽开始从医生的屋子里一个一个愉快地走出来。他们愉快地跳舞,因为医生给了每个人医药,他们大家都立刻恢复健康了。

他们突然看见了卡比托尼。那野兽贩子手里拿着一根粗索子和一根大得可怕的鞭子,他不绝地挥动着鞭子,向这班野兽走来。鸟兽们听了鞭子的声音都吓怕了,大家四散奔逃。卡比托尼不绝地袭击他们。熊正想出来保护被欺压的动物,但如像打枪一样的、可怕的鞭子的打击逼得他也只得退却而逃走了。于是粗大的绳索缚住了吓丧了的鸟兽,卡比托尼便在他们面前演出一个可怕的舞蹈,每一秒钟用鞭子敲打一声:

(10)Vivo

忽然那安稳的小屋子的门开了,走出阿伊勃里特医生来。他微笑着,他的眼睛从大而凸出的眼镜后面和蔼地向前看着。他戴着医生的白色小帽子,穿着医生的白色长袍。于是,一切被欺压的鸟兽和愤怒的丹

尼奇卡和万尼奇卡,都知道不须再恐怖了,他们大家都放心了。

医生看到了被粗索子圈套着的动物和侮辱着他们的凶恶的伐尔伐拉和卡比托尼,大为愤慨,他坚决地向着他的姊姊和她的残酷的朋友,要求他们马上释放一切动物,甚至关在卡比托尼的笼子里的四只小狗。

医生一出现在舞台上,管弦乐就奏出我们所已经熟悉的、他的明朗而宽广的主题。这主题的可爱而亲切的旋律,现在奏得特别温和而恳切——是由小提琴奏出的。小提琴(是用弓拉奏的)是最富有表现力的、最美丽的乐器;它所奏的声音有时使人联想到美丽的人声。

凶恶的然而胆小的卡比托尼看见医生就逃走了,丹尼奇卡和万尼奇卡很高兴,便把笼子打开,从笼子里跑出四只被贩卖的小狗来。小狗们看见了周围的人们和兽们,大约以为它们是在马戏团里,要向观众表演了,便排起队来,表演了一种有趣的马戏团的舞蹈。你知道小狗们在甚样的音乐之下跳舞?作曲家莫罗左夫用了一个大家都知道的旋律,这旋律是许多年幼的孩子所熟悉,而常常用一个手指在钢琴上弹奏的(《狗儿圆舞曲》)。这时候所奏的正是这旋律:

(11)甲

但在这里作曲家已加以变化,现在听起来不像圆舞曲,却像波兰舞曲了。当小狗们表现着有趣的马戏团的舞蹈的时候,旋律的变化是这样:

(11)乙

(11)丙

小狗们表现了它们的舞蹈,就参加到欢欣地围绕在阿伊勃里特医生身边的其他的动物的群中。每一只小狗都想竭力地向善良的医生表示自己的亲爱和感谢。

但是响出了报告某种重大事件的小号声。你们一定都听见过小号的声音,这是铜管乐器中发音最尖锐而响亮的乐器。小号常常吹奏军营中和儿童团夏令营中的各种信号,小号在管乐器中担任最主要的任务。在古时候,小号的声音表示战争、一切竞技和其他重大事件的开始。

现在一定是发生了什么特别的事故了。小号的响亮的声音使得听众都耸耳静听。

从小路上走出一个邮差来,大家很高兴。邮差把儿童杂志送交万尼奇卡和丹尼奇卡,送交医生的是报纸和……一个电报。这是什么电报?从哪里打来的?孩子们、从房子里跑出来的老祖父和老祖母以及动物们,团团围住了专心阅读电报的医生。

电报带来什么消息呢?为什么医生的脸立刻变得那么严肃呢?

只听得医生念道:"在非洲,小猴子们生了很重的病,没有人能够救治他们,倘使善良的阿伊勃里特医生不来救治他们的话。"

医生,请你来,

赶快到非洲来,

请你来救治

我们的小孩子!

医生看看他的朋友们,看看在夏天的落日的明亮的光线之下咆哮着的海水,断然地说道:"我到非洲去。"

医生刚说出这句话,管弦乐中就奏出新的、美丽的、歌唱似的旋律。作曲家莫罗左夫称这旋律为"航海旅行的主题"。这音乐将在这巴蕾舞剧中反复许多次,即在这善良的阿伊勃里特医生乘船到遥远的非洲去的时候。这旋律柔和而略带悲哀,仿佛是在对听众叙述神异的远方的国土的情状,叙述阿伊勃里特的船所航行的、温暖的南方的海的情状:

(12)英国管及大提琴

等等

医生有很大的决心。他请他的朋友鲁滨孙船长用他的船载他到非
洲去。鲁滨孙满口答应了医生。船长和水手们来到阿伊勃里特门前的
草地上,表演一种热烈的水手舞。

医生准备出发了。他决定带着狗儿阿汪、猫儿华西卡、狐狸、燕子、
猴子奇奇和熊同去,万尼奇卡和丹尼奇卡当然尤其兴奋。他们也想到远
方的神怪的非洲去,去看看热带地方的居民,看看猴子、长颈鹿、鳄鱼和
象。两个孩子请求医生带他们去。他们情愿听从医生的话,情愿帮助
他,无论在船里或者在非洲;他们很希望参加生病的小猴子们的救治工
作! 然而医生不答应他们。年纪小的孩子们不应该到非洲去:

> 年纪小的孩子们
>
> 无论如何
>
> 不可到非洲去玩!

非洲有鲛，

非洲有大猩猩，

非洲有大而凶的鳄鱼

要咬你们，

要打你们，欺侮你们；

孩子们，不要到非洲去玩！

　　阿伊勃里特医生、老祖母、老祖父，连船长鲁滨孙，都对他们这样说，丹尼奇卡和万尼奇卡的请求和愿望完全落空，只得哭丧着脸，愁苦地散归家去。

　　天晚了，已经是睡觉的时候了，空空的舞台上很寂静。只有管弦乐队在奏出一种柔和的声音，使人联想到黄昏的鸟的孤独的叫声，明朗而清澈的催眠歌正在逗万尼奇卡和丹尼奇卡入睡。

　　旅行就在这时候准备起来了，船长鲁滨孙的船开近了岸边，水手们和来帮忙的动物们把一切必需的东西装到船里去，从医生的家里搬出许多装药品的大匣子、装棉花和绷带的箱子、保温器、温度表和玻璃药瓶。

　　忽然听见一种简短的、断续的而很熟悉的声音。这是万尼奇卡和丹尼奇卡跳波兰舞时所奏的音乐，现在这音乐奏得谨慎小心而神秘，仿佛孩子们偷偷地踮着脚尖在走步，不错，正是这样！看守箱子的熊一走进阿伊勃里特医生的屋子里去，两个孩子便同时从自己的门中探出头来，然后跑拢在一起，他们决心要到非洲去。然而怎么办呢？躲进船里去吗？那里有水手和搬运物件的野兽们。怎么办呢？丹尼奇卡心焦而烦恼起来，忽然听到脚步声，万尼奇卡揭开了装棉花和绷带的箱子的盖。啊，这里面可以躲的！两个孩子就隐没在纱布和棉花中了。

野兽们来搬运东西了(管弦乐中奏出欢喜而活泼的"友谊的主题");熊儿米希卡和狗儿阿汪拿了沉重的锤子和钉来。听见钉箱子盖的很响的敲打声——于是一切都准备好了。熊把一个箱子背在背脊上,别的野兽们用力地去搬第二个箱子。

船上装载物件已经完毕了。同去旅行的野兽跟着医生走向埠头去。只有熊儿米希卡跑回林中去,因为他还要带一桶蜜在路上吃。

留在这里的野兽心中充满了恐慌。他们看见伐尔伐拉看着他们和离去的医生,凶恶地擦着手掌。

船开了,大家挥手,祈愿医生一路顺风;这时候管弦乐中奏出宽广而明朗的、阿伊勃里特的主题,表示他的善良的行为。忽然米希卡带着一桶蜜来了,啊,不幸得很! 他来不及上船了。米希卡悲痛地哭起来。忽然卡比托尼闯出来,用锁链把他缚住了,可怜的野兽们现在失去了保护,将是很不幸的了!

第二幕

第一场

舞台的幕在已经熟悉的"航海旅行"的音乐中揭开了。在观众面前出现一片广大的海景。巨大的波浪均匀地起伏着,阿伊勃里特的神奇的船合着音乐的拍子而摇摆着。船长鲁滨孙在望远镜中眺望。陆地接近了。医生和他的朋友们都兴奋地眺望着不相识的非洲的海岸。

第二场

　　非洲的光景。与第一幕里的音乐完全不同的、徐缓的、沉重的和弦，告诉听者遥远的、神秘而奇怪的国土的情形，使得大家耸耳静听。

　　在热带的大森林里，在缠绕着热带的寄生植物的茂密的树林中间，有着猴子们的住屋。森林一直延长到海边，远处有白云飘着。

　　这是炎热的夏日，赤热的空气使人透不过气来，躺在茂密的寄生植物底下的地上的可怜的小猴子，因为炎热而全无气力了。他们都生病，郁闷而且痛苦。

　　　　他们躺着说梦话：
　　　　"唉，他为什么还不来，
　　　　唉，他为什么还不来，
　　　　阿伊勃里特医生？"

　　母猴们挥着棕榈叶子，在那里逗小猴子们入睡。管弦乐中奏出静静的、同一的、很富有表现力的，然而在我们听来有些奇怪的旋律。这旋律是木管乐器——英国管（Английский рожок）——所奏出的。这乐器的声音很美丽，有些深沉而使人欲睡的感觉，它的特殊的声音使人联想起古代的、牧人所吹奏的笛。作曲家常常教英国管演奏东方的和南方的民间的旋律，因为它的声音是很适宜于这种旋律的。现在这乐器就用它的从容不迫的、悲哀的声音来告诉我们唱着这种歌曲的、遥远的、神奇的国土的情形。作曲家称这音乐为"非洲眠儿曲"。

　　母猴和本地医生——长颈鹿、鳄鱼、象——都无法救助小猴子们。

忽然响出了有生气的欢乐的声音。海上面出现了燕子，她是飞得很快的小鸟。她盘旋在猴子们的村庄上面，愉快地叫着，告诉他们：她护送善良的阿伊勃里特医生到这里来了。教猴子们不要悲哀，医生就要到他们这里来了，他的船立刻就要出现在水平线上了。

猴子们满怀着兴奋和欢乐，他们不知道如何感谢这只可爱的燕子。表现他们的悲哀的催眠的音乐，现在变成愉快的、断续的了。以后就奏出阿伊勃里特医生的旋律——这是表示他的船在远处出现了；重新奏出"航海旅行"的旋律，最后又奏出阿伊勃里特的宽广而含有表现力的主题。医生近来了，近来了！船已经靠岸了，水手们用锚索把船系住，善良的阿伊勃里特医生从船里出来，踏到了非洲的土地上。燕子愉快地飞绕船的桅杆，箭一般地穿过了高高的棕榈树而降落在她所爱护的医生身边。阿伊勃里特在燕子的舞蹈音乐声中走到海岸上。水手和动物们在他后面搬运行李。

> ……阿伊勃里特
> 一边挥着帽子，一边高声叫道：
> "亲爱的非洲万岁！"
> 孩子们大家欢喜而庆幸：
> "来了，来了！万岁！万岁！"

医生殷勤而亲切地和非洲的居民打招呼之后，立刻着手工作。他开始替小猴子医病了，生动的、优雅的古代舞曲"加伏特"（Гавот）伴奏着这场面。医生替小猴子们量热度、审察喉咙、诊脉，给他们服药。小猴子们渐渐活动起来了，后来坐起来了，终于站起了。医生劝他们做一种医疗疾病的体操（用另一种古代舞曲"美奴哀"
〔Менуэт〕作伴奏），做过之后，小猴子们完全恢复
健康了。在这全场中，滑稽而轻快的、类似玩耍
的舞曲——"加伏特"和"美奴哀"——的声音仿
佛在告诉观众：他们所看见的不是科学的治疗，
而是神奇的、类似极有趣味的游戏的治疗。

　　大家欢喜无极。小小的患病者和他们的父
母们不知道怎样感谢善良的阿伊勃里特医生。
这时候奏出愉快而生动的音乐，就是在这巴蕾舞
剧的序乐的开头所曾经奏过的（见前图例1）。

　　舞蹈开始了。大家愉快而欢乐，大的非洲猴
子为了感谢医生，表演奇妙的舞蹈；他们在这舞
蹈中表示他们的殷勤招待。

　　为了报谢他们，水手们表现勇敢而热烈的舞蹈，猫儿华西卡一直在
棕榈树底下轻轻地叫着，这时也忍不住了，也加入舞蹈。阿汪也跟着他
来了，因为他们两人虽然常常吵架，却是永远不分离的。

　　医生自己也很欢欣，他能及时来到非洲，真是好事！倘稍迟一点，小
猴子们就要死了！但现在一切都如意称心。

　　医生和他的朋友们向将要起程的水手们告别，仍留在非洲做客。

　　猴子们招待医生和他的同行者吃香蕉、椰子、海枣和别的美味的热
带果子。幸福而安心的阿伊勃里特医生在岩石遮蔽着的小洞窟中睡觉
了。狗儿阿汪、猴子奇奇和猫儿华西卡睡在他的身边，别的朋友们躲在
棕榈树间，也睡熟了。

　　医生做了一个奇怪的梦，他梦见他的四周出现了颜色鲜明的鸟和五

色缤纷的蝴蝶、跳跃的蚱蜢和不曾见过的花。它们都排成圆阵,跳着美丽而奇妙的舞。渐渐地鸟和蝴蝶飞去了,花不见了,医生还睡着,但他的梦被惊醒了……

管弦乐中为什么奏出这样可怕的声音呢?这些大声和切齿声,这种凶恶的打击声和震耳欲聋的愤怒声表示什么意思呢?为什么又听见了在序乐中曾经听见过的、类似进行曲的可怕的和弦(见图例第5)呢?虽然这音乐没有伴着歌词,但这威吓的和弦仿佛在说:

"我是残忍的,

　我是无情的,

　我是凶恶的强盗巴尔马利!"

从丛林和石头后面出现了手拿长刀的一群强盗。他们随伴着可怕的凶恶的食人者巴尔马利,他是"横行非洲,捉食儿童"的。这食人者的凶暴的性格和残忍性,在他的粗暴而笨重的舞曲的声音中表现着:

(13)Molto pesante

巴尔马利在林中的草地上跳着舞,注意到了医生所带来的、里面躲着万尼奇卡和丹尼奇卡的、装纱布和棉花的箱子。这些箱子钉闭着,放在浓密的寄生植物底下。巴尔马利坚决地、大踏步地走到箱子旁边,大声地抽一口气,这时候他的眼睛发出闪光。他舔舔舌头,微笑一下,露出大而尖的牙齿,吩咐强盗们打开箱子来。巴尔马利确信这里面有好东西等待他去取。

可怜的丹尼奇卡和万尼奇卡!他们来到非洲,预想着一切:棕榈树、鸟儿、花儿和野兽,小猴子们的治疗和航海旅行……却没有想到在遥远的、不相识的地方有危险在那里等待他们。他们坐在箱子里,乖乖地在那里等候,当医生开箱取纱布和棉花的时候,只要一跳便跳到非洲的土地上,来欣赏热带的林木……并且夸耀自己的发明。但是,倘使他们能够想到将要怎样从箱子里被取出来,他们就决不离开祖父和祖母,什么地方也不去了!

箱子的盖咭咭轧轧响了一会,开开了;孩子们抬起头来,看见许多毛发蓬松的巨大的头;强盗们狞笑地看着两个孩子:

　　看见了巴尔马利,
　　丹尼和万尼发抖……

他们从箱子里跳出来,互相抱住了。他们的不听话得到了这样的结果!管弦乐中奏出波兰舞曲的断片,表示两个孩子的恐怖与惊慌。巴尔马利和强盗们走近来,想捉住两个孩子,但是勇敢的万尼奇卡挣脱了,和残忍的恶徒决斗,他一个人当然胜不过七个强盗,万尼奇卡在不公平的决斗中被制胜了;强盗们缚住了他的手。这时候丹尼奇卡便奔上前来,

想用眼泪和哀求来打动巴尔马利的心,但
这个食人者只是对着丹尼奇卡的眼泪发
笑……

　　这时候阿伊勃里特医生被骚扰声和叫
喊声吵醒了。他当然大吃一惊,一则为了
丹尼奇卡和万尼奇卡的不听话,二则为了
这两个孩子现在所处的困境。但是现在不
是责备的时候,医生立刻上前来救助他们。

　　这时候,善良的阿伊勃里特医生的安
稳的主题起了很大的变化;其旋律激动起
来,突飞猛进,仿佛要克制这些巨大的障
碍。但实际上,医生当然不会打仗或搏斗。他想要缓和巴尔马利的心,
劝导他释放万尼奇卡和丹尼奇卡。

　　　　喂,我的亲爱的,

　　　　我的敬爱的巴尔马利,

　　　　请你释放了这两个

　　　　年幼的孩子吧!

　　医生这样地请求这食人者,然而完全是徒劳。狗儿阿汪、猫儿华西
卡和猴子们想要帮助阿伊勃里特和两个孩子。强盗们大肆叫跳,赶走了
一切野兽,医生就和丹尼奇卡、万尼奇卡一同被捕。

　　阴沉的、凶恶的音乐结束了巴蕾舞剧的第二幕。巴尔马利和强盗们
带了被缚住的阿伊勃里特医生、万尼奇卡和丹尼奇卡,得胜地回去了。

第三幕

第一场

　　弦乐器静静地、单调地奏着。这是炎热的夏日所常有的情形;一切都静悄悄,只听见小蚊虫的均匀的嗡嗡声。低音乐器的轻轻的和弦和恐怖的、不祥的声音,使人倾耳静听,在郁闷而幽暗的热带森林中,听见有人的脚步声、隐约的喧嚷声……

　　强盗们通过了茂盛的寄生植物和极难通行的小路,把三个不幸的囚徒带到巴尔马利的巢穴里去,长长的刀发出闪光,你倘稍微表示一点想逃走的企图,刀就会把你斩得粉碎。双簧管(robой)——木管乐器群中的发音柔和而美丽的乐器——奏出使人联想到悲哀的俄罗斯歌曲的、轻轻的、柔和的旋律。双簧管是和长笛同类的乐器,其所异于长笛者,是声音较为柔和而温暖,较为不活泼。双簧管现在是在描述不幸的囚徒们的悲哀的心情。

　　悲哀的行列走进杂草中,不见了;跟着他们而来的是狗儿阿汪、猴子奇奇、狐狸和雄鸡。他们偷偷地跟随着医生和两个孩子,以防强盗杀害他们。狐狸和帮他忙的猴子奇奇采集了一大束美丽的热带花卉。狐狸狡猾地微笑,把她从医生的药囊中取来的安眠药粉给同道的人看。他们就要用到这个了……

第二场

　　依旧是谜一般的沉寂,有时有轻微的沙沙声,有时有轰然的打击声,来打破这沉寂。

这是巴尔马利的阴气沉沉的洞窟。在这里住着残忍的食人者,在这里他裁判他的牺牲品。洞窟中安置着巴尔马利的一个王座和几个三脚架——在这上面将要烤焙他所捉得的不幸的孩子。在洞的深处,有一矮门,门上挂着很大的锁,这是监禁不肯服从的囚徒的牢狱的入口。防守这门的是一个凶恶的大蜘蛛,他的眼睛在黑暗中闪闪发光。

强盗们把阿伊勃里特医生和丹尼奇卡、万尼奇卡带到这洞窟里来。依照巴尔马利的命令,可怜的医生被关进牢监里了;至于这两个孩子,这食人者吩咐把他们拿来做他自己的晚餐。在这时候,丹尼奇卡解开了他的朋友手上的索子,两个孩子开始考虑如何逃出这可怕的洞窟。但他们还没有想出逃走的方法,强盗们就把这两个囚徒捉住,拖到三脚架上去。在那里为每一个人准备着一只煎锅,锅子上涂满油。万尼奇卡急得两脚乱踢,丹尼奇卡大哭起来,然而两人终于被放在锅子上了,只差得没有拿柴来,没有生火,没有把三脚架放到火上……

忽然从岩石后面跑出狗儿阿汪和猴子奇奇来。他们愤怒地扑向强盗们,咬他们,用爪抓他们。巴尔马利和强盗们冲向狗和猴子,把他们赶进了丛林中,这时候在丹尼奇卡和万尼奇卡的旁边,只有一个强盗了。万尼奇卡就决心开始行动,他在煎锅上坐得舒服些,便从衣袋中取出一个小皮球来,开始向上抛掷。那强盗是凶恶而愚笨的。他出生以来没有看见过皮球,因此很高兴,张开了嘴巴欣赏万尼奇卡抛球。这时候万尼奇卡和丹尼奇卡已经从煎锅上跳下来,两人就和强盗一同玩皮球。万尼奇卡尽力地把皮球抛得远!由于他的准确的一抛,皮球跳出洞窟,滚进丛林中不见了,那强盗立刻奔出去找寻。现在是一秒钟也不能放松了。万尼奇卡跑到监禁着阿伊勃里特医生的牢狱的门边;用牙齿,用指甲,用小刀想法脱去那巨大的锁……然而都是白辛苦。万尼奇卡斩去了那可恶的大蛛蜘的头，但是锁开不脱。这必须用钥匙，而钥匙挂在巴尔马利的腰间。

　　这时候食人者和强盗们又回到洞窟里来了，愉快而满足。因为他们缚住了狗儿阿汪和猴子奇奇，拖进来了。两个孩子很伤心，开始担心自己的命运。这情形看来是真个绝望的了。

　　他们重新把丹尼奇卡和万尼奇卡放在煎锅上了，强盗们围绕着他们，作野蛮的、凶暴的舞蹈，牙齿间咬着弯弯的刀。可怕的、凶恶的音乐伴着他们的舞蹈：

（14）Allegro feroce

　　　　他的可怕的眼睛发光，

　　　　他的可怕的牙齿轧轧地响，

　　　　他燃着了可怕的火堆，

他叫出可怕的话：

"卡拉巴斯！卡拉巴斯！

我马上要吃了！"

两个孩子号啕大哭，

向巴尔马利哀求：

"亲爱的，亲爱的巴尔马利，

请你可怜我们，

快些释放我们

回到我们亲爱的妈妈那里！

亲爱的，亲爱的食人者，

请你可怜我们，

我们将送你糖果、

茶和干面包！"

但是食人者回答说：

"不——！！！"

柴已经拿来了，火堆已经燃烧起来了，刀在孩子们的头上闪闪发光。

忽然从某处传来了明朗而清澈的声音。这是美妙的弦乐器——竖琴(арфа)——的声音。竖琴上面张着很多弦线，音乐家用手指的尖端弹拨弦线，发出柔和的、明朗的、像火花一样变幻的声音。

巴尔马利张望了一下，不动了；由于他的一种信号，别的强盗也都不动了，似乎在等候着他的命令。在照得十分明亮的、林中的草地上，在洞窟的口子上，出现了服装华丽而笑容可掬的狐狸，她的手里拿着一大束奇妙的花卉。巴尔马利有生以来没有看见过这样漂亮的美人。他恭敬地向狐狸鞠躬招呼，狐狸礼貌地、优雅地旋转脚趾，作为答礼。这不相识的美人走近来了，她在空中挥动了一下她的大花束以后，便开始跳舞；出神的巴尔马利竟坐在他的王座的踏步上了，因了惊奇和欢喜而张开着嘴巴。

狐狸的跳舞，越来越兴奋了；她有时从巴尔马利离开去，有时迅速地走近他去，把她的迷人的花束在他的鼻子前面挥动，有时用很快的跳步从一个强盗跳到另一个强盗，用她的花束做出各种可惊的魔术似的表演。在这跳舞中，她不断地把花凑近巴尔马利的鼻子前面，或轮流地凑近到别的强盗们的面前。

巴尔马利微笑而出神了。他欢喜狐狸的舞蹈、她的优雅的动作和她用花束来表演的熟练的奇术；同时他不知为什么，非常想睡觉。别的强盗也打呵欠，伸腰，有的已经躺倒在地上……这是因为狐狸撒在她的花束上的催眠药粉开始发生作用了。

跳舞并不继续长久。过了五分钟光景，巴尔马利和强盗们都熟睡了。管弦乐中奏出愉快而有生气的音乐"友谊的主题"，这时候万尼奇卡和丹尼奇卡从三脚架上跳下来，热烈地吻那可爱的狡猾女子狐狸，感谢她的机巧的妙计。丹尼奇卡解放狗儿阿汪和猴子奇奇的束缚，同时万尼奇卡从睡着的巴尔马利的腰间解下牢狱的钥匙，开开了那把大锁。于是阿伊勃里特医生走出来了。在强盗们和巴尔马利的可怕的舞曲之后，医生的主题奏得何等温和而可爱！他们的会面何等欢喜！然而事不宜迟，医生、丹尼奇卡和万尼奇卡，连同狐狸、阿汪、奇奇和其他的猴子和躲在洞窟附近的猫儿华西卡，马上出发上路。这空虚的巢穴中就肃静，只有残暴的巴尔马利的眠鼾声时时打破这岑寂，独有傲慢的雄鸡还留滞在洞窟中，他很想嘲笑愚笨的巴尔马利，很想用他的坚强的脚爪来打他，并发

出胜利的啼声！但是傲慢总是没有好结果的。这愚笨的雄鸡不但几乎
毁灭了他自己，又几乎毁灭了他的一切朋友。他的舞蹈和愉快的啼声惊
醒了巴尔马利。这食人者张开眼睛，坐起身来，向四周一看——忽然明
白了一切，就用可怕的声音咆哮起来。雄鸡连忙逃跑，强盗们都醒来了，
跳将起来……转瞬间大家都已跑进热带的林中，去追拿这班逃亡者了。

　　"加洛普"（галоп，"奔波非洲"）是一种愉快的舞曲，它的原意是指
"奔驰""跳跃"。这舞曲中全是活动，全是迅速的跳跃。它的音乐是急速
的、明了的，很适宜于快跑。这"加洛普"的主题有些类似阿伊勃里特医
生的主题，虽然医生的主题中的从容不迫的、安定的声调在这"加洛普"
中一点也没有。医生同了他的朋友们离开这可怕的巴尔马利而逃亡，当
管弦乐演奏这急速而突进的"加洛普"的时候，舞台上换了两次布景（第
三场和第四场）：

　　（15）Allegro con brio

第三场

一片荒漠，太阳熏灼着无边的平原。医生带着丹尼奇卡、万尼奇卡、猴子们、狗儿阿汪、猫儿华西卡和狐狸，全速力地逃跑。他们希望快些到达海岸上……这班逃亡者刚刚过去，那受惊吓的雄鸡张着翅膀，跟着他们逃来了，在雄鸡的后面出现了巴尔马利和强盗们。他们快步追赶医生和他的朋友们，那些长大的刀在太阳底下闪闪发光。

第四场

热带地方的丛林，医生和两个孩子和动物朋友们穿过了灌木、羊齿植物和寄生植物而逃跑，大象来帮助他们，指示他们通达海岸的道路。雄鸡好容易通过了乱草，残暴的巴尔马利几乎就在他的脚跟后面追来，而后面还有一大队强盗。象努力挡住这些恶人，阻塞他们的道路，把他们踢出道路之外，终于踢死了一个强盗，巴尔马利跑在雄鸡后面，没有被象拦阻，跳向前去了。

第五场

险峻的海岸。一个瀑布流入一条很深的小河中，这小河从两个高岩之间流到海里，阿伊勃里特医生和他的朋友们从林中逃出，来到这地方。他们找寻渡头，以便免于追击。富有急智的万尼奇卡爬上一株很高的棕榈树，把树干摇摆，使它弯曲下去，直到树干头碰着了河的对岸的岩石为止，朋友们帮助他。医生、孩子们和同行的动物们就通过了这样造成的小桥而到达了河的对岸；通过之后，把棕榈树放开，它仍旧直立着了。但这时候听到了巴尔马利的凶恶的动机，这食人者就从林中出现了，他终于看到了这班逃亡者! 他用牙齿咬住了刀,跑向棕榈树,想由此飞渡到彼岸。可是不行! 医生和万尼奇卡推开棕榈树的树梢,不使它接近这边的岩岸,那食人者把握不住,就跌落在深渊中——波涛汹涌的河中。这时候从林中跑出那批强盗来,他们站住了,吓坏了,因为他们看见巴尔马利的脚露出在水上的可怕的光景……忽然他们都不见了,却出现了可怕的、非洲的鳄鱼的庞大而肥胖的身体。

> 鳄鱼转过身来,笑嘻嘻,
> 吞食了凶恶的巴尔马利,
> 好像吞食一只苍蝇。

强盗们叫起来,逃回林中去了。

万尼奇卡和丹尼奇卡忽然欢喜地挥起手来,因为船长鲁滨孙的船已经驶近岸边,来载他们回家了。

第四幕

开幕时奏着熟悉的、简单明了的却又带些悲哀的旋律。巴蕾舞剧的第一幕正是用这音乐开始的,不过那时这音乐很响亮而勇敢,现在却成忧郁的、悲伤的了。这是因为:海岸上的小屋子里,从前住着善良的阿伊勃里特医生的,现在住着凶恶的伐尔伐拉和野兽贩子卡比托尼了。可怜的动物很痛苦! 依旧明亮地照着可爱的朝阳,依旧啭着柔和的鸟声(小提琴、长笛)——只是阿伊勃里特医生离去后不能立刻逃开这地方的动物们,很是不幸,你看笨拙的熊米希卡依旧出现在小路上,他的滑稽的、沉重的音乐依旧奏着。然而米希卡的脚上加上了镣铐。他在那里替伐尔伐拉背柴。别的野兽在那里打水,布置食桌,准备早饭,猫头鹰笨巴戴着眼镜,每天早晨替卡比托尼修指甲。

卡比托尼这家伙也在那里,他和伐尔伐拉一起跳圆舞。这个无耻的、自傲的野兽贩子擅自占居了出门去的阿伊勃里特的房子,似乎很满足于自己的好运道,他确信医生不会再回来,他的生活可以永远这样愉快而舒服了。

卡比托尼和伐尔伐拉跳舞的时候,可怜的饥饿的野兽们终于来到了为他们的老板所准备着的早餐的桌子边。他们就动手吃了! 卡比托尼回来一看,早餐已经被吃得精光。这凶暴的老板大发雷霆,扑向这些野兽,(这时候凶恶地、威武地吹起法国号和小号来,)然而野兽们都逃开了,躲避了,卡比托尼没有法子惩办他们。

这时候,丹尼奇卡的祖父和万尼奇卡的祖母也从自己的小屋里走出来了。他们都悲哀、憔悴、担忧,每次会面的时候所谈的总是这件事,即关于他们的不听话的孙儿女逃往遥远的非洲去的事。他们向海中眺望,等候那认识的船,然而这船总是不回来……向他们走来了些动物,即万尼奇卡和丹尼奇卡的朋友,阿伊勃里特医生所爱的动物:小狗、兔子、鸭子奇卡、猫头鹰笨巴、仙鹤和年老而患病的熊。他们也都悲哀地眺望着海;他们想起了离去的孩子们,便来亲近老祖父和老祖母。

管弦乐中奏出丹尼奇卡的第一个愉快的舞曲的旋律,悲哀地,凄切地,好像思念着远方。

卡比托尼又出来了。

"没有什么可悲哀,"他用鞭子赶着动物们,对他们说,"是工作的时候了。"就开始教练动物。熊拿出筒琴〔1〕来,仙鹤和鸭子奇卡轮流地把它转着,而兔子和小狗们在它的悲哀的声音之下复习着熟练的动作。大家都很悲哀。

听了作这不幸的教练时所奏的音乐,听众也许以为这真是筒琴所奏出的,——这小小的"筒琴圆舞曲"的音节那样纯朴、忧愁而悲哀。这圆舞曲的旋律,作曲家主要地教木管乐器——双簧管——演奏,后来教小单簧管(кларнет)演奏,它的声音使人联想到筒琴里面的小笛的声音:

(16)

这忧愁的筒琴圆舞曲才得奏完,便响出小号声;出现了愉快而温良的小鸟燕子。她又当了阿伊勃里特医生的使者,欢喜地在受苦的动物周围盘旋,报告他们亲爱的旅行者们的来到的消息。于是再奏出"航海旅行"的音乐,远方便出现了熟悉的、等候已久的船,老祖父和老祖母连忙走到码头上去,动物们群集在岸边;只有伐尔伐拉和卡比托尼惊慌失措地你向我看,我向你看,管弦乐中已经奏出阿伊勃里特医生的主题。船

〔1〕 筒琴(шарманка)是有机械装置的乐器,是里面装着小笛子的一个箱子。箱子上有一小柄,转动这柄,空气就进入小笛子中而发出声音。筒琴不是真正可演奏的;它只能奏出一种固定的旋律,这旋律记录在箱子里面的一个圆筒上——好比现在的留声机,其所奏的音乐记录在蓄音片上。在革命以前,筒琴演奏者带着他们所驯养的动物,到处巡行,动物们跟着筒琴的声音而跳舞。

靠岸了。久别的朋友的欢乐的重逢,随伴着熟悉的、愉快而略带纷忙的音乐"友谊的主题"。

终于,阿伊勃里特医生、丹尼奇卡和万尼奇卡、狐狸、猫儿华西卡、狗儿阿汪、猴子奇奇和雄鸡,走近到故乡的屋子前面来了……

忽然阿伊勃里特医生的和善的脸孔沉下去了,谁敢把老米希卡上了镣铐?为什么别的动物都那样憔悴了?这是谁的罪过?

伐尔伐拉和卡比托尼想否认自己的罪过,然而老祖父、老祖母和一切动物揭穿了他们。阿伊勃里特医生对于残忍是不饶恕的;因此伐尔伐拉的请求和卡比托尼的祈愿都被医生拒绝了,他把这两个人从家中驱逐出去。

愉快的舞蹈开始了,现在人们和动物们都可以友爱地、愉快地、幸福地生活了。孩子们、大人们、野兽们和鸟们,都来参加"大圆舞"。连老祖父和老祖母,因为欢庆孙儿女们的回家,也忘记了自己的年纪而来参加跳舞。

这时候两个孩子叙述着他们在非洲所经历的冒险故事,圆舞曲的音乐中有时编入阿伊勃里特的主题,有时编入巴尔马利的已经变更而还含有怨恨的动机,有时编入丹尼奇卡和万尼奇卡的顽皮的波兰舞曲的断片。

巴蕾舞剧的结束的音乐宽广而庄严,这表示恶人已经被打败,友爱、真理和正义已经战胜了凶暴残忍的巴尔马利、强硬的伐尔伐拉和冷酷无情的卡比托尼。当万尼奇卡和丹尼奇卡长大了的时候,他们当然努力要做像阿伊勃里特医生那样善良而有毅力的人,而终身不忘记:生活中最重要的是正直,是忠实的友爱和互助。